Werner Münchow

SCHARFES GLAS

Ein Krimi mit Datterich

SOCIETÄTS**VERLAG**

Schutzumschlaggestaltung: Katja Holst, Frankfurt
Satz: Nicole Proba, Societäts-Verlag
Druck und Verarbeitung: CPI – Ebner & Spiegel, Ulm
Printed in Germany 2010

ISBN 978-3-7973-1230-3

1

„Mer sinn geschwolle, Freindche."

„Ich kumm heit uf kahn grihne Ast. Wann Se die Spitz zu dritt gehatt hette."

„Ja, wann is kah Keeskorb."

„Geld will ich sähe, meine Herrn. Des leer Stroh dräsche duschur bin ich dick. Von Ihne krie ich jetz zwelf Kreizer, so viel mache grood mei zwah halwe Schoppe."

„Glei, Freindche. – Lisettche!"

„Was steht zu Dienste?"

„Kenne Se mer en breißische Dahler wächsele?"

„Warum dann net?"

„Schee von Ihne. Des wollt ich nor wisse – gehn Se nor widder; – ich wollt nor emol Ihne Ihrn gute Wille sähe."

Reiser saß wie jeden der letzten Abende auf seinem Platz in der hinteren Ecke der Gaststube. Er hielt die Zeitung ein wenig gesenkt und beobachtete über ihren Rand hinweg die Szene am Nachbartisch. Vier Männer spielten Solo, eine Runde nach der anderen, und tranken Wein dazu oder umgekehrt. Der ihm den mächtigen Rücken zuwandte, hatte soeben seine Karten triumphierend auf den Tisch geblättert, worauf sein hagerer Gegenüber in ein jämmerliches Klagen ausbrach. Der lange Schlacks mit dem aufgedunsenen Gesicht hatte über den Tisch und quer durch den Saal nach der Kellnerin gerufen. Sie hatte sich zu ihm bemüht, nur um nach wenigen Worten mit empörtem Schnauben und beleidigtem Blick wieder ihren Posten am Tresen einzunehmen.

Aus dem, was er sah, hatte Reiser sich zusammengereimt, worum es gehen mochte. Auf das, was er hörte, konnte er sich allerdings keinen Vers machen. Seine eigenen Landsleute waren auch schon mal schnoddrig, barsch oder vorlaut, und bei dem einen oder anderen Ausdruck mochte ein Ortsfremder fragend die Stirn runzeln. Aber wer des Deutschen einigermaßen mächtig war, folgte jedem Gespräch in Berlin ohne Probleme. Hier in Darmstadt hatte der Auswärtige keine Chance. Zumindest nicht, wenn er von Havel und Spree kam und Main und Rhein bisher nur aus Landkarten kannte.

Wie selbstvergessen schob Reiser sich einen Streifen Käse in den Mund, ließ ein Stück Brot folgen, kaute missmutig darauf herum, nippte an seinem Wein, stellte das Glas wieder ab und verharrte reglos, den Kopf in die Hände gestützt. Für eine Weile schien es, als betrachtete er andächtig das Stillleben vor ihm auf der blank gescheuerten Tischplatte, das Weinglas, Messer und Gabel, den Kanten Brot und das Holzbrett mit dem restlichen Zipfel Wurst, einem Stück Salzgurke und den Käsestreifen, die exakt kreisrund aufeinander gelegt serviert worden waren und nun einem halb zusammengeklappten Fächer glichen.

Schließlich hob er den Kopf, ließ seinen Blick wie abwesend durch die Gaststube schweifen, fixierte einen unsichtbaren Fleck unter der Decke, betrachtete versonnen den Spruch an der Wand, den jemand in verschnörkelten Buchstaben auf den ehemals weißen Putz gemalt hatte: „Wer den Apfel nicht ehrt, ist den Schoppen nicht wert". Eine Fliege lief in sinnlosem Zickzack mal hierhin, mal dorthin über den Tisch, um vor jedem Richtungswechsel abrupt stehen zu bleiben. Es machte den Eindruck, als sei sie kurzatmig. Bei ihrer nächsten Verschnaufpause fing Reiser sie mit einer blitzschnellen Bewegung in der hohlen Hand, die er wieder öffnete, als er das Kitzeln der wild schlagenden Flügel auf seiner Handfläche spürte.

Wer ihn beobachtete, mochte glauben, Reiser versuche, die Zeit tot zu schlagen, und kümmere sich bei seinem belanglosen

Treiben um nichts und niemanden. Umso mehr würde dieser Beobachter sich allerdings wundern, dass dem scheinbar Geistesabwesenden kaum etwas entgangen war, was um ihn herum passierte. Keiner scherte sich indes um den stillen Gast in der Ecke und das, was er wahrnahm oder nicht.

Reiser hatte jahrelange Übung darin, hinter seiner stoisch gelangweilten Miene jeden noch so kleinen Hinweis zu registrieren. „Uhu" wurde er genannt, weil man ihm nachsagte, er bekäme sogar mit, was in seinem Rücken geschah, ohne dabei wie dieser gefiederte Nachtjäger seinen Kopf nach hinten drehen zu müssen. So wie man ihm nicht ansah, was er gerade mit leerem Blick verfolgte, vermutete auch niemand, dass ihm noch im größten Getöse kein wichtiges Wort entging. Wenn es sein musste, konnte er Gesprächen folgen, die drei Tische weiter geführt wurden, und dabei geschwätzige Tischnachbarn durch Gesten, Mimik und kurze Bemerkungen glauben lassen, er widme ihnen seine ganze Aufmerksamkeit.

Leute vom Fach sprachen von „ausbaldowern". Er hasste jedoch, wenn man es von ihm sagte. Außerdem würde er hier ganz aus der Übung kommen. Was nutzte es, dass er jeden einzelnen Buchstaben, der geflüstert wurde, deutlich hörte, die Worte aber nicht verstand. Er war sich nicht einmal sicher, ob er aus den Gesprächen am Nachbartisch klug würde, wenn die Herren sie ihm in Druckschrift vorlegten.

Er setzte sich aufrecht, holte mit hoch gezogenen Schultern tief Luft und überlegte, ob er nicht seine Zeit vertat, als die Tür zur Gaststube aufflog. Einige Gäste warfen einen flüchtigen Blick zum Eingang, die übrigen zeigten keine Reaktion. Niemand begrüßte den Neuankömmling, der eintrat. Aus dem Augenwinkel nahm Reiser einen Gendarmen wahr, der angestrengt die Anwesenden taxierte. Reiser überlegte, ob er aufstehen sollte, als ginge er zum Abort, um dann das Lokal durch die Hintertür zu verlassen. Aber wieso eigentlich? Warum sollte ein Polizist ihn ausgerechnet hier suchen? Sicherheitshalber rutschte er auf dem Stuhl etwas tiefer.

Schon nach dem zweiten Schritt war klar, dass die Uniform auf seinen Tisch zusteuerte. Reiser musterte ihren Träger abschätzend. Keine Spur von preußischem Drill bei dem Kerl, einen Daumen nachlässig hinter den Schulterriemen geklemmt. Es würde leicht sein, ihm das Gewehr zu entreißen, bevor er es überhaupt in Anschlag brachte. Das Gesicht wollte er sehen, wenn der Trottel plötzlich in die Mündung seiner eigenen Waffe blickte.

Für einen unbemerkten Abgang war es jedenfalls zu spät. Vielleicht war es ja eine Verwechslung, die der Soldat beim Nähertreten bemerken würde. Der baute sich mit starr geradeaus gerichteten Augen vor ihm auf. Seine Miene nahm einen gewichtigen Ausdruck an. Alles an dem Burschen zeigte, wie er sich mühte, einen hoheitlichen Auftrag nur ja richtig und möglichst stramm durchzuführen. Die Lippen bewegten sich mechanisch und stumm wie bei einer Stockpuppe. Der Büttel sagte wohl einen sorgfältig formulierten Text noch einmal unhörbar auf, um ihn dann ohne Versprecher, mit der gebotenen Betonung und dem notwendigen Nachdruck vorzutragen.

Was zum Teufel geht hier eigentlich vor, schoss es Reiser durch den Kopf. Seit er vor gut einer Woche angekommen war, hatte er sich so unauffällig wie möglich verhalten. Keiner, den es nicht anging, wusste um seine wahre Identität und was er hier tat. Und nun stand plötzlich wie aus dem Nichts diese Vogelscheuche vor ihm. Am Nachbartisch scharrten Füße. Kurze Blicke wurden herübergeworfen. Das dichte Stimmengewirr begann, sich im Qualm und Mief der Gaststube zu verflüchtigen.

„Der Untersuchungsrichter Bertram schickt mich, Sie umgehend zu ihm zu bringen."

Viel lauter konnte das Klappmaul wohl nicht bellen. Selbst der letzte Zecher am entferntesten Tisch hörte mit. Reiser ließ die Zeitung achtlos fallen, schob mit einer raschen Handbewegung Glas und Teller beiseite und stand auf, um eilends das Lokal zu verlassen, bevor der Tölpel noch mehr herausposaunte.

„Es geht um die tote Leiche, die gefunden wurde."

Eben noch hatten die Tischnachbarn verstohlen anzügliche Blicke ausgetauscht, mit freundlichem Kopfnicken und erhobenem Glas lautlose „Wohlsein" über den Tisch gewünscht und erwidert, der Bedienung quer durch den Saal viel sagende Handzeichen gegeben, den Nachschub nicht zu vergessen. Mit einem Schlag blieben die Augen der Zecher, Esser, Schwätzer und Kartendrescher starr geradeaus gerichtet.

Was mochte dieser Ochsenkopf jeden Moment wohl noch verkünden? Reiser machte eine hastige Handbewegung, von der er hoffte, sein Gegenüber würde sie verstehen und niemand sonst etwas bemerken. Das Gegenteil war der Fall. Der Dämel nahm das Handzeichen als Aufforderung, auch den ausstehenden Rest der so gewissenhaft vorgekauten Benachrichtigung loszuwerden.

„Folgen Sie mir, Herr Kommissar ".

Nun war es also heraus. Hatte der Narr nicht mitbekommen, dass er schon dabei war, genau das zu tun? Wozu die Aufforderung? Die drei Handwerksgesellen, die in ihrem Trinklied innegehalten hatten, drehten wie auf Kommando ihre Köpfe herum und starrten Reiser mit offenen Mündern an. Die übrigen Gäste bewiesen, dass sie ausreichend Übung hatten, nichts von dem zu hören und sehen, was um sie herum passierte. Sie musterten die Karten in ihren Händen, als wäre ein völlig unbekanntes Blatt ausgegeben worden, dessen Farben und Werte sie zu entziffern versuchten, schauten versunken dem Nachbarn ins Gesicht, der ihnen gerade eine völlig neue Seite seines Charakters offenbarte, kontrollierten aufmerksam den Füllstand ihres Glases, rieben versonnen Nasen, Ohren oder sonstige Körperteile, wo auch immer sich ihre Hände gerade befanden.

Bleierne Stille hatte das an- und abschwellende Getöse der Gaststube verdrängt. Niemand sagte auch nur noch ein einziges Wort. Gleich würden die Herrschaften sich mit Gebärden unterhalten, wie Taubstumme, aus lauter Rücksicht, dieses einsame Gespräch nur ja nicht zu stören.

Reiser kochte innerlich. Weshalb saß er hier wohl in unauffälligem Zivil und stolzierte nicht in einer dieser farbenprächtigen Uniformen umher? Hatte er der großherzoglichen Gendarmerie nicht ausführlich von den neuen Methoden berichtet, mit denen sie in Berlin so erfolgreich Hinweise sammelten, Ermittlungen führten, Ganoven auf die Schliche kamen?

Ohne den Büttel eines Blickes zu würdigen und ihm auch nur ein einziges Wort zu sagen, schob er mit ausdrucksloser Miene seinen Stuhl beiseite und langte im Gehen hinter sich, um den Mantel vom Wandhaken zu nehmen. Der Gendarm machte zackig kehrt und stelzte zum Ausgang. Reiser folgte ihm, so schnell es die eng stehenden Tische zuließen. Die Gäste begannen schon, ihre Kehlen zu räuspern und Lippen zu benetzen. Reiser warf die Tür mit wütendem Schwung hinter sich ins Schloss.

Der Lärm, der vor wenigen Momenten so leicht verflogen war, hatte sich in der Zwischenzeit zusammengebraut und hing, von niemandem bemerkt, wie eine dunkle, schwere Wolke unter der Decke der Gaststube. Das Krachen der Tür löste ein Donnergrollen aus, das in Windeseile zu einem wahren Orkan anschwoll, bei dem keiner mehr sein eigenes Wort verstand.

Vor dem Wirtshaus trat der Gendarm von einem Bein aufs andere, unschlüssig, ob er vorangehen oder auf einen Befehl zum Abmarsch warten sollte. Reiser schnaubte nur „Los". Der großherzogliche Landjäger setzte sich würdevoll in Bewegung, um die wichtige Persönlichkeit durch die Gassen der Altstadt zu geleiten. Reiser konnte sich ein „mit Verlaub, es eilt" nicht verkneifen. Sofort verfiel sein Führer in eine Art Laufschritt, dessen Echo durch die Gassen hallte. Reiser hatte Mühe, zu folgen.

Er kannte sich in den verwinkelten Gassen des alten Darmstadt nicht so recht aus. Einmal sichtete er vor sich im herbstlichen Abendnebel einen freien Platz, der dann zu seiner Linken wieder auftauchte. Das mussten Marktplatz oder Paradeplatz sein, die das Schloss umgaben. Nach einer scharfen Kehre machte der Soldat plötzlich Halt. Reiser, der mittlerweile in einen stoischen Trott verfallen war, hätte ihn fast von hinten umgerannt. Ein kurzes „Hier" bremste ihn gerade noch rechtzeitig. Anscheinend waren sie am Ziel.

2

Reiser stand vor dem Eingang eines der Fachwerkgebäude, wie sie dicht an dicht die ganze Altstadt besiedelten. Die solide, schlicht gestrichene Haustür war geschlossen. Neugierige Gaffer, die zu jeder sich bietenden Gelegenheit wie aus dem Nichts erschienen, sollten wohl ausgesperrt werden. Der Gendarm pochte an die Tür und verlangte in barschem Ton Einlass. Von innen war das Quietschen aufeinander schabenden Eisens zu hören. Reiser drückte die Klinke, öffnete die Tür und prallte zurück. Das schummrige Licht ließ zwar keine Einzelheiten erkennen, aber es war deutlich zu sehen, dass Flur und Treppe voller Menschen standen, und man konnte förmlich spüren, wie sie gebannt lauschten, was im ersten Stock des Hauses vor sich ging. Jemand hatte wohl den Riegel vorgelegt, damit die Enge nicht erdrückend wurde, wenn sich hier die halbe Stadt drängelte.

„Wo bleibt denn der Herr Kommissarius aus Berlin? Ich habe Dringenderes zu tun, als auf ihn zu warten und ihm zu zeigen, wie effizient die Justiz des gnädigen Großherzogs arbeitet."

Untersuchungsrichter Bertram beurteilte seine Leistungen am liebsten selber, hatte aber gerne Untergebene dabei, die er verantwortlich machen konnte, wenn mal etwas schief ging. Reiser war sich unschlüssig, ob ein deutliches „Hier" am Platze sei, verzichtete aber darauf, sich zu melden. Nur, wie sollte er dort hin kommen, wo eben nach ihm verlangt worden war? Die Leute standen so dicht, dass es auf der Stiege kein Vor und Zurück gab. Entschlossen senkte er den Kopf in den hochgeschlagenen Kragen seines Mantels und murmelte vernehmlich vor sich hin.

„Leute, macht Platz für einen, der den Toten ihr Recht verschafft und die Lebenden ihm ausliefert!"

Dabei zwängte er sich durch die Menge, stieß mit einem Ellenbogen die neben ihm Stehenden zur Seite und zog sich gleichzeitig mit dem anderen Arm an den Kleidern der vor ihm Stehenden die Treppe hoch. Als er sich auf der obersten Stufe endlich aus dem zähen Gedränge herausgewunden hatte, blickte er auf die gezückte Waffe eines Feldjägers.

„Lass er mich durch!"

Stierer Blick.

„Zur Leiche."

Keine Reaktion.

„Zum Untersuchungsrichter."

Der Säbel machte eine Scheinattacke. Reiser wich zurück. Im Hintergrund befahl jemand lauthals „Ruhe!". Das Scharren und Rascheln auf der Treppe hielt inne.

„Kommissar Reiser?"

„Herr Untersuchungsrichter?"

„Hier im Zimmer!"

„Geben Sie Befehl!"

„Das kann ich nicht."

„Das verstehe ich nicht."

„Sie sind preußischer Beamter."

„Nicht mir, Ihrer Wache."

„Mach er Platz!"

Der Säbel senkte sich.

Reiser zwängte sich an dem Soldaten vorbei und betrat einen Raum, in dem er zunächst kaum etwas sah, so duster, wie er war. Auf dem Fußboden stand eine Ölfunzel und blakte vor sich hin. Neben ihr zeichnete sich in Umrissen etwas ab, das Reiser beim Nähertreten als menschlichen Körper erkannte, auf dem Rücken liegend, Beine zur linken Seite eingeknickt,

Arme angewinkelt, Hände neben den Hüften flach auf dem Boden, helles Hemd, mitten darauf eine dunkle Verfärbung, rund 10 Zoll im Durchmesser. Woher sie stammen mochte, ließ sich auf den ersten Blick nicht erkennen. Bauch und Wülste an den Hüften ließen Reiser vermuten, dass dies kein junger Mann mehr gewesen sein mochte. Obwohl, seit die Zeiten ruhiger und beschaulicher geworden waren, setzten die Leute früher an.

Vom Gesicht war fast nichts zu sehen. Es lag im Dunkeln, auf der dem Öllicht abgewandten Seite. Reiser beugte sich über den Körper, berührte den Fleck und zerrieb, was an seinem Finger hängen geblieben war. Gleichzeitig sog er tief Luft durch die Nase. Ohne Zweifel Blut, womit er aber auch schon am Ende seiner Erkenntnis angelangt war. Für eine genauere Untersuchung war es einfach zu dunkel. Offensichtlich hatte sich niemand darum gekümmert, für mehr Licht zu sorgen, und seien es auch nur einige Kerzen, die man um den Körper herum aufgestellt hätte. Er streckte die Hand aus, um das Lämpchen näher heranzuholen.

„Aah, da ist ja der Herr Kriminalkommissar!"

Bertram stand im Zimmer, hinter ihm ein Büttel mit einer Sturmleuchte in der Hand. Sie waren wohl aus der Nachbarwohnung gekommen.

„Hat unser strammer Bote Sie der sanften Umarmung der Muße entrissen und der Pflicht in ihre groben Pranken getrieben? Das tut mir Leid, aber so pflege ich es auszudrücken, wer Recht und Ordnung ehrlich mag, kennt Stunde nicht und auch nicht Tag."

Offenbar hatte der Richter nicht irgendeinen Gendarmen geschickt, der zufällig in der Nähe war, als er jemanden brauchte. Er kannte den Mann, hatte ihn gewählt, weil er wusste, wie strohdumm er war und wie tölpelhaft er sich benehmen würde.

„Haben Sie unseren Kammermusikus Niklas eigentlich gekannt? Nein? Da sind Sie wohl einer der wenigen."

Reiser hatte weder jemals den Namen gehört noch die Person gesehen, vermutete aber, dass es sich dabei um den Toten handelte.

„Wohnte der Mann hier?"

„Was glauben Sie denn, wie er hierher gekommen ist?"

„Wurde die Wohnung schon durchsucht?"

„Warum suchen? Sehen Sie sich um, gibt es einen Schrank, eine Kommode oder gar ein geheimes Kabinett? Es liegt alles offen herum."

„Sind die genaueren Tatumstände schon bekannt?"

„Wie meinen Sie das?"

„Die Art und Weise, auf welche dieser Mensch vom Leben in den Tod befördert wurde."

„Lieber Herr Kriminalkommissar, Ihre Späße können Sie sich schenken. Vielleicht ist das Ihre Art in Berlin. Wir hier nehmen unsere Arbeit ernst. Oder wollten Sie mich etwa aufs Glatteis führen?"

„Ich bitte um Verzeihung Herr Untersuchungsrichter. Das war keineswegs meine Absicht. Aber meine Neugierde, zu erfahren, was Sie schon herausgefunden haben, überwältigte mich."

„Na schön, da Sie nun mal aus dem großartigen Berlin in unser kleines Darmstadt gekommen sind, will ich Ihnen zeigen, dass wir durchaus nicht hinter dem Mond leben, auch unsere Leichen haben und meistens recht bald wissen, was sich zugetragen hat. So schnell wie in diesem Fall klappt es allerdings nicht immer."

Es entstand eine Pause, während der Reiser nicht wusste, ob er Bertram drängen sollte, fortzufahren, um damit sein Interesse an dessen Ausführungen zu beweisen, oder ob er es mit einer rhetorischen Kunstpause zu tun hatte, die er besser nicht unterbrach. Aber langes Schweigen kannte der Richter doch gar nicht. Er wollte sich wohl nur bitten lassen.

„Man weiß schon, wer der Täter ist?“

„Der Täter ist das Opfer.“

Was mochte Bertram damit meinen? Für ihn gab es doch nur Böse oder Gute, die einen die Täter, die anderen die Opfer. Wollte er wirklich sagen, der Täter hätte nicht aus niederer Gesinnung oder verbrecherischem Antrieb gehandelt? Er sei Opfer einer übergroßen Macht geworden, die ihn zur Tat gezwungen hatte? Jemand, den das Leben in eine aussichtslose Lage gebracht hatte, aus der es keinen anderen Ausweg gab, als zu töten?

„Ich verstehe nicht ganz.“

„Ja, sehen Sie denn nicht? Beide liegen vor Ihnen. Opfer und Täter sind ein und dieselbe Person.“

Das hätte Bertram auch einfacher sagen können. Oder fand er seine verquere Ausdrucksweise witzig? Selbstmord war natürlich möglich. Aber wer versucht, sich auf derart qualvolle Weise umzubringen? Einen solchen Fall hatte er noch nie erlebt. Es wurde erzählt, dass in Japan grimmige Kriegsfürsten sich bisweilen den Bauch aufschlitzten, wenn sie einen Tod in Ehre dem Leben ohne sie vorzogen. Und angeblich haben sich im alten Rom pflichtbewusste Feldherren ins Schwert gestürzt, wenn ihnen das Kriegsglück untreu wurde. Nur, ein Musiker, in Darmstadt, im Jahre 1834?

Aber das war ja alles reine Spekulation. Er war eben erst angekommen, hatte sich noch nicht einmal umgesehen, geschweige denn mit seiner Untersuchung begonnen. Solange dieser Wichtigtuer hier bliebe, käme er auch nicht dazu. Wie konnte man ihn nur los werden? Am besten, er brachte Bertram ohne viel Federlesens dazu, ihm die brillante Lösung des Falles zu präsentieren.

„Darf ich erfahren, womit er es vollbracht hat, oder haben Sie die Tatwaffe, nun, wie soll ich sagen, das Suicidinstrument, also das corpus delicti, schon ins Gericht geschafft?“

„Wie denn, bei dem Gedrängel da draußen.“

Der Richter hätte die Leute ja wegschicken lassen können. Warum tat er es eigentlich nicht? Hoffte er, unter ihnen Zeugen zu finden? Unsinn, mit Selbstmorden sind die Leute so diskret wie mit kaum etwas anderem. Niemand lädt dazu ein, antike griechische Philosophen einmal ausgenommen. Es stört das Intime des Aktes, und es gehört sich auch nicht. Bertram hatte einfach gern Publikum und würde es wegschicken, sobald er es nicht mehr brauchte.

„Darf ich es sehen?“

„Das tun Sie doch die ganze Zeit, es steht deutlich sichtbar vor Ihnen.“

Reiser schaute sich genauer um. „Es steht“ hatte Bertram gesagt. An der Wand hing eine einfache Leiste, in die einige Haken geschraubt worden waren. Daran baumelten ein kariertes Tuch und ein Paar Hosenträger. Auf dem Tisch lag ein Geigenbogen, der ein Notenblatt beschwerte. Auf dem Sitz des einzigen Stuhls, der zu sehen war, lag säuberlich zusammengelegt eine frisch gebügelte Hose. An ihm lehnte ein Gehstock. Ein Rapier, war es das? Er nahm dem Gerichtsdiener die Sturmleuchte aus der Hand, ging auf den Stuhl zu und stutzte.

In der entfernten Ecke des Zimmers lehnte ein Cello, das ihm in dem schummrigen Licht bisher nicht aufgefallen war. Er schaute genauer. Um den Stachel herum hatte sich auf der Diele ein kleiner Fleck gebildet. Reiser trat näher. Die trockene Oberfläche gab unter dem Druck seines Fingers nach. Darunter fühlte es sich klebrig an, Blut. Worüber sollte er sich mehr wundern, über die Tatsache, dass er das große Instrument übersehen hatte, oder über die Vorstellung, wie jemand sich damit das Leben nehmen konnte?

„Wie hat er das denn angestellt?“

Die Frage war ihm einfach so herausgerutscht und schien Bertram viel ungläubiger zu klingen, als sie sollte. Der jedenfalls warf ihm einen gereizten Blick zu und verfiel in einen ziemlich blasierten Tonfall und in eine Lautstärke, die in dem kleinen Raum nicht notwendig gewesen wäre. Mochte das Publikum ruhig mitbekommen, wie der Untersuchungsrichter aus Darmstadt diesem ach so klugen Ermittler der Berliner Kriminalabteilung die Aufklärung des Falles erläuterte.

„Mein lieber Kommissar Reiser, gründliche Untersuchung und kritisches Nachdenken in allen Ehren. Aber falls Sie in Berlin immer so lange brauchen, wenn die Dinge klar vor Augen liegen, werden Sie nicht nachkommen und bald viele ungelöste oder soll ich sagen unbearbeitete Fälle haben.“

„Sie glauben, der König würde das durchgehen lassen?“

„Reden Sie keinen Unsinn, niemand behauptet so etwas. Ich meinte das metaphorisch. Was aber diesen Mann angeht, der hier vor uns liegt, so hat er sich selbst entleibt. Ob mit Vorsatz, kann uns egal sein. Ich bezweifle es aber. Viel eher wird es ein Unfall gewesen sein. Der Herr Niklas war uns bekannt. Als er jünger war, hat er seine Arme gern um die Taille mancher Frau gelegt, von der sich sagen ließ, sie hätte vorzugsweise Form und Maße seines Instruments gehabt und unter seiner meisterlichen Bogenführung auch ähnliche Töne von sich gegeben. In den letzten Jahren hatte er wohl sein Pulver, wenn man es so nennen will, verschossen und trank ein wenig viel. Also wird er sein Liebchen in den Arm genommen haben, als er sich wieder mal einen auf die Lampe gegossen hatte, um mit seinem Gefiedel ehrbaren Bürgern im Ohr zu liegen, ist dabei gestürzt und hat sich dieses spitze Ding da unten in den Leib gerammt.

Mich wundert, dass damit nicht viel häufiger etwas passiert."

Bertram wies mit einem für seine Kürze zu dicken Finger auf den Stachel des Instruments. Reiser schaute pflichtschuldig in die Richtung. So, so, da ist der Herr Richter ja ordentlich in Rage geraten und noch dazu richtig poetisch geworden. Warum wohl? War er neidisch auf diesen armen Schlucker, dessen Finger solch entzückende und entzückte Töne hervorbringen konnten? Hasste er Leute wie diesen Musiker, die ihr Leben lebten, ohne nach Ehre, Rang und Ruhm zu streben? War für ihn jemand, dessen ganzes Hab und Gut aus den notwendigsten Möbeln, ein paar armseligen Kleidern und einem altgedienten Musikinstrument bestand, überhaupt ein vollwertiger Mensch? Befiel ihn bei der Vorstellung, wie viele Frauenzimmer der Strolch wohl verdorben haben mochte, bigotte Wut oder blanker Neid? Wie groß musste der Groll erst sein, dass er dieses sittenlose Individuum nun nie mehr für sein schamloses Treiben würde zur Rechenschaft ziehen können? Fast hätte Reiser über diesen Fragen, die er sich in Gedanken selber stellte, die überhört, die Bertram quer durch das Zimmer an ihn richtete.

„Nun, verehrter Herr Reiser, sehen Sie, wie wir hier Fälle aufklären?"

Er schaute Bertram an, machte ein belangloses Gesicht und suchte nach einer Antwort, die es ihm erlaubte, sich endlich in Ruhe dem toten Cellisten und seinem Instrument widmen zu können, ohne dass es danach aussah, als zweifelte er die Ergebnisse und Fähigkeiten des Richters an. Und ohne ihm Honig um den Bart zu schmieren.

„Ja, erstaunlich. Dennoch würde ich gerne die Details im Einzelnen betrachten und meine Untersuchungsmethoden an ihnen schärfen. Der Fall ist doch recht ungewöhnlich, und man lernt nie aus, wie man so zu sagen pflegt."

„Nun, ich hoffe, ich habe bereits etwas zu Ihrem reichen Erfahrungsschatz beitragen können. Untersuchen Sie den armen Sünder und sein Weniges, das er besaß, nur in Ruhe, wenn Sie meinen, es könne für weitere Erkenntnisse von Nutzen sein. Ich für meinen Teil betrachte den Casus für abgeschlossen und werde mich zurückziehen.

Ich muss Ihnen allerdings etwas auferlegen. Ein genauer Bericht der Ermittlungen ist notwendig, damit wir ein ordnungsgemäßes Protokoll der Untersuchung anfertigen können. Widmen sie dem Rapport bitte angemessene Priorität. Papier ist ungeduldig, zumindest, was das Amt betrifft. Und schließen Sie hinterher nur die Tür gut zu, damit nichts wegkommt. Wir wollen doch nicht, dass die Erben des Bedauernswerten ganz leer ausgehen."

Der Untersuchungsrichter deutete eine knappe Verbeugung an und wandte sich zur Tür. Als er auf den Flur trat, standen die Leute immer noch dicht gedrängt auf der Treppe und versuchten, mucksmäuschenstill zu erlauschen, was es gleich lauthals herumzuposaunen galt.

„Gerichtsdiener, das Treppenhaus räumen, und zwar mit Bravour. Bewohner des Hauses gehen in ihre Stuben."

Erst gab es ein enttäuschtes Murren, dass die Vorstellung nun zu Ende sein sollte, dann ging es polternd die Treppe hinab und eilends die Gasse entlang. Schließlich fiel die Haustüre ein letztes Mal ins Schloss, und im Haus herrschte endlich eine Ruhe, die Reiser erleichtert aufatmen ließ.

Er betrachtete das düster wirkende Musikinstrument. Wie kann einem der Stachel in den Leib gelangen? Er hatte noch nie ein Cello in der Hand gehabt. Sollte er es ausprobieren? Dazu müsste er es aus der Ecke nehmen. Hatte es dort gestanden, als Bertram zur Leiche gerufen wurde, oder hatte es auf dem Boden gelegen? Wenn es ein Unfall war, wie der Untersuchungsrichter glaubte, musste es wohl so gewesen sein. Sicherlich war der Musiker mit seinem Instrument sorgsam umgegangen. Aber dass er sich damit versehentlich ersticht und es erst sorgsam in die Ecke stellt, bevor er in der Mitte des Zimmers sterbend zu Boden sinkt, war wenig wahrscheinlich. Wie konnte es überhaupt zu einem tödlichen Unfall kommen?

Reiser griff nach dem Hals des Instruments und trug es in die Nähe des Lichts. Tatsächlich hätte er sich mit einer unvorsichtigen Bewegung leicht eine Stichwunde zufügen können. Nur bestand die Gefahr bestand darin, sich den Stachel in den Fuß zu rammen, aber in den Leib? Er versuchte, das Cello auf den Kopf zu stellen. Das unhandliche Instrument rutschte ihm aus den Händen und fiel auf den Boden. Der Resonanzkörper gab einen tiefen Ton von sich, die Saiten schepperten. Es kam ihm vor, als habe der Tote kurz gezuckt.

Als es ihm endlich gelungen war, das Instrument umzudrehen, musste er es mit beiden Händen halten, damit es nicht umkippte. Wenn er versuchte, es so zu neigen, dass der Stachel seine Brust treffen konnte, rutschte es jedes Mal auf den Holzdielen ab. Unabsichtlich konnte der Stachel unmöglich die tödliche Wunde verursacht haben. Schon gar nicht bei jemandem wie Niklas mit seiner jahrelangen Routine.

Wenn nun Alkohol im Spiel war, wie Bertram so hämisch unterstellte, und Niklas der Übermut gepackt hätte? Reiser stellte sich den Musiker vor, wie er mit seinem Cello einen bizarren Tanz aufführt, bei einer wilden Drehung stolpert und mit dem Leib in den Stachel stürzt. Konnte das tatsächlich passieren? Musiker mochten ja allerlei Ulk veranstalten. Aber nächtliche Tänze mit einem Cello, das einen falschen Schritt mit einem tödlichen Stich bestraft? Musiker spielen auf Instrumenten, nicht mit ihnen. Außerdem, wenn Niklas derart betrunken war, dass er in sein Instrument stürzte, dann läge es jetzt zerstört am Boden und sein Besitzer mit ihm, todunglücklich zwar, aber durchaus am Leben. Allenfalls ein paar Holzsplitter hätten sich ihm in die Haut gebohrt.

Wenn Niklas selber für seinen Tod verantwortlich sein sollte, hätte er einen geeigneten Platz suchen müssen, um das Cello sicher abzustützen oder umständlich einzuklemmen, hätte es in eine geeignete Position bringen, mit beiden Händen festhalten und sich mutwillig in den Stachel stürzen müssen. Dann war es aber alles andere als ein zufälliger Unfall, sondern vorsätzlich geplant und sorgfältig ausgeführt. Dann war es Selbstmord.

Reiser nahm das Cello, stützte die Schnecke in einer Ecke das Zimmers ab, zielte mit dem Stachel auf seinen Bauch. So konnte es irgendwie gehen. Wie schräg musste er das Instrument halten, damit die Spitze des Stachels auf die Höhe der Einstichwunde des Toten wies? Er ging zur Leiche, legte das Cello neben sie und richtete das Instrument aus, bis der Stachel auf den dunklen Fleck wies und der Griff mit den Füssen eine Linie bildete. Er hätte gern mehr Licht gehabt. Das Sturmlicht hatte der Büttel mitgenommen und leuchtete dem Herrn Untersuchungsrichter einen bequemen Nachhauseweg. Das Flackern der Funzel auf dem Boden war unstet und dünn und ließ nicht erkennen, wo genau sich die Wunde befand. Das würde ihm morgen der Amtschirurg sagen können, wenn er den Toten untersucht hatte. Fürs erste mochte es genügen, den Stachel auf die Mitte des Blutflecks zu richten.

Reiser zog den Stuhl näher und setzte sich auf dessen Kante, den Kopf in eine Hand gestützt. Er massierte seine Schläfen, zwirbelte am rechten Ohrläppchen, legte die Hände flach aneinander gedrückt über die Nasenspitze und bog sie hin und her. Nach einer Weile erschien ihm der Anblick des toten Niklas neben seinem Musikinstrument, den Stachel aufs Herz gerichtet, wie das grelle Arrangement eines skurrilen Kultes.

Reiser erhob sich, drehte das Cello und schob es über den Boden, sodass es neben dem Toten zu liegen kam, als ruhten dort zwei enge Freunde dicht beieinander.

„Das finde ich sehr teilnahmsvoll."

Reiser schreckte hoch. Die Person, die sich in der Türöffnung abzeichnete, hatte er nicht kommen hören und konnte von ihr nicht mehr erkennen, als dass sie dunkle Kleidung trug. Ihre Stimme gehörte offensichtlich einer Frau. Er fühlte sich irgendwie ertappt und wünschte, er hätte das Cello besser an seinem Platz in der Ecke des Zimmers gelassen.

„Guten Abend, kannten Sie Herrn Niklas?"

„Ja, aber Sie habe ich nie mit ihm zusammen gesehen."

„Was führt Sie her?"

„Dasselbe wie Sie. Man hat mir gesagt, Hellmuth liege tot in seinem Zimmer."

„Kannten Sie ihn schon längere Zeit?"

„Seit 20 Jahren."

„Dann sind Sie eine Verwandte?"

„Nein, mit denen hat er seit mehr als 30 Jahren nichts mehr zu tun."

„Tatsächlich."

„Wir sind zur gleichen Zeit in das Hoforchester des Großherzogs eingetreten."

„Ah ja, interessant, also, Reiser mein Name."

„Ich weiß, der Kommissar aus Berlin."

„Hat es sich so schnell herumgesprochen?"

„Woher hätte ich es denn sonst wissen sollen?"

„Darf ich Ihren Namen erfahren?"

„Teresa Grüneisen, Sopran."

Reiser hatte sich mittlerweile aufgerappelt und war nun unschlüssig, was er tun sollte. Er hätte sich mit der Dame gern über Niklas unterhalten. Aber war es nicht reichlich rücksichtslos, eine gute Bekannte des Toten auszuhorchen, kaum dass sie gekommen war, um ihn zu betrauern? Noch dazu hier in dieser engen Stube, mit dem Leichnam quasi auf Tuchfühlung? Ob sie den Fleck auf dem Hemde schon entdeckt hatte? Er rückte zwischen sie und den Toten. Sollte er sie hereinbitten oder fortführen? Die Frau unterbrach ihn in seinen Überlegungen.

„Sie gestatten?"

Zögernd trat er einen Schritt zurück. Sie kniete neben dem Toten nieder. Reiser stellte den Stuhl beiseite. Als er sich umdrehte, bemerkte er, dass ihre Schultern bebten, dann hörte er ein Schluchzen, schließlich erhob sie sich laut weinend und öffnete die Tür zu einer kleinen Kammer, die er noch gar nicht bemerkt hatte. Er folgte ihr und setzte sich neben sie auf den Rand einer schmalen Liege, das einzige Möbel im Raum. Sie hatte die Hände vorm Gesicht und jammerte leise vor sich hin. Reiser war unschlüssig, was er tun sollte, tätschelte ein wenig ihre Schulter, wusste dann nicht, wohin mit seiner Hand, und ließ sie schließlich, ziemlich verloren, wie er fand, auf ihrem Arm liegen. Die Frau beruhigte sich allmählich.

„Wer macht so etwas, er konnte niemandem etwas zu Leide tun. Er war der gütigste Mensch auf der Welt."

„Wir wissen noch gar nicht, ob überhaupt jemand etwas getan hat. Der Untersuchungsrichter glaubt an einen Unfall. Das dürften Sie wohl auch schon gehört haben."

„Ja, und alle die Hellmuth eins auswischen wollen, zerreißen sich jetzt das Maul darüber, wo er hier liegt."

„Aber kann es denn nicht möglich sein?"

„Ein tödlicher Unfall mit seinem Cello? Ja, wie denn? Haben Sie es versucht? Können Sie mir vormachen, wie das gehen soll?"

„Nun, vielleicht war ja ein Gläschen zu viel im Spiel?"

„Ist bei zweien eines schon zu viel?"

„Wie meinen Sie das?"

„Hellmuth saß jeden Nachmittag, wenn die Uhr vier schlug, im „Adler" auf der Eckbank an der Tür und trank zwei Viertel, nicht eines, nicht drei. Fragen Sie den Wirt und alle Stammgäste, ob er jemals betrunken war, oder die Nachbarn, wann er einmal torkelnd nach Hause gekommen sei oder gar randaliert hätte wie genügend andere. Schauen Sie sich um, ob Sie hier eine Flasche oder einen Krug finden, in denen sich auch nur ein Tropfen Wein oder Bier befindet. Jeder, der ihn kennt, weiß das. Er hat gerne Geschichten erzählt. Er wollte seinen Zuhörern damit Freude bereiten. Wahre Begebenheiten oder launige Phantastereien, darauf kam es ihm nicht an und denen, die ihm zuhörten, auch nicht. Nur die Möchtegerne, die mit ihren langweiligen Nacherzählungen nichts sagender Berichte über nebensächliche Ereignisse am liebsten selber im Mittelpunkt gestanden hätten, neideten ihm sein Publikum und verbreiteten überall, der Alkohol verneble ihm das Gehirn und er rede wirres Zeug."

„Könnte es denn Selbstmord gewesen sein?"

„Hellmuth, Selbstmord? So etwas Absurdes habe ich lange nicht gehört. Na schön, Sie kannten ihn nicht. Hören Sie, er war ein ernsthafter Mensch und keiner der Narren, die überall und jederzeit Spaß verbreiten, egal ob sie dafür bezahlt werden oder nicht. Die einfach nicht anders können und dabei oft genug in Wirklichkeit todtraurig sind. Er hatte seine stille Freude an den Menschen und am Leben. Selbstmord? Hellmuth hat nicht einmal das Wort gekannt."

„Dennoch ist er nun tot, und sein Leben fand ein gewaltsames Ende."

„Was auch immer passiert ist, Unfall oder Selbstmord scheiden aus."

Sie sagte es in einem Ton tiefster Überzeugung und nickte mit dem Kopf, als wollte sie sich selbst bestätigen.

„Sie sollten ihn am besten kennen, nach 20 Jahren."

„Sie sind also auch nicht der Meinung des Untersuchungsrichters?"

„Zu einer Meinung bin ich noch gar nicht gekommen. Klar ist nur eines, wenn es weder Unfall noch Selbstmord ist, muss es Mord sein. Das ist die logische Schlussfolgerung."

„Nennen Sie es, wie Sie wollen."

„Nun gut, nehmen wir an, jemand hat Herrn Niklas getötet. Dann muss der einen Grund oder Anlass gehabt haben."

„Grund? Anlass? Sie meinen, Hellmuth hätte jemanden dazu gebracht, eine solch grausige Tat zu begehen?"

„Niemand geht ganz beiläufig in die Wohnung irgendeines Menschen und bringt ihn so mir nichts dir nichts um. Dafür gibt es Hintergründe."

„Wie meinen Sie das?""

„So wie hinter jedem Raubmord Geldgier steckt."

„Schauen Sie sich doch um. Wer hier etwas zu finden glaubt, muss verrückt sein oder blind."

„Vielleicht hatte er sich mehr erhofft."

„Bei einem Musiker, der für ein paar Kreuzer untalentierten Schülern geduldig zuhört, wie sie ihrem Instrument jämmerliche Töne entlocken, und ihren unmusikalischen Eltern die schönsten Stücke aufspielt, ohne ihre dumpfen Gemüter zu erreichen? Statt hier zu suchen, um etwas zu holen, hätte der sich besser eine ehrliche Arbeit finden sollen, das wäre einträglicher."

„Ich behaupte ja nicht, es sei Raubmord. Geldgier ist eben ein gängiges Motiv, wie Eifersucht."

„Eifersucht? Hat man wieder von Hellmuth, dem Frauenheld, erzählt? Diese abscheulichen Kleingeister. Zu Hellmuth sind die Frauen vom Theater tatsächlich gerne gekommen. Bei ihm konnte man in Ruhe sitzen, ohne dass er einen andauernd bedrängte und anschließend die tollsten Geschichten verbreitete. Wenn mancher der braven Bürger nur wüsste, dass seine ach so unbescholtene Gattin heimlich zu Hellmuth schlich, in der Hoffnung, all die phantastischen Erzählungen, die sie von den Herrenrunden über diesen Sündenpfuhl aufschnappte, mögen wahr werden. Wer hätte ihn denn in rasender Eifersucht umbringen sollen? Einer der großartigen Maulhelden etwa oder dessen verschüchterte Hausfrau?"

Reiser hatte ihr halb amüsiert, halb nachdenklich zugehört. Sie war ihm sympathisch in ihrer ehrlichen Empörung Die Sängerin hatte den Toten gut gekannt, nicht nur ihn, auch seine Freunde und wohl auch seine Feinde, wenn es welche gab. Er sollte versuchen, mehr von ihr zu erfahren. Oder wollte er einfach nur noch etwas länger mit ihr zusammen sein?

„Also gut, was glauben Sie denn, warum er sterben musste?"

Sie war ihm zuvorgekommen. Reiser hatte ihr genau diese Fragen stellen wollen. Jetzt war er in der Bredouille. Sie sah nicht so aus, als könne er ihr einfach irgendeinen Unsinn erzählen. Dann würde sie wohl recht bald das Gespräch beenden. Aber konkrete Hinweise durfte er ihr auch nicht nennen. Außerdem hatte er keine.

„Glauben hilft bei der Frage wenig. Die Antwort muss ermittelt werden."

„Ist das nicht Ihr Beruf?"

„Ich wurde vom preußischen König hierher beordert, um der großherzoglichen Gendarmerie einige neue Methoden vorzustellen."

„Hat der Herr Richter schon erfolgreich davon profitieren können?"

„An den Untersuchungen selbst bin ich eigentlich nicht beteiligt. Dazu verfüge ich auch nicht über die geeigneten Hilfsmittel."

„Deshalb tappen Sie also im Dunkeln."

So kam er nicht voran. Er hatte die Sängerin befragen wollen, aber nun drehte sie den Spieß einfach um.

„Also hören Sie, ich habe diesen bedauernswerten Mann nicht gekannt und habe nicht die geringste Vorstellung, warum ihn jemand hätte umbringen sollen. Ich bin aber überzeugt, wir werden es herausfinden. Wie ungewöhnlich die Erklärung dann auch sein mag."

„Ist ein Cello als Mordwerkzeug ungewöhnlich genug?"

Diese Frau war schon erstaunlich. Der Untersuchungsrichter kam nach seinen voreingenommenen Betrachtungen zu einer Schlussfolgerung, die nicht völlig auszuschließen, aber bestenfalls weit hergeholt war. Die Sängerin warf ohne lange Umwege eine Frage auf, die den Kern traf. Die Tat hätte sich wesentlich einfacher bewerkstelligen lassen, mit einem Dolch, wenn das Opfer unbedingt erstochen werden musste, oder mit einem Totschläger, einer Schlinge, den bloßen Händen. Das Arsenal an tauglichen Mordinstrumenten gab genügend her.

Reiser wäre nun gerne gegangen. Hier konnte er nichts mehr ausrichten, und die Unterhaltung mit der Sängerin wurde anstrengend. Es gelang ihm nicht, sie in ein unbefangenes Gespräch zu verwickeln. Ansonsten musste er mit allem, was er sagte, auf der Hut sein. Wäre es taktlos, jetzt aufzustehen und sich einfach zu verabschieden? Warum war sie überhaupt noch hier? Wollte Sie etwa die ganze Nacht über Totenwache halten? Er musste es irgendwie einfädeln, sie nach Hause zu bringen.

Von der Wohnungstür her war ein Klopfen zu hören. Reiser stand auf, ging durch das Zimmer, wollte im ersten Moment mit einem großen Schritt über den Leichnam steigen, besann sich jedoch und tänzelte zwischen ihm, dem Cello und dem Stuhl hindurch, die Augen auf den Boden gerichtet. In der Tür stand ein älteres Paar.

„Ja, bitte?"

„Entschuldigung, wir sind die Nachbarn von Herrn Niklas und würde ihm gerne die letzte Ehre erweisen."

„Ja, natürlich, kommen Sie herein. Das heißt, warten Sie einen Moment."

Auf dem Weg zurück zur Kammer hob Reiser das Cello auf und stellte es wieder in die Ecke. Als er die halb angelehnte Tür öffnete, erhob sich die Grüneisen gerade.

„Es sind die Nachbarn."

„Ich habe es gehört."

Ohne ein weiteres Wort ging sie an ihm vorbei, machte einen großen Schritt über den toten Cellisten, grüßte mit einem kurzen Kopfnicken das Paar, das noch immer unschlüssig im Hausflur stand, und stieg die Treppe hinab. Reiser folgte ihr erleichtert. Auf der Treppe wandte er sich noch einmal um.

„Ich übergebe Ihnen die Obhut. Die Wohnung dürfen bis auf weiteres nur Amtspersonen betreten, außer Ihnen. Und lassen Sie alles stehen und liegen, wie es ist, rühren Sie nur nichts an."

Die beiden warfen sich einen stummen Blick zu.

Die Grüneisen schritt kräftig vor ihm aus, bog zweimal nach jeweils wenigen Schritten um eine Ecke, sodass ihm keine Zeit blieb, aufzuholen und seinen Arm anzubieten. Als er endlich neben ihr ging, blieb sie vor einer Haustür stehen.

„Hier wohne ich. Sie waren eine angenehme Begleitung."

So unvermittelt, wie sie an der Wohnungstür des Cellisten erschienen war, verschwand sie in der Haustüre. Ihm blieb nicht einmal die Zeit, sie zu fragen, ob die Richtung, die er wählen wollte, den kürzesten Weg zurück zum Gasthof gab. Den hätte er jetzt gern genommen, um möglichst bald zu seinem Abendbrot zurückzukehren, das der Wirt hoffentlich für ihn aufbewahrt hatte.

3

Als er bald darauf in der Gaststube ankam, war es dort ruhig geworden. Die meisten Gäste waren gegangen, nur ein paar stille Trinker schauten in die unermesslichen Tiefen ihrer Gläser. Der Wirt wartete, bis er sich an seinen Tisch gesetzt hatte, und stellte ihm ein Brett mit einer dicken Scheibe Sülze, Brot und Senf auf den Tisch.

Reiser schnitt ein Stück von der Sülze ab, piekste es mit der Messerspitze auf und steckte es in den Mund. Jetzt, wo das Essen vor ihm stand, war sein Appetit schon fast gestillt. Die Bilder des Abends erschienen ihm wieder lebhaft vor Augen: der tumbe Gendarm, der hochnäsige Untersuchungsrichter, die quicklebendige Sopranistin und der tote Cellist. Gab es irgendeinen Reim darauf, was dem Musiker zugestoßen sein konnte? Bizarrer Unfall, ungereimter Selbstmord, skurriler Mord, eins so gut oder schlecht wie das andere. Das einzig Gewisse war, dass er leblos auf dem Boden seines Zimmers lag.

Was sonst noch? Am Stachel des Cellos klebte Blut. Aber stammte der tödliche Stich überhaupt von ihm? Was er gesehen hatte, war nicht die Wunde, sondern ein Fleck auf der Hemdbrust des Toten. Es wurde höchste Zeit, gründlicher vorzugehen. Hoffentlich hatte der Amtschirurg morgen früh handfeste Ergebnisse.

Er hörte ein Räuspern. Der Wirt stand an seinem Tisch, stellte ein Glas Wein darauf, zog einen Stuhl heran und setzte sich ihm gegenüber.

„Prost, der geht aufs Haus. Guter Tropfen. Rheinhessen."

Eigentlich verspürte Reiser wenig Lust auf weitere Gespräche. Aber der Wirt hatte ihm nicht einfach die Reste des unterbrochenen Abendbrotes aufbewahrt, sondern es reichlich ergänzt und auch noch einen Wein spendiert. Was gespielt wurde, war klar. Der Wein war weder Treueprämie für den jahrelangen Stammgast noch Kostprobe für den viel versprechenden Neukunden. Das Glas, und, wenn es lohnte, auch noch ein weiteres, sollte ihn gesprächig stimmen. Mittlerweile wusste auch der letzte Stubenhocker, dass Niklas tot aufgefunden worden war. Ein Wirt, der jemanden beherbergte, der mit der Untersuchung des Falls zu tun hatte, und darüber nicht mehr in Erfahrung brachte, war ein schlechter Wirt. Mit Neugierde hatte das wenig zu tun. Es war eine Frage der Berufsehre. Reiser entschloss sich, ihm ein paar belanglose Einzelheiten anzuvertrauen. Vielleicht erfuhr er dafür selber etwas. Wirte kriegen ja so allerhand mit.

„Sie sind also Kommissar in Berlin."

Der Mann redete nicht lange drum herum. Da es keine Frage war, zuckte Reiser nur mit den Schultern und sagte weiter nichts.

„Was macht so ein Kommissar?"

„In gewissem Sinne das Gleiche wie ein Untersuchungsrichter."

„Dann werden Sie unseren ablösen?"

„Nein, ich wurde nach Darmstadt geschickt, um neue Methoden der Verbrechensbekämpfung vorzustellen."

„Ist das nötig?"

„Sie wissen sicher, dass das preußische Haus Hohenzollern über unseren verblichenen König Friedrich Wilhelm II und zwei seiner Kinder mit den hessischen Fürstenhäusern verwandtschaftlich verbunden ist. Man kann es sozusagen eine Gefälligkeit im Kreise der Familie nennen."

„Aha, der Vetter aus der Stadt kommt zur Cousine aufs Land und zeigt ihr, wie's geht?"

Reiser wusste nicht so recht, was er von dieser Bemerkung halten sollte. Wollte der Wirt ihn mit seiner anzüglichen Bemerkung hochnehmen oder glaubte er, einen guten Witz gerissen zu haben? Er lächelte ein wenig schief und ging auf die Frage nicht weiter ein.

„Am Kriminalgericht in Berlin wurden vor einigen Jahren die Aufgaben und Zuständigkeiten neu geordnet. Seitdem gibt es eine besondere Abteilung, die nur Straftaten ermittelt. Dort läuft alles zusammen, was mit Verbrechen zu tun hat. Wir wurden von allen sonstigen polizeilichen Aufgaben befreit und für unsere Arbeit besonders ausgebildet und ausgerüstet. Sie können sich vielleicht vorstellen, dass wir im Laufe der Zeit eine Menge Erfahrungen gesammelt haben, die hier von Nutzen sein mögen."

„Haben Sie schon mal einen Mord aufklären müssen?"

„Mehr als einen, leider. Berlin ist eine große Stadt, und ich bin seit über dreißig Jahren bei der Polizei."

„Und was sagen Sie zu dem hier in Darmstadt?"

Reiser schmunzelte in sich hinein. Er hatte es wohl mit einem Rhetoriker zu tun. Kommt immer schnell auf das, was ihn interessiert. Entweder geradeaus oder um die Ecke. Und lässt ganz nebenbei durchblicken, dass man auf Bertrams Sicht der Dinge offensichtlich nicht viel gibt. Die Darmstädter scheinen ihre eigene Meinung zu haben, und sei es nur, weil man gern das Gegenteil von dem annimmt, was einer wie der Untersuchungsrichter äußert. Gut möglich auch, dass einige der Zuhörer im Treppenhaus seine Fragen und Bemerkungen in Niklas' Wohnung mitbekommen hatten und nun verbreiteten, dass dieser Kommissar aus Berlin dem Richter seine Ausführungen darüber, wie der Niklas zu Tode gekommen war, nicht ohne weiteres abnahm.

Natürlich konnte es auch eine Scheinfrage sein. Falls der Wirt, wie viele seiner Kollegen, Zuträger des Gerichts war, würde man dort noch heute Abend alles erfahren, was Reiser sagte. Falls nicht, dauerte es etwas länger, bis die Nachricht von Mund zu Mund über die üblichen Wege an ihr Ziel gelangte. Reiser erkannte die Gelegenheit, dem Untersuchungsrichter seine Überheblichkeit heimzuzahlen. Er würde ihm widersprechen, es aber so klingen lassen, als hielte er sich lediglich an die Dienstvorschrift, der Öffentlichkeit nichts über Erkenntnisse laufender Untersuchungen mitzuteilen.

„Sie meinen im Falle des Herrn Niklas? Da wissen wir rein gar nichts. Nicht einmal, wie der Mann zu Tode kam."

„Könnte es sein, dass Ihr Nichtwissen im Widerspruch zum Wissen des Richters steht?"

Reiser sah ihm in die Augen. Stand ein entsprungener Dominikanermönch vor ihm oder hatte der Wirt ein Jesuitenkolleg besucht? War er bezahlter Provokant, der Oppositionelle zu unbedachten Äußerungen verleitete, oder versteckter Aufwiegler, der Gleichgesinnte aus der Reserve lockte? Er beschloss, das Thema zu wechseln.

„Wie steht es um Ihr Wissen? Können Sie einem Ortsfremden mehr darüber erzählen, was in Darmstadt so passiert?"

„In diesen Dingen bin ich so wenig Experte wie Sie in Kriminalfragen und kann aber auch rein gar nichts sagen. Am besten, Sie konsultieren die Zeitung. Bei mir finden Sie immer die neueste Ausgabe."

Damit stand der Wirt auf, rückte den Stuhl an den Tisch, ging an den Tresen, holte die Zeitung unter ihm hervor, legte sie mit weit ausholender Geste neben einen Haufen ungewaschenen Geschirrs und verschwand ohne ein weiteres Wort in der Küche. Reiser hatte das Gespräch gar nicht so abrupt abbrechen wollen, aber was sollte er machen, wenn der Wirt eingeschnappt war, weil er mit seiner Rhetorik nicht weiterkam. Schließlich war er froh, sein Abendessen ungestört zu Ende bringen zu können. Dazu passte lesen auch besser als reden.

Reiser holte sich die „Großherzoglich Hessische Zeitung", legte sie neben sein Glas auf den Tisch und sichtete die Überschriften. Die Titelseite berichtete aus aller Welt. Otto, den minderjährigen Bayern auf dem griechischen Königsthron, brachten seine Beamten in schwere Nöte, bevor er überhaupt selber regieren durfte. Unerwartet große Pilgerströme verursachten in Dschidda eine Versorgungskrise. In Russland führte der Zar ein strenges Regiment und stichelte gegen das Osmanische Reich. Auf dem nordamerikanischen Kontinent stießen die Einwanderer aus Europa immer weiter nach Westen in die Gebiete der indianischen Ureinwohner vor. Im Süden Italiens war unter heftigen Erschütterungen der Krater des Vesuvs eingesunken, wodurch sich die Gestalt des Vulkans gänzlich veränderte.

Die Mitteilungen über das Großherzogtum nahmen mehrere Seiten ein. Reiser überflog diverse Notierungen für Lebensmittelpreise in den hessischen Städten, Wechselkurse der wichtigsten deutschen Währungen, Hinweise auf Weinversteigerungen mehr oder weniger bekannter Güter, Todesanzeigen, Angebote von Mobilien und Immobilien, Auslobungen von Dienstleistungen und Handwerksarbeiten. Besonders umfangreich war die Rubrik „Edictalladungen", in der Gläubiger aufgerufen wurden, ihre Ansprüche gegen bankrott gegangene Kaufleute anzumelden.

Damit hatten sich die Nachrichten über Stadt und Land des Großherzogs aber auch schon erschöpft. Mehr sollte dem Leser über Politik und Gesellschaft im Fürstentum nicht mitgeteilt werden. Die Politik des Hofes blieb ebenso ein unbeschriebenes Blatt wie das, was die Untertanen darüber dachten. Dieser Wirt war schon ein echter Meister der Rhetorik. Als Antwort auf die Frage, was denn im Lande so passiere, verweist er auf eine Zeitung, die mit Banalitäten aus aller Welt und Belanglosigkeiten aus der Heimat über ihren absoluten Mangel an gehaltvollen Informationen hinwegtäuscht.

Er wollte die Zeitung schon zur Seite legen, als sein Blick an einem Signalement heften blieb.

„Die nachstehend signalisierten Personen sind der Teilnahme an revolutionären Umtrieben, die dem Frankfurter Attentat vom 3. April 1833 vorausgegangen sind, verdächtig und haben sich der gegen sie einzuleitenden Untersuchung durch die Entfernung aus ihrem Vaterland entzogen. Sämtliche Gerichts- und Polizeibehörden werden ersucht, auf diese Individuen genau zu vigilieren, sie im Betretungsfalle zu arretieren und an den Unterzeichneten, den vom Gr. Hofgericht zu Gießen bestellten Untersuchungskommissar, abliefern zu lassen."

Den Steckbrief ausgestellt hatte ein Landgerichtsassessor Wagner zu Friedberg. Als Gesuchte wurden zwei Studenten benannt: Eduard Dietz aus Gießen und Hermann Dittmar aus Darmstadt. Von dort stammte auch der Dritte im Bunde, Adolph Heumann, Doktor der Medizin. Reiser hatte sich unwillkürlich über die Zeitung gebeugt und schaute nun auf. Ganz so beschaulich ging es im Lande wohl doch nicht zu, und die Residenz des Landesherrn war weniger betulich, als sie auf den ersten Blick erschien. Einige Zeitgenossen mochten keine unmündigen Landeskinder mehr sein und waren gar nicht zimperlich bei der Wahl der Mittel, um ihre Vorstellungen von Recht und Ordnung durchzusetzen. Richter Bertram hatte ihm gegenüber zu der Angelegenheit kein einziges Wort verloren. Wollte er ungern darüber sprechen, dass diese Männer einen Anschlag verüben und auch noch entwischen konnten, oder sollte die Behandlung, die man ihren gefassten Kumpanen angedeihen ließ, nur dem engsten Kreis von Polizei und Justiz bekannt werden?

Reiser legte die Zeitung zur Seite und stieg die Treppe zu seinem Zimmer hinauf. Schlummertrunk und Nachtmahl hatten ihn schläfrig gemacht und ließen ihn sofort in den Schlaf sinken, sobald er im Bett die Decke über sich zog.

4

Am Morgen weckte ihn ein fröhliches Trällern. Als er die Augen aufschlug, wusste er zunächst nicht so recht, wo er war. Eben noch hatte er mit geschlossenen Augen auf der Bank eines lichten Gartens gelegen, das Gesicht der Sonne zugewandt, den Kopf im Schoß der Grüneisen, die ihm ein Liedchen sang. Nun sah er über sich die niedrige Decke der engen Kammer seiner Herberge. Er stand auf, schaute zum Fenster hinaus und entdeckte einen Kanarienvogel, den jemand im Nachbarhaus mit seinem Käfig in die Morgensonne gehängt hatte. Der wolkenlose Himmel versprach einen milden Herbsttag, vielleicht den letzten in diesem Jahr.

Reiser stellte den Spiegel auf die Fensterbank, um beim Rasieren dem kleinen Virtuosen besser zuhören zu können und ab und zu einen Blick auf sein gelbes Federkleid zu werfen. Dann stieg er heiter die Treppe zur Gaststube hinunter. Selbst der Wirt zeigte sich weniger brummig als gewöhnlich, gab sich leutselig und pfiff vor sich hin, als er das Frühstück servierte. Reiser verzehrte es in aller Ruhe und machte sich auf den Weg zum Stadthospital.

Dort stand er an einem der Fenster und schaute gerade einem Trupp Kürassieren zu, die vor dem Marstall exerzierten, als er vom Ende des Flures feste Schritte vernahm, die schnell lauter wurden. Er schaute in die Richtung und sah einen Mann, der etwa zehn Jahre jünger sein mochte als er selber, mit wehendem Haar und weit geöffnetem Kittel auf sich zukommen.

„Kommissar Reiser?"

„Sehr wohl, dann sind Sie Stadtphysikus Doktor Büchner."

„Zweiter Stadtphysikus, der Korrektheit halber. Nachdem wir uns nun mit Rang und Titel bekannt sind, schlage ich vor, es fürderhin bei den Namen zu belassen. Das spart erheblich Zeit, die uns wohl beiden knapp ist."

Büchner erzählte ihm, wie er am Abend zuvor im Hospital bei einer schweren Geburt assistieren musste. Kaum hatte das Neugeborene, ein gesundes Mädchen im Übrigen und auch die Mutter sei wohlauf, seinen ersten Schrei getan, brachte man ihm einen arg zugerichteten jungen Rekruten, aus dem nicht herauszukriegen war, ob ihn launische Vorgesetzte kuriert, mutwillige Kameraden drangsaliert oder raufsüchtige Lokalpatrioten malträtiert hatten. Seine Behauptung, im Rindviehstall der Garnison habe sich ein Bulle losgerissen und eine Weile die Wut an ihm ausgelassen, bevor er mit Müh und Not durch das Gatter schlüpfen konnte, klang eher unwahrscheinlich. Tobende Bullen brechen Rippen oder sonstige Knochen, aber schlagen keine Zähne aus und Nasen ein.

Das habe ihn alles recht lange aufgehalten, und da sonst kein Arzt im Spital war, sei er unabkömmlich gewesen. Schließlich habe aufblühendes Leben Vorrang vor dem abgelaufenen, und Tote hätten es doch sowieso nicht eilig. Mittlerweile sei der Leichnam des bedauernswerten Musikus von seinen Helfern in den Sektionsraum gebracht worden, wohin er ihn jetzt umgehend führen werde. Damit eilte er Richtung Niedergang zum Souterrain, und Reiser musste immer wieder einen Laufschritt einlegen, um Büchner über Treppen und Flure folgen zu können.

Beim Frühstück hatte der Wirt erzählt, wie Büchner es vom Chirurgen im Irrenhospiz zum Mitglied im großherzoglichen Medizinalkolleg gebracht hatte. Sein Einsatz für bedürftige Patienten war weit und breit bekannt und ebenso die Tatsache, dass seine Untersuchungen an den Leichnamen nicht nur dazu dienten, offiziell die Todesursache zu konstatieren, sondern auch dazu, junge Männer, die sich kein Medizinstudium leisten konnten, zu Wundärzten auszubilden. Das hatte nicht wenige brave Bürger aufgebracht, wohl, weil sie fürchteten, eines Tages selber auf dem blanken Tisch nackt vor diesen Jünglingen zu liegen, von denen man nie wissen konnte, ob sie das der Situation angemessene Quantum Respekt, Schamgefühl und Verschwiegenheit besaßen.

Der größte Protest allerdings kam von den ansässigen Ärzten und Badern, die unbequeme Konkurrenz fürchteten und schauerliche Geschichten darüber verbreiten ließen, welche Albernheiten sich dort bisweilen abspielten. Schlimmer noch, wer könne schon mit Gewissheit sagen, ob auch wirklich jeder der Toten, die man hier sezierte, in seinem Sarg der geweihten Erde des Friedhofs anvertraut wurde oder er, respektive was nach gründlicher Behandlung mit Skalpell, Säge und Zange von ihm übrig blieb, in einer profanen Glasvitrine des Kabinetts zu finden sei, wo Büchner, wie jeder wisse, besonders interessante Exponate für seine medizinischen Studien sammle.

Reiser war daher auf einiges gefasst, als er den Sektionsraum betrat, stutzte aber doch über die vielen Gesichter, die sich auf ihn richteten.

„Herr Reiser, haben Sie einen bestimmten Wunsch oder etwas, das sie besonders interessiert?"

„Wenn Sie mir nur möglichst bald mitteilen würden, was die Wunde im Bauch des Mannes verursacht haben kann und ob sie seinen Tod hervorgerufen hat. Jetzt, da ich mit eigenen Augen gesehen habe, dass es ein und dieselbe Person ist, deren Todesumstände mit unterschiedlichen Methoden aufzuklären unser beider Bemühungen gelten, überlasse ich Sie und Ihre Gehilfen ungestört der Arbeit."

„Ich schlage vor, Sie warten in der Bibliothek auf mich, im ersten Stock, wo wir uns eben getroffen haben. Sie ist gut ausgestattet und auf eine Reihe führender Fachblätter abonniert. Das wird Ihnen die Zeit verkürzen. Ich vermute, dass Sie dort meinen Sohn Georg vorfinden, der mag Ihnen die Systematik erläutern."

Als Reiser die Bibliothek betrat, schlug ihm der trockenstickige Mief entgegen, der alle Bücherräume erfüllt, in denen lange Regale mit Folianten voll gestopft sind, die nur mit Mühe ihre Seiten halten können, weil das Papier morsch und die Bindung schwach geworden sind, deren Ledereinbände der Haut von Mumien ähneln und auf die sich eine alles bedeckende Schicht feinen Staubes gelegt hat, der bei jedem Umblättern aufsteigt und wie ein den Lettern entströmendes Fluidum den Raum erfüllt.

Das einzige Fenster reichte bis knapp unter die Decke. Dichte Spinnweben zeugten davon, dass es nie bedient wurde, sei es, weil das Holz verzogen und die Scharniere verrostet waren oder weil seine fingerdicke Staubschicht jedem deutlich vermittelte, es bleibe immer geschlossen. Ein langer schwerer Tisch stand mit der Schmalseite zum Fenster. An ihm saß ein Mann über eines der Bücher gebeugt, die er auf dem Tisch ausgebreitet hatte. Vom Gesicht konnte Reiser nicht viel sehen, nur die hohe, gewölbte, von blonden, leicht gelockten Haaren umsäumte Stirn. Er war so sehr in die Lektüre vertieft, dass er nicht bemerkte, wie Reiser eintrat, ihn nicht einmal wahrnahm, als er die andere Seite des Tisches erreichte. Reiser fragte sich, ob ihm wohl der Sohn des Stadtphysikus gegenüber säße.

„Guten Tag."

Der andere hob erstaunt ein wenig den Kopf und blickte ihn mit seinen grauen Augen reserviert an.

„Den guten Tag zurück."

„Kommissar Reiser. Sind Sie Georg Büchner?"

Sein Gegenüber richtete sich auf und blieb wie erstarrt sitzen. Die Augen wurden schmal, das Gesicht steinern. Reiser lehnte sich ein wenig vor und stützte die Hände auf den Tisch.

„Ist Ihnen nicht wohl? Das kann ich gut verstehen. Wenn man eine Weile in einem Verlies wie diesem verbracht hat, gibt es nichts Schöneres, als wieder an die frische Luft zu kommen."

Der andere erhob sich abrupt, eilte geradewegs zur Tür und stürzte fast aus dem Raum, als er sie erreicht hatte. Reiser schüttelte verwundert den Kopf, ging um den Tisch herum und betrachtete die Bücher, die auf dem Tisch ausgebreitet lagen. Die Geschichte der Französischen Revolution, jeweils die mehrbändigen Gesamtausgaben von Mignet und Thiers. Lesen war wohl nicht der richtige Ausdruck, der junge Mann studierte sie, hatte sich Notizen gemacht, nach Zitaten und Verweisen gesucht. Reiser überflog die aufgeschlagenen Seiten, blätterte in den Büchern herum, las hier und da oberflächlich einige Zeilen, kam aber nicht allzu weit, bis die Tür aufflog und der Stadtphysikus die Bibliothek betrat.

„Ich hoffe, Georg war sich Ihres Amtes bewusst und hat die Ungerechtigkeiten dieser Welt nicht in allen Einzelheiten angeprangert. Nanu, es hieß doch, er sei hier."

„Meinen Sie den jungen Mann, der sich so spontan zum Aufbruch entschloss, kaum dass ich ihn begrüßt hatte?"

„Das verstehe, wer will, aber seien Sie versichert, sein Verhalten richtet sich nicht gegen Sie, er ist in letzter Zeit etwas angespannt."

Reiser hatte wenig Interesse an seltsamen Verhaltensweisen junger Männer. Er wollte das Ergebnis der Untersuchung erfahren.

„Was haben Sie herausgefunden?"

„Der Mann ist erstochen worden."

„Womit?"

„Ich kann eher sagen, womit nicht. Die Wunde ist klein und rund. Also war es keine Klinge, zumindest keine, wie wir sie von einem Messer oder Degen kennen, flach und breit."

„Kann es ein Cello gewesen sein?"

„Die Wunde ist klein und rund."

„Ich meine den Stachel, das, worauf das Cello steht, der Dorn unten dran."

„Wenn der spitz ist, nicht mehr als einen Finger dick und mindestens einen Fuß lang, ist er genauso gut wie jeder andere Gegenstand, auf den diese Beschreibung passt."

„Ist Ihnen etwas Besonderes aufgefallen?"

„Ein sauberer Stich, unter den Rippen direkt ins Herz. Ich habe solche Wunden zuhauf gesehen, als es mit der Grande Armée gegen die Schweden ging. Selten genug konnte ich helfen."

„Kann es ein Unfall gewesen sein?"

„Mit einem Cello?"

„Hat Richter Bertram mit Ihnen gesprochen?"

„Während ich noch im Spital war, richtete ein Bote meiner Frau lediglich die Nachricht aus, es sei eine gefundene Leiche abzuholen."

Reiser meinte, den Boten zu kennen, und konnte sich lebhaft vorstellen, wie der seinen sorgfältig formulierten Text zackig vortrug.

„Dann waren Sie selber gar nicht am Fundort?"

„Nein, meine Frau schickte nach den Gehilfen, die ihn hierher brachten und für die Untersuchung heute Morgen vorbereiteten."

„Würde es nützen, wenn Sie den Stachel hier hätten?"

„Um sagen zu können, ob er zur Wunde passt? Das wäre sicher hilfreich. Aber an Form und Größe allein lässt sich die Tatwaffe nicht erkennen, gesetzt den Fall, mehrere kommen in Betracht. Wir haben es mit einem sauberen Einstich in elastisches Gewebe zu tun. Man kann allenfalls untersuchen, ob an dem inkriminierten Stechinstrument irgendetwas haften geblieben ist, was darauf hindeutet, dass es für die Tat verwendet wurde. Ein Fetzen Haut, ein Haar, was auch immer. Damit könnte ich hier in meinem Kabinett weitere Untersuchungen anstellen."

„Gibt es sonst noch irgendetwas, woraus sich der Hergang der Tat rekonstruieren lässt?"

„Wie gesagt, ein Stich am richtigen Ort. Ein Zufallstreffer ist möglich, aber eher unwahrscheinlich. Ich möchte meinen, von geübter Hand ausgeführt, zumal, wenn man bedenkt, dass der Handgriff der Waffe vier Fuß lang und zwei Fuß breit wäre, wenn es um das von Ihnen erwähnte Musikinstrument geht. Was ich Ihnen im Moment verrate, sind allerdings nur die Ergebnisse einer ersten Augenscheinnahme, die ich so schnell wie möglich mitteilen wollte. Für gründlichere Ergebnisse benötige ich noch einige Zeit."

„Haben Sie eine Vermutung, wie es abgelaufen sein könnte?"

„Eine Vermutung nicht, nur eine Abwägung der Möglichkeiten. Unfall oder Selbstmord scheinen mir aus praktischen und anatomischen Erwägungen kaum denkbar. Aber dass jemand mit einem Cello umgebracht wird, klingt auch nicht gerade überzeugend. Zunächst ist es wichtig, den Gegenstand zu finden, der die tödliche Wunde verursacht hat. Vielleicht ergeben sich dann ja noch weitere Hinweise."

„Ich werde mir das Cello noch einmal näher ansehen. Wann kann ich wieder zu Ihnen kommen?

„Ich schlage vor, Sie kommen morgen früh. Dann kann ich die Untersuchungen fortführen."

Die beiden verließen die Bibliothek und gingen schweigend nebeneinander zum Eingang. Dort verabschiedeten sie sich, und Reiser war froh, der bedrückenden Atmosphäre des Hospitals zu entkommen und hinaus in den strahlenden Herbsttag zu treten.

5

Reiser ging am Correctionshaus vorbei die Spitalstraße entlang. An der Ecke zur Bleichstraße musste er sich durch eine lange Reihe von Fuhrwerken schlängeln, die alle dort einbiegen wollten, aber nicht weiterkamen, weil ein Kutscher versuchte, sein Gespann rückwärts auf ein Grundstück zu bugsieren. Die meisten der Wagen waren mit Balken, Bohlen oder Ziegeln beladen. Hier, im jüngeren Teil der Stadt, wuchsen an allen Ecken und Enden Neubauten in die Höhe. Gärten verschwanden, Lücken zwischen Gebäuden wurden geschlossen, freie Plätze zugebaut. Ein ganzes neues Stadtviertel wurde aus dem Boden gestampft. Das alles war binnen weniger Jahre geschehen und noch in vollem Gange, sodass neben manch prunkvoller Fassade die kahle Wand eines Rohbaus mit dunklen Fensterhöhlen stand.

Auf der Rheinstraße war er versucht, im Darmstädter Hof einzukehren, ging dann aber doch weiter über den Louisenplatz und bog vor dem Residenzschloß auf den Marktplatz ein. Reiser meinte, sich zu erinnern, irgendwo in der Nähe, bei der Einmündung einer engen Gasse in eine der etwas breiteren, die Tafel eines Brillenmachers gesehen zu haben. Hier in der Altstadt standen die Fachwerkhäuser dicht gedrängt und neigten sich mal in diese, mal in jene Richtung, als ob sie miteinander tuschelten. Nach einigem Suchen entdeckte er das Schild. Die Tür zum Laden war allerdings verschlossen, und er musste mehrere Male an der Klingel ziehen, bis ein Mann angeschlurft kam, der ihm mit gebeugtem Oberkörper öffnete. Was er vor sich auf den Boden nuschelte, verstand Reiser nicht, hielt es aber für die umständliche Art und Weise eines alten Kauzes, seiner Aufforderung Ausdruck zu verleihen, einzutreten, der er folgte. Den Rest ignorierte er.

Was von außen wie ein Ladenlokal aussah, erwies sich als ein winziger Raum, eher eine Art Schrank, dessen Wände aus Regalen bestanden, die bis unter die niedrige Decke reichten. Viel mehr konnte Reiser zunächst nicht erkennen. Durch die stumpfen Scheiben drang wenig Licht. Aber was es unmöglich machte, Einzelheiten zu unterscheiden, war die Tatsache, dass man nicht vor einer Auslage stand, sondern sich mitten darin befand, sobald man über die Schwelle getreten war. Brillengestelle, Gläser, Bügel, Schrauben, Drähte, Werkzeuge und alle möglichen Gegenstände jeden Materials und jeglicher Form, mit denen die Regale voll gestopft waren, lagen einem nicht vor Augen, sondern saßen förmlich auf der Nase. Zudem lag auf allem eine dicke Schicht Staub, die Formen und Farben verwischte und den Eindruck machte, sie würde zu eben diesem Zweck sorgfältig behütet.

Immerhin gewöhnten sich seine Augen nach einer Weile an die Umgebung. In diesem Laden dauerte es, bevor man etwas scharf sah. Was das ein Trick des Optikers, um seine Kunden zu überzeugen, sie benötigten eine Brille?

Der Alte murmelte unaufhörlich etwas Unverständliches vor sich hin und hatte sich mittlerweile auf einen erhöhten Hocker vor ein schmales Pult gehievt, die einzigen Möbelstücke, die es in dem winzigen Raum gab. Reiser fürchtete, dass sie beide mit den Köpfe aneinander stoßen könnten, wenn sich einer von ihnen beim Sprechen vorbeugte. Er wollte deshalb den Oberkörper nach hinten lehnen, spürte aber sofort den Widerstand eines Regals im Rücken.

Der Mann hatte ihm jetzt mit leicht schräg gehaltenem Kopf sein Gesicht zugewendet. Reiser blickte in zwei hellblaue Augen, die ihn starr fixierten. Irgendetwas stimmte mit ihnen nicht. Er hatte den Eindruck, als würden sie durch ihn hindurchblicken, genierte sich aber, genauer hinzuschauen.

Reiser atmete durch und sagte, er bräuchte ein Vergrößerungsglas. Eigentlich wolle er keines kaufen, nur leihen und könne es in spätestens zwei Stunden zurückbringen und werde es sorgsam behandeln. Man möge ihm ruhig vertrauen, er sei von der Polizei, aus Berlin, und wolle das Glas auch nicht für sich, sondern für dienstliche Zwecke im Auftrag von Richter Bertram.

Sein Gegenüber begann, gründlich in der Schublade des Pults zu kramen, ohne dabei den Blick von ihm zu wenden, holte nach geraumer Zeit eine Brille hervor, deren Steg entzwei gebrochen war, und hielt ihm die beiden Teile auf der offenen Handfläche entgegen. Als Reiser bemerkte, eine kaputte Brille sei doch wohl zu nichts nutze, fuhr der Alte mit dem Ballen der linken Hand die Kante des Pultes entlang bis zu einer Stelle, an der ein Stück Holz abgesplittert war. Dann hielt er die beiden Brillenhälften übereinander, kniff ein Auge zusammen, tat, als blickte er mit dem anderen durch die Gläser, und forderte seinen Kunden auf, es ihm nachzutun.

Reiser wusste, dass sich mit zwei Brillengläsern, im richtigen Abstand gehalten, eine Vergrößerung erzielen ließ, hatte bei einem Optiker allerdings professionellere Hilfsmittel erwartet. Er nahm widerwillig die angebotenen Gläser, schaute hindurch, glaubte, kleine Splitter zu erkennen, die er zuvor nicht gesehen hatte, war sich jedoch nicht sicher, weil es im Laden einfach nicht hell genug war. Würde er mit diesen Bruchstücken einer Sehhilfe tatsächlich irgendetwas finden können, das er nicht auch schon mit bloßem Auge gesehen hatte?

Er reichte dem Mann die beiden Teile zurück. Der machte jedoch keine Anstalten, sie entgegenzunehmen, saß auf seinem Hocker, die Augen auf das Pult gerichtet. Unschlüssig fragte Reiser, was das Brillenwrack denn kosten solle. Die Antwort gaben drei gekrümmt erhobene Finger, die nicht erkennen ließen, ob es fortgeschrittene Gicht war, die es nicht anders erlaubte, oder betonte Lässigkeit, die es genau so erforderte.

Reiser legte seine Geldbörse auf das Pult, schüttelte einige Münzen heraus, zählte drei Kreuzer ab und schob sie dem Alten zu. Der nahm sie, klimperte einmal damit in seiner geschlossenen Faust und ließ sie zurück auf die Platte des Pultes fallen. Reiser wollte die übrig gebliebenen Münzen wieder in der Geldbörse verschwinden lassen. Plötzlich spürte er die Hand des Brillenverkäufers auf seinem Arm, wobei der ihm von schräg unten sein Gesicht zuwandte und erneut einen Schwall von Worten losließ, von dem Reiser wiederum kein einziges Wort verstand. Was hatte der bloß?

Bevor er es richtig mitbekam, hatte der Alte drei Gulden aus dem Häufchen Münzen herausgepickt und in der Schublade verschwinden lassen, die drei Kreuzer mit verächtlicher Miene zu den übrigen Münzen gewischt, alle mit geübter Handbewegung zusammengekratzt, in die immer noch geöffnete Börse gekehrt und sie ihm über die Platte des Pultes zugeschoben. Gleichzeitig war er aufgestanden, quetschte sich an dem perplexen Reiser vorbei, öffnete die Tür, wies mit einer Hand nach draußen und schob ihn mit der anderen in die gewiesene Richtung. All das geschah in einer einzigen fließenden Bewegung, die leicht, schwerelos und elegant ablief und einen Gedanken an Widerstand gar nicht erst aufkommen ließ.

Die Tür wurde geschlossen. Reiser stand verdattert auf der Schwelle des Ladens, ihm war leicht schwindelig. Er musste sich am Türrahmen festhalten, um nicht zu taumeln. Das helle Sonnenlicht blendete ihn, und alle Dinge waren unendlich weit entfernt. Die Welt erschien ihm seltsam verschleiert. Nur langsam wurden die Umrisse der Häuser auf der anderen Seite der Straße deutlicher.

„Guten Tag, Herr Reiser!"

Er wandte sich zur Seite, konnte die Person, die ihn angesprochen hatte, aber nur als Schatten erkennen, der sich im Gegenlicht abzeichnete. Die wenigen Worte hatten jedoch bereits genügt, um ihre Stimme zu erkennen.

„Guten Tag, Frau Grüneisen!"

„Wie schön, Sie zu treffen. Oder waren sie auf dem Wege zu mir?

„Leider nein, ich hatte dienstlich zu tun."

„Aber bis zu meinem Hause können Sie mich doch begleiten?"

„Es sind ja nur ein paar Schritte."

„Und die sind es Ihnen nicht wert?"

„Nein, ich wollte sagen, leider. Ich meine, ja. Leider sind es nur ein paar Schritte."

„Sie Schmeichler, aber Sie haben recht, wir sind gleich da. Sind Sie heute Abend auch im Pädagog? Der Platz für einen Ehrengast in der ersten Reihe ist noch zu vergeben, direkt neben meinem."

Reiser wollte eigentlich ohne weiteres mit Freuden annehmen, brachte aber lediglich eine unverbindliche Floskel heraus.

„Ich weiß leider gar nicht, was gegeben wird."

„Ach, schon wieder leider. So schlimm kann es doch nicht sein. Aber wissen können sie es wohl nicht. Dass ich es Ihnen auch nicht gleich gesagt habe. Das jährliche Konzert der Freunde der Glasharmonika zum Gedenken ihrer Erfindung durch Benjamin Franklin steht wieder an. Dieses Jahr ist Rinler an der Reihe, vor unserer eingeschworenen Gemeinschaft zu spielen. Ich hoffe, Sie gehören nicht zu denen, die unserer geliebten Glasharmonika den Rücken gekehrt haben, nur weil es nicht mehr als zeitgemäß gilt, seine Gefühle anrühren zu lassen."

Reiser schluckte. Dieses Instrument schien ihn seit seinem ersten Fall zu verfolgen. Damals ging es um alles andere als virtuose Darbietungen zur Erbauung einer empfindsamen Zuhörerschaft. Eine Glasharmonika gab die Hintergrundmusik für dämonische Gaukeleien, die rücksichtslose Höflinge vor einem leichtgläubigen König inszenierten, um die Macht in Preußen an sich zu reißen. Die Erinnerung daran ließ ihm die Aussicht auf dieses Konzert nicht gerade verlockend erscheinen.

„In Berlin hat sich die Harmonika in letzter Zeit rar gemacht."

„Sie müssen ja ganz entwöhnt sein."

„Wird man auch etwas von Ihnen zu hören bekommen?"

„Wenn man es wünscht."

„Dann nehme ich Ihre Einladung mit Freuden an."

„Also, ich erwarte Sie morgen um fünf einhalb. Haben Sie noch einen schönen Tag."

„Das wünsche ich Ihnen auch, bis morgen dann."

Reiser hielt ihr die Haustür auf und schaute der kräftigen Figur hinterher, bis sie die Treppe erreichte. Er ging versonnen zum Ende der Gasse und bog, ohne weiter zu überlegen, in die nächste ein, besann sich aber eines Besseren, ging zurück, schaute noch einmal um die Ecke und prägte sich die Fassade des Hauses ein, in dem die Grüneisen wohnte. Dann blickte er aufmerksam in die Runde, um sich zu orientieren und seinen Weg hierher finden zu können.

6

Auf dem Weg zur Wohnung von Niklas versuchte er, sich in Erinnerung zu rufen, ob ihm gestern Abend etwas aufgefallen war, das er nun bei besseren Lichtverhältnissen und mit Hilfe seiner Lupe genauer inspizieren sollte. Allerdings kamen ihm ganz andere Gedanken in den Sinn. Wie alt mochte die Grüneisen wohl sein? Jünger als er, so um die fünfzig? Er hatte das Alter von Frauen noch nie besonders gut schätzen können, und es interessierte ihn auch gar nicht so genau, es sei denn aus dienstlichen Gründen. Jedenfalls fand er sie einnehmend, keine dieser ebenmäßigen klassischen Schönheiten, deren glatte Züge man mit einem Blick erfasst, eher geheimnisvoll unter ihrer dunklen, dichten Haartracht. Dabei strahlten die hellblauen Augen aus einem offenen Gesicht. Vor dem Brillenladen hatte er sie zum ersten Mal bei hellem Licht betrachten können und sofort gewusst, was er letzten Abend in der dunklen Stube nur geahnt hatte. Er wollte ihr unbedingt näher kommen und jede sich bietende Chance nutzen. Dass es eine Einladung zu einem Glasharmonikakonzert sein musste, war nicht gerade, was er sich ausgemalt hatte.

Die Tür zu Niklas' Wohnung war abgesperrt. Er klopfte bei den Nachbarn, um zu fragen, ob jemand da gewesen war, und wenn ja, ob sie wüssten, wer. Die Antwort lautete nein, sie selber hätten die Wohnung vorsichtshalber zugeschlossen, damit nicht jeder ein- und ausgehen konnte, wie er wollte. Den Schlüssel hatte Niklas doch immer auf den Türrahmen gelegt, und dort hätten sie ihn auch wieder hingetan. Sie glaubten nicht, und alle anderen im Hause auch nicht, dass Niklas sich selber umgebracht hatte. Und aus Versehen in sein geliebtes

Cello gestürzt? Nein, das sei völlig unmöglich, und betrunken schon gar nicht. Allen tat sehr leid, dass der Herr Niklas nun tot sei, und niemand könne sich erklären, wie das passieren konnte, und ein wenig schuldig fühlten sie sich, weil sie nichts bemerkt hatten.

Reiser versuchte, die beiden zu beruhigen, dass sie sich keine Vorwürfe zu machen brauchten, schließlich sei jeder völlig überrascht, und keiner habe eine Erklärung für das, was passiert sei. Dann fragte er, ob ihnen in letzter Zeit etwas bei Niklas aufgefallen wäre. Sie warfen sich einen fragenden Blick zu. Dieser Kommissar aus Berlin schien zu glauben, sie hätten ihrem Nachbarn hinterherspioniert. Reiser beeilte sich, die erbetenen Auskünfte darauf einzuschränken, was möglicherweise mit dem Tod des Herrn Niklas zu tun haben könnte, und wartete ruhig, bis die Frau zögernd zu reden begann. Nein, er war freundlich und fröhlich wie immer. Eher noch mehr als sonst, er hatte sich sogar ein neues Paar Hosen gekauft und angekündigt, er wolle seinen Geburtstag im nächsten Monat richtig feiern und dazu das ganze Haus einladen.

Reiser bedankte sich, versicherte ihnen noch einmal, wie leid ihm der Tod des Niklas tat, obwohl er ihn gar nicht gekannt hatte, aber nach allem, was er über ihn erfahren habe, sei er davon überzeugt, dass er ein guter Mensch gewesen sein müsse, der leider auf rätselhafte Weise aus dem Leben geschieden war, woran sie keinerlei Schuld treffe, und wo genau denn der Schlüssel deponiert sei. Der Mann trat zwei Schritte aus seiner Tür, stellte sich neben Reiser auf die Zehenspitzen und langte auf den Rahmen von Niklas' Wohnungstür. Er betrachtete den Schlüssel in seiner Hand, unschlüssig, ob er selber öffnen und den Kommissar in die Wohnung begleiten sollte oder ihm den Schlüssel einfach aushändigte. Er reichte ihn schließlich seiner Frau mit der Aufforderung, die Tür doch aufzuschließen.

Als Reiser die Wohnung betrat, glaubte er im ersten Moment, die Nachbarin sei mit Scheuersand, Schrubber und Glanzwachs durch den Raum gezogen, um das Andenken des Verstorbenen zu bewahren und ihre gute nachbarschaftliche Verbundenheit über den Tod hinaus zu beweisen. Statt in einer schummrigen Höhle fand er sich in einem hellen Zimmer. Der dunkle Boden, auf dem am Abend der Leichnam als kaum erkennbarer Umriss gelegen hatte, reflektierte die Strahlen der Nachmittagssonne. An der Wand hing die Hose. Jetzt konnte man deutlich sehen, dass sie neu war. Vielleicht hatte Niklas sie noch nie angehabt. Den Tisch hatte er bei seinem ersten Besuch der Wohnung gar nicht richtig wahrgenommen und erinnerte sich nur vage, um ihn herumgegangen zu sein. Ein leinenes Tuch mit dezentem Blumenmuster bedeckte ihn, darauf lag die Cello-Partitur eines Streichquartetts. Ein Bogen hielt sie aufgeschlagen.

Er erinnerte sich, auf dem Stuhl eine Unterhose gesehen zu haben. Der Sitz war jetzt leer. Frau Nachbarin hatte ihrem Sinn für Ordnung wohl nicht ganz widerstehen können. Ansonsten schien alles unberührt geblieben zu sein. Das Cello lehnte an seinem Platz in der hinteren Ecke des Zimmers. Der Fleck darunter hatte die stumpf braune Farbe vertrockneten Herbstlaubs. Er nahm das Instrument und ging damit zum Fenster, um besseres Licht zu haben. Bis auf die Verfärbung, die an dem schwarzen Stachel erst jetzt deutlich auffiel, konnte er auf den ersten Blick nichts Interessantes entdecken.

Aber diesmal war er ja besser ausgerüstet und konnte das vermutliche Tatwerkzeug unter dem Vergrößerungsglas intensiver betrachten. Eine Lupe wäre praktischer gewesen, die konnte man bequem mit einer Hand halten. Aber Reiser war froh, überhaupt irgendein Hilfsmittel bei sich zu haben, selbst wenn er für seine Vergrößerungsvorrichtung beide Hände brauchte. Nur, womit sollte er jetzt das Cello halten? Die Erinnerung an seinen Kampf mit dem Instrument vorigen Abend ließ ihn seufzend die Augen verdrehen.

Er stellte das Cello auf die Schnecke, lehnte es mit der Zarge an das Fensterbrett, und tatsächlich blieb es in dieser Position ausreichend stabil stehen. Die Verfärbung des Stachels war eine gute Hand breit. Das sah er mit bloßem Auge. Es dauerte eine Weile, bis er den richtigen Abstand gefunden hatte, in dem er die beiden Gläser halten musste, sodass gleichzeitig genügend Licht hindurchfiel. Der Apparat des Optikers war umständlich, aber wirkungsvoll. Reiser erkannte feine Schlieren, die sich am Stachel entlangzogen und in Tränen ausliefen. An der Spitze des Stachels war ein schmaler Rand entstanden. Die Formen mussten sich gebildet haben, als das Blut trocknete. Er war sicher, dass es sich um Blut handelte, aber hatte der Stachel auch in Niklas' Leib gesteckt?

Er suchte ihn wieder und wieder von allen Seiten ab und wollte schon aufgeben und sich enttäuscht auf den Stuhl fallen lassen, als ihm ein feiner Strich auffiel. Reiser hatte ihn zunächst für einen Ritz gehalten, in dem sich das Licht brach, erkannte jedoch, als er ihn aus unterschiedlichen Winkeln betrachtete, dass dort etwas klebte. Es sah aus wie eine Faser. Sie haftete am oberen Rand der Verfärbung und musste an den Stachel gelangt sein, bevor das Blut getrocknet war, möglicherweise beim Stich.

Wenn die Faser von Niklas' Kleidung stammte, stand das Tatwerkzeug fest. Büchner hatte von einem gekonnt ausgeführten Stich gesprochen. Der Täter war kein Laie. Danach sah hier auch alles aus. Nichts deutete auf einen Kampf hin. Das Cello stand in der Ecke oder Niklas hatte es neben dem Tisch abgestellt, wo er gerade darauf spielte, daher auch der Bogen auf dem Tisch. Der Täter nimmt es und sticht zu. Der völlig perplexe Niklas ist sofort tot, ohne einen Mucks zu machen. Der Mörder stellt das Cello in die Ecke und verlässt die Wohnung. Eine Sache von wenigen Augenblicken. Niemand bemerkt etwas davon. Der Mörder braucht nur unbemerkt von den Nachbarn in die Wohnung gelangen und sie wieder verlassen.

Hier konnte er nichts mehr ausrichten. Die Faser musste zu Büchner, damit er sie genau bestimmen und mit den Kleidern des Toten vergleichen konnte. Wenn er versuchte, sie mit seinem Messer freizulegen, richtete er womöglich so viel Schaden an, dass die genaue Bestimmung in Büchners Kabinett unmöglich wurde. Es blieb ihm wohl oder übel nichts anderes, als das Cello zum Hospital zu bringen. Der Gedanke, damit durch die Gassen und Straßen der Stadt zu ziehen, ließ ihn zögern, aber es blieb keine Wahl. Immerhin konnte er sich den Weg einteilen. Heute würde er es mit auf seine Stube im Gasthaus nehmen und morgen früh zu Büchner bringen.

Nur, wie trug man das ausladende Instrument? Er konnte es sich unter den Arm klemmen wie ein Holzbündel, befürchtete aber, dass bei solch grober Behandlung der Steg brechen könnte. Oder er wuchtete es sich auf die Schulter wie ein Brett, auf die Gefahr hin, an allen möglichen Hindernissen anzuecken. Beides kam nicht in Frage. Außerdem wollte er den Stachel sehen können, um darauf zu achten, dass er nur ja keinen Kratzer abbekam. Er betrachtete das Cello von allen Seiten, griff mit beiden Händen in die seitlichen Ausbuchtungen des Korpus und trug es in seinen Armen vor sich her, wobei es sich im Takt seiner Schritte wie eine Tanzpartnerin zu wiegen schien.

7

Obwohl der Abend noch gar nicht begonnen hatte, war die Gaststube gut besucht. Reiser hatte die Tür mit dem Rücken aufgedrückt und versuchte umständlich, sie mit dem linken Arm zu halten, während er das Cello mit der Rechten an sich drückte und darauf achtete, nirgends anzustoßen. Die Gäste hatten ihn zunächst nicht beachtet, übertrafen sich aber mit schadenfrohen Kommentaren, sobald sie ihn erkannten und sahen, wie er sich abmühte, das Instrument unbeschadet durch die Tür zu bringen, die immer wieder zufallen wollte. Auf die Idee, ihm behilflich zu sein, kam keiner.

Mit finsterer Miene durchquerte er die Gaststube. Immerhin hielt der Wirt ihm die Tür zum Flur auf, was er mit einem leise geknurrten Dank bedachte. Auf der steilen engen Stiege stieß er einige Male an das Geländer, dass es nur so schepperte, worauf in der Gaststube jedes Mal aufs Neue ein Witzbold seine Bemerkungen machte und alles in Gelächter ausbrach. Schließlich hatte er das Instrument auch noch durch die Tür seiner Kammer bekommen, allerdings stand er nun eingeklemmt zwischen Bett und Wand und konnte sich kaum noch rühren. Er hätte daran denken müssen, wie eng seine Schlafkammer war. Irgendwie schaffte er es, das Cello mit dem Stachel unter dem Waschtisch und dem Hals hinter dem Bett auf den Boden zu legen, darüber zu steigen, die Tür einen Spalt breit zu öffnen und aus der Kammer zu schlüpfen.

„Ist der Herr Kommissar aus Berlin zu uns gekommen, um dem Gericht eins aufzuspielen?“

Reiser hatte sich kaum an seinen Tisch gesetzt, als ihn die erste Lachsalve begrüßte. Am Nachbartisch saß wieder die

Solo-Runde, die vier Kartenspieler wollten schier platzen vor Lachen.

„Er übt wohl noch im stillen Kämmerlein, bevor er dem Untersuchungsrichter ein Liedchen geigt."

„Wird er ihm auch die Flötentöne beibringen?"

„Oder mal richtig auf die Pauke hauen."

Der Hagere wandte sich ihm mit rot geäderten Augen vom Nachbartisch zu und hob die Stimme, dass es jeder im Saal mitbekommen musste.

„Nichts für ungut, Herr Kommissar, aber haben Sie schon einmal von der Sitte gehört, einen Krug zu spendieren, um sich bei den Nachbarn vorzustellen?"

Reiser überlegte. Bald saß er zwei Wochen Abend für Abend in der Gaststube, hatte sich immer abseits gehalten und gehofft, etwas aufschnappen zu können, um den Gendarmen in Darmstadt anhand eines praktischen Beispiels demonstrieren zu können, warum die Kriminalpolizei sich in Zivil unters Volk mischten sollte. Allerdings hatte sein unauffälliges Beobachten keinen einzigen Hinweis auf Planung oder Durchführung irgendeines Verbrechens gebracht. Im Gegenteil, solange er unerkannt bleiben und inkognito ermitteln wollte, hatte er nichts herausbekommen, und die Leute hielten sich von ihm fern. Kaum wusste jeder, wer er war, boten sie ihm an, ihn in ihre Mitte aufzunehmen. Vielleicht konnte er ja auf diese Weise etwas Nützliches erfahren. Zumal sich alle sichtlich bemühten, ein verständliches Deutsch zu sprechen.

„Herr Wirt, einen Schoppen für alle!"

Seine Bestellung wurde mit zustimmendem Kopfnicken, Beifall und lautem „Bravojawollsoistsrecht" quittiert. Aus dem Hintergrund meldete sich jemand, der meinte, der Fremde müsse, wenn er dazugehören wolle, sich auch den hiesigen Gewohnheiten anpassen.

„Herr Wirt, hat der Kommissar eigentlich schon unsere gute hessische Küche kennen gelernt?“

Bevor einer der beiden Genannten auch nur einen Ton hätte sagen können, platzte ein anderer lauthals heraus, der vor Aufregung in seinen gewohnten Dialekt verfiel.

„Ei, gäwwe Se ihm Ihne Ihre Ribbsche mit Kraut un glei aach ahn Hankees mit Musik. Un den Schobbe net vergesse.“

Der Wirt sah Reiser fragend an, und als der nur die Schultern zuckte, gab er die Bestellung an die Küche weiter.

„Mit Musik scheint man sich hier ja bestens auszukennen. Das ist mir grad recht. Ich habe da ein paar Fragen, die ich gern gestellt hätte.“

Während die Gäste schweigend dem Wirt zusahen, wie er von Tisch zu Tisch ging und jedem sein Glas Apfelwein servierte, nutzte Reiser die Gelegenheit, um an das plötzliche Ende des Niklas zu erinnern, das ihn beschäftige, weil er den Musiker so erbärmlich auf dem Boden habe liegen sehen und er doch gar nichts von ihm wisse und überhaupt in Darmstadt ganz fremd sei, was es ihm nicht gerade erleichtere, sich ein Bild davon zu machen, wie es denn zu dem tragischen Vorfall habe kommen können. Er machte eine kleine Pause, fasste mit Daumen und Zeigefinger ein Ohrläppchen, massierte es und schaute in die Runde.

Nachdem er sich vergewissert hatte, dass es ringsum nachdenkliche Mienen und zustimmendes Kopfnicken gab, schien ihm der rechte Moment gekommen, seine Bitte vorzutragen. Man möge ihm doch alles erzählen, was ihm bei der Aufklärung des Vorfalls hilfreich sein könne, und aus nahe liegenden Gründen interessiere ihn insbesondere alles, was das Orchester beträfe und dessen Musiker, zu denen ja auch Niklas gehört habe.

Zunächst blieb es still. Nach einer Weile fragte sich Reiser, ob er seine Frage zu allgemein gestellt hatte und die Leute deshalb nicht wussten, was sie antworten sollten. Oder war er zu direkt mit der Tür ins Haus gefallen und sie sträubten sich, in aller Öffentlichkeit Geschichten auszubreiten, aus Furcht, am Ende für Plappermäuler und Klatschbasen gehalten zu werden?

Schließlich begann einer der Gäste, zögernd von den guten alten Zeiten zu erzählen, als Großherzog Ludwig und seine Frau Gemahlin, Großherzogin Luise, noch lebten. Napoleon selber hatte ihn vom Landgrafen zum Großherzog erhöht, und unter seiner Regierung gewann das Land an Größe. Damals machte Darmstadt noch etwas her. Der Hof ließ das Schloss ausbauen und prächtige Gebäude errichten. Die Residenz zog Verwaltung und Militär an, Beamte und Soldaten brachten Geld in die Stadt. Der Landesvater förderte Handel und Handwerk, die Wirtschaft florierte. So strahlend sein Ansehen war, so einfach blieb das Auftreten des Fürsten. Gerne unternahm er Ausfahrten in einen seiner Parks oder den nahen Forst. Der Kutscher saß ohne Livree auf dem Bock, sein fürstlicher Herr barhäuptig und im blauen Überrock in der schlichten offenen Droschke.

Mittlerweile war sein Essen gekommen, und Reiser brauchte sein Kauen und Schlucken nicht zu unterbrechen, um die in der Gaststube Versammelten zum Reden zu ermuntern. Als der Wirt auf sein Handzeichen hin begann, die leeren Gläser nachzufüllen, hatte er Mühe, den Erzählungen, die immer wieder von ausführlichen Ergänzungen und kurzen Zwischenrufen unterbrochen wurden, zu folgen und das sich wahllos aneinander Reihende in Gedanken zu ordnen.

Schließlich kam die Rede auf Hoftheater und Oper. Jetzt überboten sich die Redner mit Schilderungen, Details und Anekdoten. Das Orchester war nicht nur eines der größten weit und breit, es zog auch die besten Musiker an. Sogar Paganini gab ein Gastspiel. Vogler, der Lehrer von Carl Maria von Weber und Giacomo Meyerbeer, war Kapellmeister. Zu den Vorstellungen kamen die Leute aus Frankfurt, Aschaffenburg, Mainz, Heidelberg und sonst woher. Bei Premieren waren die Gasthäuser voll bis unter die Giebel, Privatzimmer wurden angeboten, und wer in Darmstadt nicht unterkam, den holten die Wirte aus den umliegenden Gemeinden ab.

Reiser kam gar nicht dazu, den allgemeinen Redefluss zu lenken, um Konkreteres zu erfahren. Endlich entstand eine Pause, die er nutzte, um zu fragen, wie es denn heute um das Hoftheater stehe. Eine kurze Stille ging in langes Schweigen über. Die eben noch so Geschwätzigen wurden auf einen Schlag verschlossen. Es dauerte geraume Zeit, bis jemand sagte, es gebe kein Theater mehr. Kein halbes Jahr nach dem Tod des alten Großherzogs war es geschlossen worden. Das Orchester wurde entlassen, die Musiker zogen fort, um ihr Geld andernorts zu verdienen. Nur wenige blieben in Darmstadt, gerade genug, damit es noch eine Tanzkapelle gab, die bei Festen aufspielte.

Mit dieser knappen Auskunft trat wieder Ruhe ein. Reiser hakte nach und wollte wissen, warum das Theater denn geschlossen wurde.

„Wegen der Kosten."

„Unsinn, für jeden Musiker sind zehn Soldaten gekommen."

„Stimmt, das war viel teurer."

„Beim alten Großherzog wäre das nicht passiert."

„Die Zeiten haben sich geändert."

„Ja, genau, als der alte Großherzog starb."

Nach diesem kurzen Geplänkel versiegten die hastig vorgebrachten Beiträge wieder. Reiser schaute sich fragend um. Eben noch riefen sie kreuz und quer über die Tische, nun saßen sie stumm herum und stierten vor sich hin. Einige stürzten den

Inhalt ihrer Gläser hinunter, erhoben sich mit einem knapp gemurmelten Abschiedsgruß und schlurften zur Tür hinaus.

Reiser hätte das Gespräch gern wieder in Gang gebracht. Er spürte, dass er behutsam vorgehen musste. Der verstorbene Großherzog wurde in jedem zweiten Satz besungen. Was war eigentlich mit dessen Nachfolger? Der war noch gar nicht erwähnt worden. Außerdem schienen die Zeiten in der Residenz so schlecht doch nicht zu sein.

„Aber es wird doch heute allenthalben gebaut, und die Residenz wächst."

Offensichtlich hatte er mit seiner Bemerkung ins Schwarze getroffen. Die eben noch vor sich hinbrüteten, riefen nun wieder wild durcheinander.

„Und was haben wir davon?"

„Früher gab es das Baumaterial vom großherzoglichen Hof, heute müssen wir es kaufen."

„Ja, von überall kommt es her, nur nicht aus Hessen, wir verdienen nicht einmal was daran."

„Wer kann sich heute noch leisten, ein Haus zu bauen?"

„Wer zu einem Batzen Geld gekommen ist, egal wie."

„Wenn ein Handwerker angemessenen Lohn für seine Arbeit verlangt, setzen sie ihm irgendeinen oberhessischen Hungerleider vor die Nase."

„Der sich von den Wucherern aus seinem Dorf hat vertreiben lassen und nun für ein Stück Brot seine Haut zu Markte trägt."

„So sieht's aus, verstopfte Straßen, ein Haufen fremdes Volk in der Stadt, und unsereiner guckt in die Röhre."

Am Nachbartisch übertönte lauthals einer der Handwerksburschen den Tumult.

„Der junge Fürst hat von seinem Vater nicht viel mitgekriegt. Was war seine erste Amtshandlung? Das Theater schließen, weil angeblich kein Geld da ist. Und die zweite? Vom Finanzminister verlangen, ihm, dem Prinzen, seine privaten Schulden zu erlassen, zwei Millionen Gulden. Und die dritte? Den Landtag auflösen, weil der nicht zugestimmt hat."

Der Wirt hatte die ganze Zeit an seiner Theke gelehnt und kein Wort gesagt. Mit schnellen Schritten eilte er zwischen die Tische.

„Jetzt ist aber Ruh'!"

„Es weiß doch sowieso ein jeder."

„Derlei Redensarten dulde ich in meiner Wirtschaft nicht. Wer sein loses Mundwerk nicht halten kann, soll seine Sachen packen und sich davonmachen. Dies ist ein Gasthaus und kein republikanischer Debattierclub. Hier wird gegessen und getrunken, und wer mag, stimmt ein Lied an, das die Laune hebt."

Im Hintergrund begann ein Witzbold, die Marseillaise zu pfeifen, und alles brach in lautes Gelächter aus. Nur der Wirt schnaubte wütend.

„Ich habe mich klar ausgedrückt."

„Ja, ja, unser teuer Geld dürfen wir jederzeit gern hergeben, aber unsere billige Meinung sollen wir für uns behalten."

Schon wieder ein Rhetoriker, dachte Reiser bei sich. Der Wirt schenkte dem vorwitzigen Rufer einen bösen Blick und schüttelte die Faust gegen ihn. Das ermunterte seine Kumpane, ihm beizustehen und noch eins oben draufzusetzen, was die übrigen Gäste ansporngte, für und gegen ihn Partei zu ergreifen. Bei all dem spürte Reiser ein Grummeln in seinem Bauch, das zunehmend stärker wurde. Er stand auf, um sich mit einem „Schönen Abend" zu verabschieden. In dem zunehmenden Getöse bekamen es jedoch nur wenige mit, die seinen Gruß mit nachlässigem Handzeichen oder kurzem Nicken in seine Richtung erwiderten.

In seiner Kammer gelang es ihm nur mühsam, ins Bett zu steigen. Er versuchte, einen großen Schritt über das Cello zu machen, verlor das Gleichgewicht und konnte sich gerade noch so am Bettgestell festhalten, das bedenklich zu schwanken begann. Reiser überlegte angestrengt, was hier vorgehen mochte. An den paar Gläschen konnte es nicht liegen. Apfelwein wurde doch aus unschuldigem Obst gepresst, das eigentlich zur Erfrischung diente. Selbst wenn der Saft anschließend vergoren worden war, viel Alkohol konnte er ja wohl nicht enthalten. Dennoch kam es ihm vor, als hätte er einen veritablen Rausch. Der harmlose Name hatte ihn getäuscht. Er war gespannt, wie es weitergehen mochte.

Die Zeit bis zum Morgen wurde ihm nicht lang. Die ungewohnte Kost aus frischen Zwiebeln auf altem Käse, gefolgt von vergorenem Kohl mit Pökelfleisch aus dem Rauch und das alles vermengt mit saurem Apfelwein rumorte in seinem Gedärm, das die brisante Mischung so schnell wie möglich wieder loswerden wollte. Jedes Mal, wenn es ihn während der Nacht zum Abort am anderen Ende des langen Flures trieb, fluchte er zähneknirschend auf alle, die ihm dieses Nachtmahl eingeredet hatten. Bestimmt kannten sie die Wirkung aus eigener Erfahrung. Vielleicht war es ja eine Art Hessentaufe. Es würde ihn nicht wundern, wenn sie daheim in ihren Betten lagen und auch keinen Schlaf fanden, weil sie sich bei der Vorstellung, wie er durch das Gasthaus geisterte, vor Lachen die Seiten hielten.

Am nächsten Morgen kam er reichlich zerschlagen in die Gaststube. Obwohl er kaum geschlafen hatte und die Zunge ihm trocken am Gaumen klebte, war er guten Mutes. Trotz der unsicheren Beine und der Eile, mit der es ihn immer wieder aus dem Bett getrieben hatte, war er nicht auf das Cello getreten. Nun lag es unversehrt auf seinem Bett. Den Stachel hatte er vorsichtig mit einem Stück Papier umwickelt, um ihn Büchner genau so auszuhändigen, wie er ihn in Niklas' Wohnung vorgefunden hatte.

Der Wirt kam, um sein Frühstück zu servieren, und fragte, ob ihm der gestrige Abend gefallen und wie er die Nacht verbracht habe.

„Teils, teils, aber Herr Wirt, eine Frage. Wer war denn dieser Schlotterige vom Nachbartisch, der mich gestern Abend so ungeniert angesprochen hat?"

„Da haben Sie den Richtigen getroffen. Das war der Datterich. Geben Sie nur Acht, dass er Ihnen nicht bald dauernd am Tisch sitzt und auf der Tasche liegt."

8

Unterwegs begegneten ihm nur wenige Passanten. Gestern Abend hatte er sich eingebildet, wer ihn mit dem Cello sah, würde glauben, er tanze mit einer hölzernen Partnerin durch die Gassen. Heute Morgen kam es ihm vor, als dächten alle, die ihn sahen, er bringe ein Cello ins Hospital, um dessen verletzten Stachel behandeln zu lassen. In den Augenwinkeln nahm er mal einen erstaunten Blick, mal ein schiefes Grinsen wahr, kümmerte sich aber nicht weiter darum und ging seines Wegs, den Blick stur geradeaus gerichtet. An der Eingangspforte zum Hospital stieß er auf einen von Büchners jungen Helfern und erfuhr, dass der Stadtphysikus gerade einen Krankenbesuch mache, aber bald zurück erwartet werde.

„Richten Sie Doktor Büchner aus, ich warte in der Bibliothek."

Es erstaunte ihn kaum, dort auf den jungen Mann zu stoßen, der offensichtlich Büchners Sohn war. Der schien bei seinem Eintreten entschieden gelassener als bei ihrem letzten Treffen. Lag da nicht sogar ein kleines Lächeln auf seinen Lippen, als er Reiser mit dem Cello eintreten und es mit größter Vorsicht auf den Tisch legen sah? Sie hatten sich kaum einen guten Tag gewünscht, da wurde die Tür aufgestoßen und Doktor Büchner trat ein.

„Einen guten Morgen, Herr Reiser. Sie kennen sich zwar schon, aber ich möchte Ihnen meinen Sohn dennoch vorstellen. Dies ist Carl Georg, unser Ältester, seines Zeichens Student der Medizin in Gießen. Sie vorzustellen, erübrigt sich. Ich habe meinem Sohn mittlerweile von Ihnen erzählt. Wie ich sehe, haben Sie das Cello benutzt, um das fragliche Objekt zu bringen."

Reiser schaute verwirrt.

„Der Stachel hätte genügt. Man kann ihn abmachen. Oder wussten Sie das nicht?“

Büchner zeigte mit einem Finger auf die Birne des Stachels, die am Untersattel festgekeilt war.

„Sei's drum, ich nehme alles mit in mein Labor. Die Untersuchung wird eine Weile dauern. Sie können mir dabei zuschauen oder hier warten, das ist Ihnen überlassen.“

Reiser überlegte. Was seine Rolle bei der Untersuchung sein sollte, hatte Büchner deutlich gesagt. Lieber würde er sich mit dem Sohn unterhalten, vielleicht ergab sich dabei etwas.

„Ich bin überzeugt, Sie werden die notwendigen Analysen bestmöglich durchführen. Meine Anwesenheit wird eher störend als nützlich sein.“

„Wie Sie wünschen. Ich mache mich sofort an die Arbeit und kümmere mich um nichts anderes. Mein Sohn wird mir dabei zur Hand gehen. Falls Ihnen der Sinn danach steht, können Sie derweil in den Regalen stöbern. Ich bin sicher, Sie werden interessante Lektüre entdecken.“

Damit nahmen beide das Cello, fassten es ohne Umstände an den Enden und trugen es hinaus.

Wie bei seinem ersten Besuch der Bibliothek war der Tisch mit Büchern übersät. Obenauf lag dieses Mal „Le tableau de Paris“. Reiser hatte die Beschreibung des Alltagslebens in der französischen Hauptstadt selber gelesen. In Hunderten von Kurzreportagen waren die unterschiedlichsten Szenen und Aspekte dargestellt. Mercier, der Autor, hatte jede Straße und jeden Winkel der Stadt durchstreift, um die Gesellschaft im Jahrzehnt der großen Revolution zu porträtieren.

Er zog das Buch näher heran. Aufgeschlagen lag ein Artikel über Spitzel. Reiser hatte ihn schon einige Male gelesen und andere dazu, die von den „mouchards“ handelten. Zwar waren die nicht ganz so zahlreich wie die Fliegen, aber um einiges lästiger. Wo immer sich Leute versammelten, umkreiste sie bald einer der Agenten des königlichen Geheimdienstes, wenn er nicht schon mitten unter ihnen war. Nie konnte man sicher sein, ob eine Bemerkung, die jemand fallen ließ, ernst gemeint war oder nur eine andere provozieren sollte, die der Denunziant seinen Auftraggebern umgehend hinterbrachte.

Selbst auf dem stillen Örtchen war man vor den Schnüfflern nicht sicher. Unzählige Scherze machten die Runde, die in den kräftigsten Farben ausmalten, wie Kundschafter hinter jedem die Abtritte gründlich filzten, ob sie den Hinterlassenschaften vielleicht eine geheime Botschaft entnehmen könnten. Am Ende hatten auch Abertausende dieser Verräter die Revolution nicht aufhalten können.

Die beiden Büchners ließen auf sich warten. Reiser schritt die Reihen der Regale ab. Medizinische Werke machten den größeren Teil der Bibliothek aus. Was sich hinter manchen der Titel verbarg, wurde ihm nicht klar, und von den meisten Autoren hatte er noch nie gehört. Daneben gab es aber auch eine beachtliche Sammlung juristischer Abhandlungen. Dass ein Physikus sie in diesem Umfang angeschafft hatte, erstaunte ihn. Als Amtsperson musste der Doktor natürlich des Öfteren ein Urteil abgeben, das sich am rechtlichen Rahmen auszurichten hatte. Was hier an rechtswissenschaftlicher Literatur in den Regalen stand, zeugte indes davon, dass Büchner alle Scheuklappen, die Ausbildung und Beruf mit sich gebracht haben mochten, abgelegt hatte und Aufgeschlossenheit und Interesse weit über die Grenzen seines Dienstauftrags hinaus zeigte.

Mitten im Stöbern und Blättern hörte er seinen Namen rufen. Einer der Gehilfen steckte den Kopf durch die Tür.

„Die Untersuchung ist abgeschlossen. Doktor Büchner erwartet Sie.“

Reiser schob ein Buch, das er gerade hervorgeholt hatte, wieder zurück ins Regal und eilte mit weit ausholenden Schritten dem jungen Mann hinterher. Beim Labor öffnete der Gehilfe die Tür für ihn, blieb aber selber davor stehen. Die beiden Büchners standen am Seziertisch, auf dem der tote Niklas lag. Reiser trat hinzu. Georg Büchner zog das Leichentuch beiseite. Der Oberkörper war vom Schlüsselbein bis zur Scham aufgeschnitten und mit groben Stichen wieder zugenäht worden. Mit einem angedeuteten Kopfnicken begann der Doktor, die Ergebnisse der Untersuchung zu erläutern.

„Hier liegt der arme Musiker. Leider haben wir seinen Leichnam beschädigen müssen. Aber um den Umständen seines Todes auf die Spur zu kommen, blieb uns keine andere Wahl. Beginnen wir mit dem, was den Tod verursacht hat. Wir haben die Faser am Stachel mit dem Stoff des Hemdes verglichen, das Niklas trug, als er gefunden wurde. Sie stimmen überein.“

Doktor Büchner deutete auf einen metallenen Teller, der zwischen den Füßen des Toten stand. Darunter lag dessen gefaltetes Hemd, darauf der Stachel. Reiser kramte in seiner Jackentasche, zog die zerbrochene Brille hervor, drehte und wendete die Hälften so lange, bis er zuerst den Stachel, dann das Hemd in ausreichender Vergrößerung sah, um die Fasern erkennen zu können. Die beiden Büchners sahen ihm dabei interessiert zu, sagten aber nichts.

„Kein Zweifel, es war der Stachel. Aber wie gelangte er ins Herz des Toten? Wir glauben beide nicht, dass ein solcher Stich zufällig bei einem Unfall passiert sein kann. Also muss er gezielt ausgeführt worden sein. Wenn wir jetzt noch wüssten, ob der Tote sich ihn selber zugefügt hat oder es jemand anderer war, könnten wir den Fall schnell abschließen oder richtig loslegen.“

Doktor Büchner wandte sich an seinen Sohn.

„Georg, bitte."

Der junge Büchner kam mit dem Cello und stellte es neben den Toten auf den Untersuchungstisch. Dabei hielt er das Instrument mit der Linken am Hals und drehte und kippte es, bis die Decke sich im Licht des Fensters und einiger Leuchter, die um den Tisch herum postiert waren, spiegelte, und wandte sich Reiser zu.

„Wer das Cello in Händen hielt, als es zum tödlichen Stich kam? Niklas war Musiker bei Hofe. Da haben wir ein anspruchsvolles Publikum. Alle Mitglieder des Hoforchesters haben ihre Instrumente in Schuss gehalten und gepflegt. Schauen Sie, die Decke ist blitzblank wie ein Kristallspiegel. Sie ist dem Publikum zugewandt. Sie muss glänzen. Außerdem wird sie weder beim Spielen noch sonst viel angefasst, zumindest nicht vom Musiker. Wenn Sie nun genau hinschauen, erkennen Sie auf der Decke einen etwa halbrunden Abdruck."

Reiser wurde mulmig zumute. Er wusste nicht mehr, wo er überall das Cello angefasst hatte, um es von allen Seiten betrachten zu können. Der junge Büchner neigte das Instrument ein wenig, sodass es genau ins Licht kam, und wies mit dem rechten Zeigefinger kurz auf die Stellen. Dann drehte er das Cello zur Hälfte um die Achse und brachte es erneut in die Stellung, die das beste Licht ergab.

„Auf der Rückseite befinden sich am Boden die Abdrücke von drei Fingern einer linken Hand, der kleine fehlt. Es könnte sein, dass er abgeknickt oder weggespreizt war, als jemand das Instrument in die Hand nahm. Beides sind indes ziemlich verkrampfte, nahezu unnatürliche Haltungen. Ich glaube daher, dieser linken Hand fehlt der kleine Finger. Im Übrigen sind die Abdrücke so deutlich zu sehen, weil an ihnen Fett haftete. Eine ziemliche Schicht nebenbei bemerkt, sie könnte von einer

Wurst oder Speckseite herrühren, die derjenige, der das Cello anfasste, vorher in der Hand hielt. Möglicherweise wollte er ein Stück abschneiden. Wenn man dieser Überlegung folgt, hätte die rechte Hand das Messer gehalten, kam mit dem Fett nicht in Berührung und hinterließ daher keine Spuren. Unser Unbekannter isst lieber aus der Hand als mit Löffel und Gabel."

Reiser war erleichtert. Von ihm konnten die Abdrücke nicht stammen. Büchner junior fuhr fort.

„Die Abdrücke stammen von niemandem der hier Anwesenden, den Toten eingeschlossen. Schauen Sie sich seine Hände an. Die Fingerkuppen der linken Hand sind verhornt und ein wenig breiter als die der rechten, aber alle sauber und fettfrei. Sich anschließend die Finger waschen konnte er ja nicht mehr. Der Tod trat sofort ein. Im Übrigen stammen die Abdrücke auf dem Cello von ausgesprochenen Pranken. Die dazugehörige Person hat vermutlich einen entsprechend kräftigen Körperbau, kein Kopfarbeiter und in keinem Falle unser Musiker."

„Das heißt, wir können nicht nur Unfall, sondern auch Selbstmord mit Gewissheit ausschließen?"

„Ja."

„Also Mord, jemand hat ihn mit seinem Cello umgebracht. Gibt es irgendwelche weiteren Anzeichen von Gewalt?"

Hier ergriff der Doktor selber das Wort.

„Nein, die Ergebnisse meiner ersten Augenscheinnahme haben sich bestätigt."

„Lässt sich an der Art, wie das Cello geführt wurde, etwas über Tat und Täter aussagen?"

„Der Stachel trat knapp unterhalb des Brustkorbs ein und traf tödlich ins Herz, genau an der richtigen Stelle. Der Stich wurde mit der notwendigen Wucht durchgeführt, der Herzbeutel ist nur einseitig durchstochen. Besser kann man es kaum machen. Es gibt keinerlei Anzeichen von Gegenwehr, nicht die geringste weitere Blessur bis auf eine Abschürfung am Hinterkopf, die wohl vom Sturz herrührt. Bei all dem lässt sich vermuten, der Stich kam so schnell und überraschend, dass das Opfer keinen Mucks getan hat und schon tot war, bevor der Körper auf dem Boden aufprallte. Wer das getan hat, war vom Fach."

„Musik oder Mord?"

„Ein Cellospieler wäre natürlich mit der Handhabung des Instruments vertraut. Nur, wer ein Musikinstrument spielt, welches auch immer, hat doch selten Praxis, damit jemanden zu ermorden. Vielleicht in den Wahnsinn treiben oder in den Freitod, aber nicht auf der Stelle umbringen. So wie es aussieht, bin ich davon überzeugt, unser Täter ist im Umgang mit Stichwaffen geübt, also Degen etwa oder Bajonett. Solche Leute lauern einem vielleicht in dunklen Straßen auf, sitzen aber selten im Orchestergraben.

Man kann sich nun fragen, wie so jemand mit etwas zurechtkommt, das er mit großer Wahrscheinlichkeit zuvor noch nie in Händen hielt. Möglicherweise hat er mit einem Cello geübt, um ein Gefühl für dessen richtige Handhabung zu entwickeln. Leider auf eine Weise, bei der die Muse ihn nicht geküsst hat. Sonst wäre er auf andere Gedanken gekommen.

Ich denke jedoch, wir haben es mit jemandem zu tun, dem der Umgang mit Stichwaffen ganz einfach geläufig ist. Nur, wozu dann der ganze Umstand? Warum hat er nicht einfach sein gewohntes Mordwerkzeug benutzt? Ein Stoßdegen, ein Hirschfänger, ein Dolch lassen sich leicht unter einem Mantel verbergen und überallhin mitnehmen. Ich werde das Gefühl nicht los, dass der Mord ganz bewusst auf diese Art und Weise ausgeführt wurde."

Reiser hatte einige Male mit dem Kopf genickt. Büchners Ausführungen passten zu seiner Überlegung, die Tat sei schnell und von sicherer Hand verübt worden. Es sah so aus, als habe jemand das Cello genommen, damit zugestochen, es in die Ecke gestellt und sei so unauffällig gegangen, wie er zuvor gekommen war. Die Idee, die Ausführung der Tat deute nicht nur auf einen routiniert ausgeführten Mord, sondern berge eine verschlüsselte Botschaft, ließ ihn allerdings laut nachdenken.

„Das hieße, jemand hat eine theatralische Szenerie hinterlassen und dem Betrachter die Aufgabe, aus der Symbolik der Requisite das Stück zu erschließen, das hier gegeben wurde, und die Rolle, die das Opfer darin spielt? Mord als Bilderrätsel, hoffentlich macht das nicht Schule."

Der Doktor reichte ihm die Hand.

„Sehen Sie, Herr Reiser, nun war es doch nicht umsonst, dass Sie das sperrige Instrument den ganzen Weg hierher gebracht haben. Allerdings kann es nicht im Labor bleiben, Georg wird Ihnen behilflich sein."

Damit drehte er sich um und verließ den Raum.

Reiser und Georg nahmen das Cello, wobei Reiser sich beeilte, vorne zu gehen. Er wollte die Bibliothek ansteuern, um sich mit dem jungen Büchner zu unterhalten. Hier hatte er jemanden, der Darmstadt kannte und schon wichtige Fingerzeige geliefert hatte. Der Mann konnte beobachten und daraus die rechten Schlüsse ziehen. Bei einem vertraulichen Gespräch mochten sich interessante Hinweise ergeben.

Während Reiser sich nach einem Platz umsah, wo er das Cello sicher abstellen konnte, und es schließlich in die Ecke neben dem Büchertisch lehnte, hatte sich Georg Büchner wieder an seinen Platz gesetzt, die Hände gefaltet und auf die übereinander liegenden Bücher und Notizen gelegt. Die Frage, die er dann stellte, klang mehr, als rede er mit sich selbst und richte sie nicht an den Kommissar.

„Kann jemand, der roh genug ist, vor einen alten, schwachen Mann zu treten und ihn kaltblütig zu erstechen, sich feinsinnig ausdenken, mit seiner schäbigen Tat eine hintergründige Botschaft zu überbringen? Und warum sucht er sich dazu einen harmlosen Musiker aus, den kaum jemand kennt?“

Reiser hakte nach.

„Wie ich hörte, war das Orchester sehr angesehen und der alte Großherzog zu seinen Lebzeiten sehr beliebt.“

„Und wer sagt das?“

„Volkes Stimme, wenn man Besucher von Gasthäusern dazu zählt.“

„Das Volk verklärt bisweilen die Vergangenheit, damit es die Gegenwart leichter erträgt. Wer hat denn etwas gehabt von der Hofoper beim alten Großherzog? Offiziere und Hofschranzen aus der Residenz, Bankiers aus Frankfurt, Weinhändler aus Mainz, Adelige und Reiche von nah und fern. Einfache Bürger, Bauern und Handwerker haben den Musenpalast nie von innen zu sehen bekommen, nur die feisten Damen und Herren, wie sie in bequemen Kaleschen vorfuhren, um sich in rauschenden Gewändern in die Prunksäle zu begeben.

Hat das von Ihnen zitierte Volk je einem Konzert beigewohnt? Alles, was diese Untertanen in ihrem ganzen Leben zu hören bekommen, sind Trommeln und Trompeten, wenn eine Abteilung Soldaten in bunten Röcken anmarschiert, um neue Order anzuschlagen, die sie zu noch höheren Abgaben verdonnert und jeden aus dem Haus jagt, der sie nicht erbringen kann, und im letzten Akt das Knallen der Büchsen, wenn sie sich alldem widersetzen. Das großherzogliche Hofoperntheater war das Privatvergnügen des alten Herrn, und wie es heißt, hat er es aus seiner Privatschatulle bezahlt. Nur, woher hatte er denn das Geld? Von seiner Hände Arbeit? Von Rumpelstilzchen? Aus demselben Staatssäckel, aus dem sich auch der junge Herr bedient! Schauen Sie sich um, nichts geht ohne den Herrscher. Jedes Gesetz, jedes Amt wird durch ein großes L mit einem kleinen Punkt legitimiert, das bedeutet: Ludwig von Gottes Gnaden, Volkes unverletzliche, heilige, souveräne, königliche Hoheit."

„Von welchem Großherzog ist jetzt die Rede?"

„Spielt das eine Rolle? In ganz Deutschland sind die Verfassungen für das Volk nichts als leeres Stroh, aus dem die Fürsten für sich die Körner herausgedroschen haben. Die Justiz ist in Deutschland seit Jahrhunderten die Hure der deutschen Fürsten. Sichern die Gesetze etwa das Wohl aller? Sehen Sie sich hier in Darmstadt die schönen Häuser an, in denen die Vornehmen wohnen, und im Vogelsberg die erbärmlichen Hütten, in denen das hungernde Volk haust. Aus Verrat und Meineid, nicht aus der Wahl des Volkes ist die Gewalt der deutschen Fürsten hervorgegangen. Aber schaut nach Frankreich. Dort war im Jahr 1789 das Volk müde, länger die Schindmähre seines Königs zu sein. Wer das Schwert erhebt gegen das Volk, der wird durch das Schwert des Volkes umkommen."

Reiser hatte fasziniert gelauscht, wie sich der junge Mann in seine Ideen hineinsteigerte und in wenigen Sätzen den Bogen von der Hofoper zum Welttheater schlug. Er schien von den Idealen der Gleichheit für alle und der Gerechtigkeit gegen jeden in seinem Tiefsten überzeugt. Aber so deutlich und offen darüber reden? Entweder konnte er nicht anders oder hatte Vertrauen zu ihm gefasst. Nicht abzusehen, wohin das führen mochte. Immerhin war er Kriminalkommissar. Außerdem gab es einen Mord aufzuklären, und der Sohn des Physikus hatte eine wichtige Frage selber gestellt. Auf die wollte er zurück kommen.

„Kannten Sie Niklas?"

„Er war Musiker und ist jetzt tot, mehr nicht."

„Wissen Sie mehr über das Orchester?"

„Das ist nicht mein Metier. Soweit ich weiß, löste der junge Großherzog das Orchester gleich nach dem Tod des Vaters auf. Wegen der hohen Kosten, die das Staatsbudget belasteten, ließ der Hof verkünden. Als ob ihn das jemals interessierte. Hinter vorgehaltener Hand hieß es, der Sohn habe nie etwas für Musik übrig gehabt und wolle neue Saiten aufziehen. Wen kehrt's?

Die Musiker brauchen sich jedenfalls nicht zu beklagen. Sie kriegen immerhin Pension. Da geht es ihnen besser als den alten Tagelöhnern, die sich bei jeglichem für ein Stück Brot verdingen müssen. So steht es mit der Gerechtigkeit in unseren Landen. Die Hungernden, die durchs Land streifen, bekommt der Fürst nie zu sehen. Sie kümmern ihn auch nicht. Aber wenn ihm einer zu Gefallen ist, ihn bei Laune hält und andauernd bei Hofe herumscharwenzelt, wird für ihn gesorgt."

Reiser entschloss sich, das Gespräch zu beenden. Offenbar konnte sein Gegenüber zur Klärung der Frage, die er selber aufgeworfen hatte, nichts beitragen, und seine staatsphilosophischen Auslassungen brachten ihn nicht weiter.

„Lieber Herr Büchner, was den Tod des Musikers anbelangt, kann ich äußerst wichtige Schlüsse mitnehmen, die den Gang der Untersuchungen befördern. Ich denke, es ist an der Zeit, Richter Bertram davon in Kenntnis zu setzen. Haben Sie vielen Dank, und richten Sie ihn auch Ihrem Herrn Vater noch einmal aus. Ich hoffe, mich zu passender Gelegenheit revanchieren zu können."

Sein Gegenüber hob fragend die Augenbrauen, sagte aber nichts weiter, verneigte sich leicht in seine Richtung und widmete sich wieder der Lektüre.

9

Reiser verließ die Bibliothek und machte sich auf den Weg. Er war gespannt darauf, wie Bertram reagieren würde, wenn er ihm mitteilte, seine Einschätzung der Umstände, die zum Tode des Musikers geführt hatten, sei falsch, und zwar unwiderlegbar. Allerdings war damit seine eigene Weisheit auch schon am Ende. Bertram würde ihm Fragen stellen. Warum sollte jemand ein Interesse daran haben, diesen armen Schlucker umzubringen, und sich auch noch die Mühe machen, es tatsächlich zu tun? Eine in ihrer Art einzigartige und ungewöhnliche Tat, bei der aber alles für größte Routine der Ausführung spricht. Ein Täter, der ziemlich unkultiviert mit den Fingern isst und ein extravagantes Mordwerkzeug benutzt. Was passte hier überhaupt zusammen?

Im Vergleich dazu waren die Schlüsse, die Bertram aus dem Augenscheinlichen gezogen hatte, fast schon überzeugend. So hanebüchen ein Unfall mit dem Cello auch sein mochte, Unfälle passieren jeden Tag. Und wie wenig bei Niklas auch immer für Selbstmord sprach, wer kennt schon die Abgründe der menschlichen Seele? Alles, was er selber zu bieten hatte, war die vage Vermutung, hier sollte mit einem rätselhaften Mord ein augenfälliges Zeichen hinterlassen werden. Das klang nicht nach einem normalen Tatmotiv, was auch immer normal daran war, jemanden umzubringen.

Reiser klopfte an die Tür des Dienstzimmers. Der Amtsrichter antwortete umgehend.

„Nur herein!“

Reiser trat ein. Bertram musste bei der Tür gestanden haben, als ob er dort auf ihn gewartet hatte. Allerdings verschwand das breite Lächeln aus seinem Gesicht, sobald er Reisers ansichtig wurde.

„Aah, Sie sind's, Kommissar Reiser. Gibt es etwas Wichtiges?"

„Der Fall Niklas."

„Er ist also zufrieden stellend geklärt. Habe ich nicht gleich gesagt, dass wir ihn schnell abschließen können?"

„Ich wollte Ihnen die Ergebnisse der Untersuchungen mitteilen."

„Können Sie mir nicht einfach das Protokoll hier lassen, damit ich es lesen und abzeichnen kann? Nein? Sie sind noch nicht fertig? Also gut, dann fassen Sie das Wesentliche kurz zusammen."

„Es steht jetzt ohne jeden Zweifel fest, dass der Stachel des Cellos die tödliche Wunde verursacht hat."

„Das haben Sie nun also unter Einsatz Ihrer neuen Berliner Methoden herausgefunden. Da erzählen Sie aber, mit Verlaub, nichts Neues. Das wusste ich bereits vorgestern."

„Allerdings ließe sich nur durch das Zusammentreffen mehrerer unwahrscheinlicher Umstände erklären, dass Niklas selber seine Hand dabei im Spiel hatte."

„Was heißt hier unwahrscheinlich, bei diesen Künstlern muss man doch mit allem rechnen."

„So unwahrscheinlich, dass es realiter nicht hat passieren können."

„Verraten Sie mir, wie Sie darauf gekommen sind?"

„Durch systematisches Prüfen."

„Sie haben versucht, sich selber das Cello in den Leib zu rammen?"

„Ich habe Logik und gesunden Menschenverstand bemüht. Das Ergebnis war: Selbstmord und Unfall sind ausgeschlossen."

„Sie wollen also sagen, das Genie sei ermordet, nein, erstachelt worden? Bitte, warum nicht? Warum soll man unserem Besuch aus Berlin nicht etwas Besonderes bieten?"

Reiser verschränkte die Arme vor der Brust und fixierte Bertrams linkes Ohr, ohne etwas zu sagen.

„Und was heißt das nun?"

„Niklas ist durch einen Stich ins Herz umgebracht worden, einen Stich von geübter Hand."

„Es gibt einen noch größeren Virtuosen, als Niklas jemals selber einer war, der ihn mit diesem Trumm von Streichinstrument, noch dazu seinem eigenen, mitten ins Herz getroffen hat?"

„Das hat der fachmännische Sachverstand, den ich mir erlaubt habe hinzuzuziehen, einwandfrei festgestellt."

„Wie viele Leute haben sich denn noch an diesem todbringenden Cello versucht?"

„Doktor Büchner hat in seinem Kabinett entsprechende Untersuchungen vorgenommen."

„So, so, unser zweiter Stadtphysikus, Herr Doktor Büchner."

„Doktor Büchner hat am Cello Abdrücke von Fingern und einem Handballen gefunden, die deutliche Spuren hinterließen. Es handelt sich dabei um Fett, das möglicherweise von einer Speckseite stammt. Dies kann uns auf der Suche nach dem Täter von Nutzen sein."

„Sind das etwa die neuen Methoden? Mit Speck fängt man Mörder?"

Reiser atmete tief durch, schluckte einmal und wandte sich wieder dem linken Ohr des Richters zu.

„Haben Sie überhaupt irgendeine Vermutung, warum jemand ein Interesse daran gehabt haben sollte, den Mann zu ermorden?"

„Da sind wir noch nicht sehr weit gekommen, wie sich leider nicht leugnen lässt. Es deutet einiges darauf hin, dass es bei der Tat sozusagen nicht nur um ihr finales Ergebnis ging. Das hätte man einfacher haben können. Ausführung der Tat und die bei ihr verwendete Waffe sind reichlich ungewöhnlich. So ungewöhnlich, dass man meinen könnte, das Arrangement habe eine bestimmte Bedeutung."

Bertram verdrehte die Augen.

„Sie meinen, unter den vielen Einwohnern Darmstadts sucht sich Ihr Täter einen aus, bei dem zwar nichts zu holen ist, der aber ein Streichinstrument spielt, mit dem man ihn höchst grotesk ins Jenseits befördern kann?"

Der Richter gab sich eine strenge Miene, als dächte er ernsthaft über das nach, was er eben mit unverhohlener Häme vorgebracht hatte. Er wollte gerade fortfahren, als Reiser hinter sich ein leises Klopfen vernahm.

„Herein!"

Bertram ging an Reiser vorbei zur Tür.

„Polizeisekretär Frölich, endlich. Nehmen Sie schon Platz, ich bin sofort bei Ihnen."

Der Ankömmling bewegte sich lautlos, schwebte förmlich wie ein Geist, jedenfalls hörte Reiser ihn nicht gehen und konnte auch seine Gesichtszüge nicht erkennen, als er mit gesenktem Kopf an ihm vorbeiglitt. Er murmelte etwas, das ein „Guten Tag" sein konnte, aber kaum zu hören war, weshalb Reiser es unerwidert ließ. Vor dem Schreibtisch des Richters setzte er sich, ohne das geringste Geräusch zu machen, auf einen der Stühle, sorgsam bedacht, Reiser den Rücken zu kehren.

„Also schön, verehrter Kommissar Reiser, bringen Sie mir denjenigen, der sich vorgestern Abend an einer Speckseite fettige Finger holte, mit denen er ein Cello beschmierte, um damit eine spektakuläre Tat zu vollbringen. Vielleicht hängt er ja irgendeinem obskuren Glauben an, der ihm verbietet, sich die Hände zu waschen, bevor er jemanden massakriert. So einer kann in Darmstadt nicht lange unerkannt bleiben. Hoffentlich können Sie ihn zum Singen bringen, indem Sie ihm das verräterische Instrument präsentieren.

Sollte er sich davon nicht überzeugen lassen, werfe ich ihn ins Verließ, wo er ein wenig schmoren mag. Anschließend versuche ich, ihm mit strengem Verhör seine Version der Tat zu entlocken, auf unsere Weise. Das hilft den meisten auf die Sprünge. Allerdings sollten Sie, verehrter Herr Kommissar, sicher sein, mir den Richtigen zu bringen, bevor ich ihn der Prozedur unterwerfe. Nicht, dass uns ein Unschuldiger zu Schaden kommt. Und vergessen Sie bitte das Protokoll nicht."

Damit fasste er Reiser am Arm, schob ihn ungeduldig mit „Einen schönen Tag noch" in Richtung Tür, machte selber auf dem Absatz kehrt und eilte zu Frölich, der sich die ganze Zeit nicht umgewendet hatte.

Reiser wurde klar, Bertram hatte nicht auf ihn, sondern diesen Geheimsten der Geheimen gewartet. So stand es also um die Prioritäten. Der Herr Polizeisekretär brachte wohl Neuigkeiten von allergrößter Bedeutung, wenn Bertram keine Zeit gefunden hatte, auch nur einen einzigen ernsthaften Gedanken auf den heimtückischen Mord an Niklas zu verwenden, geschweige denn, ihn gebeten hatte, sich zu setzen.

Immerhin hatte er so diesen berüchtigten Polizeisekretär einmal mit eigenen Augen gesehen, zumindest seine Gestalt. Jeder hatte von ihm gehört, aber die wenigsten waren ihm je begegnet. Selbst Gendarmen und Gerichtsdiener taten sich schwer, ihn zu beschreiben. Dass er ausgerechnet Frölich hieß, war der blanke Hohn.

Die Geschichten, die man über ihn zu erzählen wusste, hatten mit einer Person dieses Namens nichts zu tun. Beim Aufruhr in Södel hatte er sich unerbittlich gezeigt. Dutzende Bauern, die gegen Hunger und Elend protestierten, denen sie und ihre Familien ausgeliefert waren, wurden in einem wahren Blutbad erschossen. Frölich war das nicht genug. Er hatte auch noch diejenigen, die dem Gemetzel entkommen waren, verfolgen und in den Kerker werfen lassen. Den Wachensturm in Frankfurt half er vereiteln. Er ließ die Verschwörer bespitzeln und belohnte den Verräter, der den geheimen Plan auffliegen ließ, reichlich. Was mochte den Geheimnisumwitterten wohl zu Bertram geführt haben?

10

Reiser war um fünf einhalb mit Teresa Grüneisen verabredet. Die Zeiger der Turmuhr an der Stadtkirche zeigten kurz nach fünf. Er beschleunigte seine Schritte, mehr aus Ungeduld, als um übertrieben pünktlich zu sein. Ob sie auch so gespannt ihr erstes gemeinsames Rendezvous erwartete? Er hatte sich den Weg zu ihrem Haus merken wollen. Aber diese Gassen sahen sich alle doch arg ähnlich. Hier gleich um die Ecke musste sie wohnen. Reiser wollte schon abbiegen, als er hinter sich seinen Namen rufen hörte.

„Hallo, Herr Reiser, hier bin ich!"

Sie hatte einen Fuß vor die halb geöffnete Haustür gestellt und winkte ihm mit der Hand. Das war ja gerade im richtigen Moment, schoss es ihm durch den Kopf, und erleichtert schob er die Vorstellung beiseite, suchend in dem Gewirr der Gassen herumzuirren. Reiser tat so, als habe er nur mal kurz um die Ecke schauen wollen, überquerte den Fahrweg mit steifem Rücken, begrüßte sie förmlicher, als er wollte, und hielt ihr die Tür auf. Sie trat ein, raffte ihren Rock zusammen, stieg ihm voran die Treppe hinauf. Vor seiner Nase blitzte bei jedem Schritt der Ansatz ihrer Waden auf. Er atmete vernehmlich tief durch.

„Mein lieber Kommissar, wir werden doch nicht aus der Puste kommen wegen der paar Stufen."

Im zweiten Stock schloss sie eine Tür auf. Die Wohnung ähnelte in ihrem Schnitt der von Niklas. Gegenüber des Eingangs befand sich ein großes Fenster, das auf die Straße führte, an der linken Schmalseite des Raumes eine Tür, die einen kleinen Spalt weit offen stand. Reiser stellte sich vor, dass dahinter das Schlafzimmer der Sängerin lag. Ob dort auch wie bei Niklas eine karge Liege stand, die kaum zwei Leuten Platz bot?

Ihre Stube war allerdings nicht so kahl wie die des Cellisten. Den Tisch bedeckte ein weißes, mit bunten Stickereien verziertes Leinentuch, um ihn herum standen drei Stühle, vor dem Fenster ein Sofa, dessen geschwungene Armlehnen und steiler Rücken mit dunkelrotem Plüsch bespannt waren. In einem schmalen Regal stapelten sich mehrere Tassen, zwei Gläser hatten sich dazugesellt. Die gekalkten Wände waren nicht tapeziert, aber reichlich dekoriert. Reiser unterdrückte den Impuls, sich neugierig umzusehen, erfasste indessen auf einen Blick ein buntes Arrangement von Scherenschnitten, Aquarellen, auf Papier geklebten Trockenblumen. Hinter der Glasscheibe eines Schaukästchens präsentierte ein auf helle Pappe genadelter Schmetterling seine breit ausgespannten, schwarz und gelb gemusterten Flügel.

„Ja, was stehen Sie denn so verloren herum? Kommen Sie, wir machen es uns gemütlich. Wie schön, dass wir uns so bald wiedersehen, und diesmal kann uns niemand stören. Aber zuallererst müssen Sie mir unbedingt berichten, was Sie über Hellmuth herausgefunden haben."

Sie nahm ihn beim Arm, führte ihn zum Sofa, ließ sich selber darauf nieder und klopfte sacht mit der Hand auf den freien Platz neben sich. Reiser war wenig begeistert von der Aussicht, mit ihr über seine Arbeit zu reden, ahnte indes, dass es daran kein Vorbei gab. Er bemühte sich, seinen Bericht so kurz wie möglich zu fassen, der zog sich aber, so schien ihm, endlos in die Länge, weil sie ihn immer wieder unterbrach und er selbst die kleinste Einzelheit ausführlich schildern musste.

Besonders der Besuch im Kabinett von Doktor Büchner hatte es ihr angetan. Sie wollte einfach alles wissen, wo der Einstich saß, wie die Nähte aussahen, mit denen der Leib des armen Niklas wieder geschlossen worden war, welche Instrumente der Doktor und seine Gehilfen benutzten, was in den Glaszylindern stand, die die Regale füllten, wonach es roch, wie kalt es war, ob es einem dort nicht gruselte. Reiser stellte fest, dass er selber gar nicht genug wahrgenommen hatte, um jede der Fragen beantworten zu können, und musste einige Male flunkern, damit er nicht als oberflächlicher Beobachter dastand. Mit einem Male sprang sie unvermittelt auf und schlug sich mit der Hand vor den Kopf.

„Was bin ich nur für eine schlechte Gastgeberin. Ich habe Ihnen noch gar nichts angeboten. Mögen Sie ein Glas Bier?"

Reiser sah sich in der Stube um. Wo mochte sie das Bier aufbewahrt haben, oder wollte sie es holen? Er konnte sie nicht in ein Gasthaus gehen lassen, allein schon mal gar nicht. Andererseits würde er bei dem einen oder anderen Gläschen womöglich das Gespräch in eine andere Richtung lenken können. Ihr Vorschlag klang gut, aber er müsste sich schon selber bemühen. Als er sich aus dem Sofa hochstemmen wollte, schien sie seine Gedanken zu erraten.

„Nein, nein, bleiben Sie mir nur ja hier. Das macht überhaupt keine Mühe. Es geht ganz schnell und bequem. Warten Sie, ich zeige es Ihnen."

Mit diesen Worten holte sie einen Korb hinter dem Sofa hervor, nahm eine säuberlich aufgewickelte Schnur heraus, die an den Tragegriff geknotet war, hängte das freie Ende mit einer Schlaufe über einen Haken am Fensterbrett, stellte einen Krug in den Korb, legte einige Münzen dazu und ließ den Korb samt Inhalt zum Fenster hinausgleiten. Mit den gleichen anmutig fließenden Bewegungen nahm sie das Deckchen vom Tisch, faltete es und legte es über eine Lehne des Sofas. Dann wandte sie sich um, ging zur Anrichte, langte ein Brett herunter, auf dem in Tücher gewickelt ein Laib Brot und ein Ende Luftgetrockneter lagen, legte ein Messer und zwei Gabeln dazu und stellte alles zusammen auf den Tisch.

Kaum war auf diese Weise der Tisch gedeckt, ertönte von der Straße her ein Pfiff, worauf die Gastgeberin zum Fenster ging, das Seil einholte und mit der nun mit Bier gefüllten Kanne in der Rechten und den beiden Gläsern vom Regal in der Linken zurückkam. Am Tisch schob sie einen Stuhl für Reiser zurecht, setzte sich ihm gegenüber und schenkte die Gläser voll.

„Greifen Sie zu, Sie haben bestimmt noch nichts gegessen. Nicht, dass Sie mir gleich schlappmachen."

Reiser empfand die plötzliche Distanz wie ein förmliche Barriere, bei der ihm nichts Rechtes einfallen wollte, das Gespräch auf ein persönliches Thema zu bringen.

„Ich wusste gar nicht, dass Sie Dienstboten beschäftigen."

Sie runzelte die Stirn.

„Wieso meinen Sie?"

„Das Bier."

„Ach so. Das macht hier jeder. Unten laufen ein paar Gassenjungen umher, die darauf warten, Besorgungen erledigen zu können. Von uns bekommen sie eine kleine Münze, von den Wirten eine Suppe oder etwas zu trinken.

Jetzt müssen Sie aber unbedingt noch zu Ende erzählen, wie es mit dem jungen Büchner war."

Reiser hatte bei seinem Bericht die Unterhaltung mit Büchner erwähnt und gehofft, sie hätte es in der Zwischenzeit vergessen. Jetzt wusste er nicht so recht, was er ihr besser vorenthielt, Büchners Meinung über die Musiker oder dessen politische Ansichten. Da er die Chancen schwinden sah, das Rendezvous endlich intimer zu gestalten, statt dass es sich immer nur um seine Ermittlungen drehte, ergriff er die Gelegenheit, mehr über den Großherzog und sein Orchester zu erfahren. Er straffte Büchners Tiraden und fasste sie dahin gehend zusammen, der alte Fürst habe sich aus reiner Geltungssucht ein großartiges Orchester geleistet und es mit Geld überschüttet, um aller Welt Macht und Reichtum seines Hauses vorzuführen. Er hatte der Grüneisen einen kleinen Stich versetzen wollen, weil sie nichts von dem zu spüren schien, was er wünschte und hoffte. Aber so, wie sie reagierte, hatte er sie wohl tiefer getroffen, als seine Absicht war.

„Die jungen Leute, was wissen denn die? Wie oft kam Großherzog Ludwig, und damit meine ich selbstverständlich den alten, unverhofft dazu, wenn das Orchester probte, hat mit seinem Gehstock den Takt geschlagen, laut in seiner Loge gescholten, wenn ein falscher Ton zu hören war, selbst dirigiert, wenn ein Stück nicht gelingen wollte. Bei seinen Konzerten ging es überhaupt nicht um Prunk und Pomp. Er wollte, dass in seiner Hofoper perfekte Musik geboten wird.

Uns ging es nicht schlecht. Wir bekamen unser Gehalt und von Zeit zu Zeit einige Zuwendungen, wie im Übrigen auch andere Staatsdiener. Wenn alles zu seiner Zufriedenheit war, gewährte der gnädige Großherzog Ludwig seiner geliebten Hofoper auch eine Zulage, aus seiner Privatschatulle. Er hat freizügig gegeben, aber auch reichlich gefordert, und wir haben es ihm gedankt, so gut wir konnten.

Und was ist dabei herausgekommen? Kaum war Großherzog Ludwig gestorben, wurde die Oper geschlossen, das Orchester aufgelöst, die Musiker entlassen. Die eben noch Verehrten und Bejubelten wurden davongejagt und sind jetzt über halb Europa verstreut. In Darmstadt blieb nur, wer schon zu alt war und auf kein Engagement mehr hoffen konnte. Wer Glück hatte, bezog eine Pension, die der Großherzog gnädig gewährt hatte. Aber die Zahlungen wurden unter seinem Sohn sofort halbiert und alle sonstigen Vergünstigungen gestrichen. Was kann ein Musiker, dem das Geld knapp wird, in Darmstadt tun? Die wenigen Gelegenheiten, die sich bieten, lassen wir denen, die gar kein Geld bekommen, damit sie nicht verhungern, und so bleibt am Ende für alle nicht mehr viel übrig.

Der Großherzog hätte uns nie im Stich gelassen, und wie oft hat er angedeutet, für sein Orchester sei schon gesorgt. Nach seinem Tod wollte bei Hofe niemand davon wissen. Was blieb uns, wir hatten nichts als ein Wort, das Großherzog Ludwig hin und wieder hatte fallen lassen. Darauf haben wir vertraut, und das tun wir bis heute."

Reiser hatte Teresa aufmerksam zugehört und sich dabei von Brot und Wurst jeweils eine anständige Scheibe abgeschnitten. Als im Hintergrund die Kirchturmuhr schlug, erhob sie sich rasch, stieß die Tür zur Kammer auf und rief ihm über die Schulter zu.

„Nur einen Augenblick, wir brechen gleich auf!"

Reiser blieb zunächst auf seinem Platz sitzen und sah sich im Zimmer um, dann stand er auf, betrachtete die Scherenschnitte aus der Nähe und stellte sich schließlich vor das Fenster, um dem Treiben in der Gasse zuzuschauen. Nach einer Weile ging er zum Tisch zurück, schlug Brot und Wurst in die Tücher ein, stellte beides ins Regal zurück und räumte Gläser und Bestecke auf dem Tisch zusammen.

Als sie schließlich erschien, hatte sie ihr Haar zu einem Knoten aufgesteckt, der von einer Spange aus Horn gehalten wurde, und sich eine Stola über die Schultern geworfen. Sie eilte zur Wohnungstür, öffnete sie und machte Reiser mit einer einladenden Handbewegung klar, dass es jetzt Zeit sei, zu gehen.

„Jetzt haben wir uns aber ganz schön vertratscht. Das Konzert beginnt in einer halben Stunde."

Reiser wandte ein, da bliebe ja noch reichlich Zeit, zum Pädagog sei es doch nicht so weit, worauf die Grüneisen erwiderte, da habe er schon recht, aber sie wolle schön gemütlich gehen und nicht als Letzte ankommen. Auf der Straße hakte sie sich unter und wandte sich zu ihm hin.

„Dass es heute Abend ein Glasharmonikakonzert gibt, habe ich Ihnen schon gesagt. Aber von Pohl habe ich Ihnen noch nichts erzählt. Er ist einer der besten Interpreten weit und breit, und eigentlich hatte er das Konzert geben sollen. Aber leider ist er wieder im Hospiz. Seine Nerven sind zerrüttet, und manchmal wird es so schlimm, dass seine arme Frau sich nicht anders zu helfen weiß, als ihn nach Hochheim in die Landesklinik zu schicken.

Er kam vor über 15 Jahren nach Darmstadt und wurde Musiklehrer der Großherzogin Luise. Damals wurde viel gemunkelt, er sei ihr liebster Musiker, habe sie ganz verzückt mit seiner Glasharmonika, ja, sie sei ihm verfallen. Dann wurde er ins Hoforchester aufgenommen. Das Orchester hatte bereits eine Glasharmonika, denn der Bredler war schon seit Jahren da. Aber die Großherzogin konnte von dem Instrument gar nicht genug bekommen. Pohl musste sogar noch eine weitere Glasharmonika bauen. Stellen Sie sich vor, im Hoforchester gab es drei Stück. Die von Pohl ist die beste, und wir können uns glücklich schätzen, sie heute hören zu können. Die Pohls waren so großzügig, sie für das Konzert auszuleihen."

Reiser fragte sich, was an der Glasharmonika nur dran war, dass Menschen ihrer Musik geradezu verfielen. Am meisten wunderte er sich immer wieder, wie es kommen konnte, dass selbst die Mächtigen dieser Welt ganz und gar von ihr eingenommen wurden. Ihr zarter Sphärenklang schien ihm nicht zu jemandem zu passen, der mit kühlem Kopf und oft genug kaltem Herzen die Geschicke der Welt lenkt.

Das hatte er sich schon vor dreißig Jahren gefragt, bei seinem ersten Einsatz als Kriminaler. Bei diesem ungeheuerlichen

Schurkenstreich hatten skrupellose Verschwörer dem preußischen König Gespensterspuk vorgegaukelt, mit dem sie Einfluss auf ihn ausübten, um seine Politik nach ihren Vorstellungen zu lenken. Zu der außerirdischen Atmosphäre, mit der sie bei ihren Inszenierungen dem König Sinne und Nerven raubten, hatten die geisterhaften Klänge einer Glasharmonika die phantastische Begleitmusik beigesteuert. Wie skurril die Geschichte ihm im Nachhinein auch immer wieder vorkam, für ihn wäre sie beinahe böse ausgegangen.

Seitdem war er davon überzeugt, dass Verbrechen vor allem eines sein mussten, um unentdeckt zu bleiben: groß und ungeheuerlich. Dann war eine ausreichende Zahl von Leuten einbezogen, und die Vorstellungskraft der übrigen reichte nicht, um zu verstehen, was vor sich ging, oder überhaupt zu glauben, dass so etwas möglich sei. Die Grüneisen riss ihn aus seinen Erinnerungen.

„Ist Ihnen schon aufgefallen, wie viele gerade der besten Glasharmonikavirtuosen Nervenzerrüttungen bekommen? Man könnte fast von einem Fluch sprechen, der auf dem Instrument ruht. Schon die großartige Marianne Davies erkrankte unheilbar und musste bis an ihr Lebensende von ihrer Schwester gepflegt werden."

Sie musste an seinem fragenden Gesicht gesehen haben, dass ihm Name und Person nichts sagten.

„Mein lieber Herr Reiser, Sie kennen tatsächlich Marianne Davies nicht?"

Er zuckte mit den Schultern.

„Marianne hat an allen großen Fürstenhäusern Europas gastiert. Sogar vor Kaiserin Maria Theresia und Marie-Antoinette hat sie gespielt, am Hof in Wien. Und wissen Sie, von wem sie ihr Instrument hatte? Nein? Von dessen Erfinder höchstpersönlich, Benjamin Franklin."

11

Mittlerweile waren sie am Bessunger Tor angekommen und standen vor dem Pädagog, einem vierstöckigen Gebäude schlichter Bauart. Seinen einzigen Schmuck bildete ein Treppenturm, der das gesamte Gebäude überragte und an dessen Spitze eine Wetterfahne dem Wind die Richtung wies. Daneben befand sich die Realschule, das Ausbildungsinstitut für jene Schüler, die nicht genug Fleiß, Talent oder Geld besaßen, um anschließend an der Landesuniversität in Gießen zu studieren.

Das Konzert sollte im Musiksaal stattfinden, im zweiten Stock, zu dem man über eine schlichte, aber breite Treppe gelangte. Schon auf den ersten Stufen war von weiter oben Stimmengewirr zu hören, in das sich helles Kichern und sonores Lachen mischten. Kaum hatten die beiden den Raum betreten, hob ein „Hallo", „Guten Abend", „Ach, da ist ja die Teresa" an, und die derart Begrüßte strahlte, drückte hier Hände, dort Küsschen auf Wangen und machte die Runde unter den Besuchern. Reiser stand etwas verloren am Rande der munteren Gesellschaft. Er schätzte, dass sich rund ein Dutzend Personen eingefunden hatte. Als er zum Zeitvertreib nachzählte, kam er auf genau dreizehn. Die meisten waren etwa in seinem Alter, wahrscheinlich waren sie alle ehemalige Musiker des früheren Hoforchesters.

Die Kirchturmuhr mahnte den Beginn des Konzerts an, doch niemand im Saal machte Anstalten, sein Gespräch zu beenden und sich auf seinen Platz zu begeben. Es wurde munter weitergeplaudert, mit dem Hinweis, es fehle unbedingt noch ein Gast, so könne man nicht beginnen. Ein untersetzter Herr, der sich wegen seines forschen Auftretens von den übrigen abhob, verließ nach weiterem vergeblichen Warten den Saal. Er hatte sich erboten, irgendwo den vierzehnten Gast aufzutreiben.

Tatsächlich kam er nach einiger Zeit mit einem Mann zurück, der deutlich jünger als die übrigen Anwesenden war. Der Neuankömmling wurde den wartend Herumstehenden vorgestellt als jemand, den wohl nicht alle kennen mochten, da er selber nie im Hoforchester gespielt habe, aber als jüngerer Bruder des verehrten Kollegen Pohl in gewissem Sinne dazugehöre. Außerdem habe er dankenswerterweise die Glasharmonika, die im Mittelpunkt des heutigen Beisammenseins stünde und der man sich schlussendlich von ganzem Herzen widmen werde, für diesen Abend hergerichtet.

Nachdem Pohl sich für den Beifall mir einer kurzen Verbeugung bedankt hatte, nahmen alle die Plätze ein. Der Forsche trat vor, von der Grüneisen hatte Reiser inzwischen erfahren, er sei die Oboe, und wandte sich an die Zuhörer.

„Ich begrüße alle Anwesenden, euch liebe Freunde, die ihr wie gewohnt zu unserem jährlichen Konzert erschienen seid, ebenso wie die Gäste, die heute erfreulicherweise mit uns weilen, um den Klängen der unvergleichlichen Glasharmonika zu lauschen.

Leider gibt es zu Beginn eine traurige Pflicht zu erfüllen. Ihr wisst von unserem verehrten Freund Niklas, dessen Tod für uns alle so völlig unerwartet kam. Ich kann schon jetzt ankündigen, dass es zu seinem Gedenken eine Feier geben wird, zu der alle Ehemaligen und sonstige Freunde des Hoforchesters eingeladen werden. Die Vorbereitungen bedürfen allerdings noch der Zeit. Der Termin wird rechtzeitig bekannt gegeben. Wir, die hier Anwesenden, wollen aber schon jetzt gemeinsam von ihm Abschied nehmen. Ich bitte alle, sich von den Plätzen zu erheben."

Es dauerte eine Weile, bis auch dem Letzten aufgeholfen war und die Trauernden mit gesenktem Kopf vor ihren Stühlen standen. Unterdrückte Schluchzer stiegen auf, und ein kaum hörbares Wispern hing im Raum, als einige leise vor sich hinbeteten. Schließlich hob der Redner die Schweigeminute auf.

„Bevor wir zum musikalischen Teil kommen, möchte Teresa uns mit jemandem bekannt machen, der heute Abend unter uns weilt."

Sie trat vor und wies, während sie sprach, mit einer graziösen Handbewegung auf Reiser.

„Liebe Freunde, ich möchte euch Herrn Reiser vorstellen. Er ist Kommissar am Gericht in Berlin und untersucht das Ableben unser aller Freundes Hellmuth. Ich bitte ihn nun, uns mitzuteilen, was er schon herausgefunden hat."

Reiser fühlte sich überrumpelt, stand umständlich auf und überlegte, wie er die knappen Ausführungen der Grüneisen richtig stellen konnte, ohne sie zu berichtigen. Bevor er überhaupt dazu kam, ein Wort zu sagen, prasselten von allen Seiten Fragen auf ihn ein. Es sei von Selbstmord die Rede gewesen, ob er etwa an einen solchen Humbug glaube. Wie man sich einen tödlichen Unfall mit einem Cello vorzustellen habe. Was der Stadtphysikus herausgefunden hat. Stimmt es, was man so alles über sein Kabinett hört? Gibt es schon Hinweise oder Vermutungen, was in Niklas Wohnung passiert ist? Ob man sich überhaupt noch in seinen eigenen vier Wänden sicher fühlen könne, bevor das geklärt sei. Reiser wandte sich jedem der Fragenden schweigend zu, zog die Augenbrauen hoch und wartete, bis wieder Ruhe eingekehrt war.

„Guten Abend. Wie Frau Grüneisen sagte, bin ich Beamter der königlich preußischen Kriminalbehörden. Man hat mich nach Darmstadt beordert, um der großherzoglichen Polizei Methoden vorzustellen, die sich in Berlin bewährt haben, und sie darüber hinaus bei ihrer Arbeit zu beraten, sofern sie es wünscht. Was Nachrichten über den Stand der Untersuchungen und gewonnene Erkenntnisse anbelangt, werden die großherzoglichen Behörden die Öffentlichkeit unterrichten. Allerdings habe ich den Eindruck, dass sie es bereits getan haben, denn ganz Darmstadt kennt nur ein Thema und scheint darüber gut informiert zu sein."

Er deutete eine Verbeugung an, worauf die Oboe wieder das Wort ergriff.

„Liebe Freunde, der Kommissar hat uns mitgeteilt, was er zu sagen hat. Lassen wir es dabei bewenden und kommen zum musikalischen Teil, den heute Abend unser Freund Rinler übernommen hat und selber vorstellen wird. Bitte sehr, Jakob. Du hast die Bühne."

Der Interpret erwies sich als einer der älteren Herren, die auf Reiser einen eher gebrechlichen Eindruck machten. Er trat mit leicht gekrümmtem Rücken vor das Instrument, stützte die linke Hand darauf, verharrte einen Moment in dieser Pose, wandte sich dann mit einer formvollendeten Bewegung dem Publikum zu, richtete den Oberkörper auf, reckte den Hals so gut es ging in die Höhe, ließ den Blick durch den Saal schweifen und kündigte mit sanfter Stimme sein Programm an.

„Liebe Ehemalige des Hoforchesters, verehrte Freunde der Musik. In Anbetracht des traurigen Geschehnisses habe ich mich entschlossen, das für heute vorgesehene Programm kurzfristig umzustellen. Im Gedenken an unseren Kollegen Niklas, den braven Musiker, der in den langen Jahren seines Dienstes keine einzige Probe versäumte, zu Ehren unseres unvergessenen Cellos, das unser Orchester in unzähligen Konzerten begleitete, als Ausdruck tiefster Dankbarkeit gegenüber unserem treuen Freund Hellmuth, der sich bis zum Äußersten für die Interessen des Ensembles einsetzte, beginne ich mit dem

Glasharmonikapart aus „Der Tod des Herkules“ von Reichardt und detto aus „Lélio oder Die Rückkehr zum Leben“ von Berlioz. Es folgt das „Largo für die Harmonika“ von Schulz, danach von Weber mit seinem „Adagio e Rondo“ für Glasharmonika. Hierauf werde ich euch eine kleine Pause gönnen.

Im Anschluss trage ich drei Sonaten für Glasharmonika von Naumann vor, gefolgt von Mozarts unübertrefflichem Adagio. Beethovens Bühnenmusik zu „Eleonore Prohaska“ ist ebenso der Änderung des Programms zum Opfer gefallen wie Hasses Kantate, die er eigens zu Ehren des Instruments komponierte. Ich weiß, dass meine Improvisationen zu bekannten und unbekannten Themen nur ein schwacher Ersatz sein können, erhoffe indes gefällige Aufnahme. Zum Abschluss, wie es schon Tradition geworden ist, einige irische Weisen im Stile der Marianne Davies, wobei alle, ihr wisst es, aufgefordert sind, den Gesang beizusteuern.“

Der Künstler trat hinter sein Instrument und begann, es umsichtig für die Vorstellung vorzubereiten. Von einem Beistelltisch nahm er einen Glaskolben und goss eine wässrig-milchige Flüssigkeit in eine flache Schale, die am Rahmen der Glasharmonika befestigt war. Dann setzte er mit einigen Tritten auf ein Fußpedal die Achse mit den Glasglocken in Bewegung und befeuchtete die rotierenden Gläser mit einem Lappen, den er in die Schale getunkt und gewissenhaft über ihr ausgedrückt hatte. Anschließend tauchte er seine Fingerspitzen in die Lösung, ließ sie sorgfältig abtropfen, streckte und knetete seine Finger ein wenig, um sie zu lockern, und sortierte säuberlich die Notenblätter.

Hinter ihm stand ein massiver Schemel, auf dem bequem zwei Personen Platz finden konnten. Ohne den Blick zu wenden, tastete er danach und setzte sich mit durchgedrücktem Kreuz auf dessen vorderste Kante. Schließlich ließ er seinen

Blick noch einmal prüfend durch das Publikum streifen, ob auch alle mit ihm waren, reckte den Kopf, schloss die Augen, berührte mit den Fingerspitzen die Ränder der Gläser, die er mit wohl bemessenem Wippen des Pedals in Bewegung hielt, und hob an, zu spielen.

Reiser schaute dem Virtuosen gebannt zu, der seine akustische Darbietung durch einfühlsame Mimik und ausdrucksvolle Körpersprache betonte und untermalte. Weit zurückgelehnt, mit ausgestreckten Armen und den Kopf nach hinten geneigt, verfolgte der Künstler kräftige Akkorde auf ihrem Weg zum Himmel. Bei schnellen Läufen lehnte er sich zur Seite, als eilten seine Finger davon und die Arme ihnen hinterher, weshalb er mit aller Kraft in die andere Richtung ziehen musste, um zu verhindern, dass sie ihm ausrissen. Leisen Klängen lauschte er mit gekrümmtem Rücken und vornüber geneigtem Kopf, wobei das Ohr, das er dem Instrument zuwandte, den rotierenden Glasglocken bedenklich nahe kam. Es machte den Eindruck, als kontrolliere er, ob auch wirklich jeder einzelne der zarten Töne hervorkäme und nicht etwa einer sich davor drückte, das Gehäuse zu verlassen, in dem er bis dahin so ruhig geschlummert hatte.

Als der „Tod des Herkules" beendet war, wollte Reiser aus Pietät seine Hände gefaltet im Schoß liegen lassen. Der begeisterte Beifall gemahnte ihn jedoch, dass er keiner Trauerfeier beiwohnte, sondern einer Konzertveranstaltung, zu der es gehört, dem Künstler zu applaudieren, selbst wenn das Publikum selber aus lauter Künstlern besteht. Er versuchte, so gut es ging, der Grüneisen das Lächeln, das sie ihm von der Seite schenkte, zu erwidern. Den Ausdruck von Verzückung auf sein Gesicht zu zaubern, den die übrigen Zuhörer trugen, versuchte er erst gar nicht, sondern befürchtete, dass es ihm nicht einmal gelang, den Anschein zu erwecken, als sei er beeindruckt. Einer Gans, die sich unter Schwäne verirrt hatte, konnte nicht unbehaglicher zumute sein.

Nach einer Reihe dankender Verneigungen kündigte der Virtuose das nächste Stück an. Er befeuchtete erneut seine Finger, hob die Hände, ließ sie über dem Instrument schweben, senkte den Kopf und begann, mit den Füßen das Pedal in Bewegung zu setzen. Reiser beschloss, bei diesem Stück die Augen geschlossen zu halten. Bei den titanischen Anstrengungen, mit denen der Künstler seinem Instrument die Töne entlockte, hatte er einige Male nur mit Mühe ein Lachen unterdrücken können, das jählings in ihm aufstieg. Er war nicht sicher, ob ihm das weiterhin gelingen würde.

Ohne es zu wollen, sah er nun in Gedanken den Virtuosen allerdings noch bizarrere Verrenkungen ausführen und musste ein ums andere Mal angestrengt die Luft anhalten, um nicht herauszuprusten. Als die Musik unvermittelt aufhörte, öffnete er die Augen. Er wollte schon eilfertig applaudieren, bemerkte aber noch rechtzeitig, dass die übrigen Zuhörer ihre Hände nicht rührten und wie gebannt zur Bühne schauten.

Dort saß Rinler vor seinem Instrument, die rechte Hand lag mit gespreizten Fingern auf den Glasglocken, die linke ruhte auf dem Rahmen, der Kopf war auf die Brust gesunken, das Pedal stand still. Ein leises Tuscheln hob an. Reiser fand, dass die Theatralik jetzt doch reichlich dick aufgetragen sei, als die Hand des so reglos Verharrenden langsam über die Glasglocken glitt, schlaff herunterfiel und daraufhin der ganze Körper begann, zur Seite zu kippen. Reiser sprang von seinem Stuhl auf und erreichte die Bühne gerade noch rechtzeitig genug, um Rinler aufzufangen und zu verhindern, dass sein Kopf hart auf den Boden prallte.

Als er den Oberkörper vorsichtig niederlegte, blickte er in weit aufgerissene Augen. Die Kiefermuskeln des Musikers traten hervor, der ganze Körper wurde starr, der Puls schien immer höher schlagen zu wollen. Reiser sah zu den Zuhörern auf, die mittlerweile im Kreis um ihn und den schwer Atmenden herumstanden. Seine Frage nach einem zufällig anwesenden Arzt wurde verneint. Jemand sagte, dann müsse man nach einem schicken, worauf eine heftige Diskussion anhub, wer denn zu holen sei.

Reiser sah in die Runde. Selbst wenn die Streitenden sich bald einigten, würde kostbare Zeit verstreichen, bis einer der alten Herren die Wegstrecke hinter sich gebracht hatte. Der einzige, der ihm mobil genug schien, den Auftrag schnell zu erledigen, war Pohl. Der kannte Darmstadt jedoch am wenigsten von allen. Außerdem fand er, Rinler bleibe besser nicht hier im Musiksaal liegen, und beschloss, ihn mit der Hilfe des jungen Mannes in seine Wohnung zu tragen. Daheim wartete ein weiches Bett auf Rinler anstelle des harten Bretterbodens, auf dem er jetzt lag. In der Zwischenzeit musste allerdings jemand nach dem Arzt rufen. Jemand, der gut zu Fuß war, damit nicht unnötig Zeit verstrich.

„Liebe Frau Grüneisen, es ist zwar schon dunkel draußen, aber dürfen wir angesichts der außergewöhnlichen Umstände Sie bitten, schnellstmöglich einen Arzt zu benachrichtigen?"

Die Herren schauten sich fragend an, aber niemand widersprach dem Kommissar.

„Ich eile."

„Und schicken Sie ihn bitte in Rinlers Wohnung. Herr Pohl und ich werden ihn dorthin tragen."

Die beiden nahmen den Kranken, der laut aufstöhnte, sobald sie ihn berührten, an den Armen und Beinen, hoben ihn auf und begannen, die Treppen hinunterzusteigen. Der Musiker wog nicht viel, Reiser hoffte trotzdem, die Wohnung würde nicht allzu weit entfernt liegen, um Rinler nicht durch einen langen Transport zu schwächen. Tatsächlich war die Adresse in der Holzgasse nur einige Schritte entfernt. Als sie dort ankamen, wartete bereits ein Arzt, der nach Reisers Schätzung mindestens so alt war wie der Patient, aber einen energischen Eindruck machte. Er schickte die beiden Krankenträger fort, sobald sie den sich jetzt in Krämpfen Windenden auf sein Bett gelegt hatten. Im Wohnzimmer hielt die Grüneisen die heulende Gattin des Musikers in ihren Armen und winkte die beiden Männer wortlos zur Tür hinaus.

12

Im Flur fragte Reiser Pohl, ob er ihn zu seinem Gasthof begleiten wolle. Der stimmte zu, ohne einen Augenblick zu zögern. Den Weg brachten sie schweigend hinter sich, der dramatische Abbruch des Konzerts hatte beide schockiert. Die Gäste im Schankraum schienen ihnen anzusehen, dass sie in Ruhe gelassen werden wollten, und kümmerten sich nicht um die beiden. An Reisers angestammtem Tisch bestellten sie einen Krug Bier, Brot und Wurst. Nach dem ersten Schluck wandte sich Pohl an Reiser.

„Das ist doch merkwürdig. Ein ehemaliger Hofmusiker bricht über seinem Instrument zusammen, kaum dass ein anderer tot neben dem seinen aufgefunden wurde. Ist das Zufall, oder wird das Orchester von einem bösen Geist heimgesucht?"

„Bevor ich überirdische Kräfte bemühe, frage ich nach natürlichen Erklärungen. Rinler war nicht mehr der Jüngste. Warten wir also ab, was der Doktor sagt, und hoffen wir vor allem, dass der Patient überlebt."

„Ist Ihnen heute Abend etwas aufgefallen?"

Reiser sah seinen Gesprächspartner fragend an. Was sollte das denn heißen? Für keinen der Besucher konnte das ein normaler Konzertabend gewesen sein.

„Ich meine nicht das unerwartete Ende des Konzerts. Als Rinler noch spielte."

Reiser überlegte. Was meinte Pohl? Er würde doch jetzt nicht Possen reißen wollen über Rinlers Gehabe beim Vortrag. Was gab es sonst? Nichts. Rinler hatte gespielt, das Publikum andachtsvoll gelauscht und brav geklatscht.

„Nach meiner persönlichen Meinung hat Rinler einen sehr engagierten Vortrag geliefert. Vielleicht hat das den alten

Herrn überanstrengt. Soweit ich als Laie das beurteilen kann, waren die Stücke perfekt."

„Eben nicht!"

„Nein, sondern?"

„Das zweigestrichene f.

„Lieber Herr Pohl, ich verstehe nicht so viel von der Materie wie Sie. Für mich spielte der Interpret sehr einfühlsam, hat die Noten getroffen, und das Instrument klang ansprechend. Aber ich habe ohne jeden Zweifel bei weitem nicht so vielen Glasharmonikakonzerten beigewohnt wie Sie. Könnten Sie mir Ihre Beobachtung nicht einfach erläutern?"

„Das zweigestrichene f war nicht sauber."

Es entstand eine Pause. Reiser überlegte, worauf der Mensch hinauswollte. Wenn sich ein unreines f in den Vortrag eingeschlichen hatte, war das höchstwahrscheinlich außer Pohl niemandem aufgefallen, und selbst wenn, hielt er es für übertrieben, davon viel Aufhebens zu machen. Was sollte er dazu nur sagen?

„Nun, das wollen wir doch dem Interpreten nicht nachtragen."

„Das lag nicht an Rinler. Kaum ein Zweiter spielt so getreu den Noten wie er."

„Wenn Sie es sagen."

Wieder entstand eine Pause. Reiser wurde langsam ungeduldig. Wenn dies ein Ratespiel sein sollte, um herauszufinden, ob er Musikkenner war und wie viel er von der Glasharmonika verstand, hätte er es gerne so schnell wie möglich beendet. Und sollte Pohl tatsächlich etwas beobachtet haben, was ihm selber entgangen war, dann sollte er doch einfach damit herausrücken, statt ihn lange auf die Folter zu spannen.

„Jetzt lassen Sie sich doch nicht alles aus der Nase ziehen! Wenn Sie etwas Wichtiges beobachtet haben, sagen Sie es mir bitte."

„Rinler hat sich für das Konzert das Instrument meines Bruders geliehen. Ich habe es zuvor gründlich inspiziert, für das Konzert vorbereitet und gestern Nachmittag persönlich mit meinem Neffen in den Musiksaal gebracht und sorgfältig aufgestellt."

„So, so, und nun ist ein f kaputt."

„Was heißt kaputt, wenn ein Glas entzwei gewesen wäre, hätte das jeder sofort bemerkt. Rinler hätte nicht mehr als ein paar Takte gespielt."

„Das war nicht der Fall. Ich habe es selbst gehört. Dann ist ja alles in Ordnung."

„Eben nicht, das zweigestrichene f klang um einen Viertelton zu hoch. Jemand muss heimlich daran hantiert haben!"

„Damit es falsch klingt, wenn Rinler spielt?"

„Sehen Sie, das ist doch das Merkwürdige. Warum sollte jemand so etwas tun?"

Reiser wurde die Fragerei langsam leid. Wenn Pohl es schon nicht wusste, woher dann er? Er kannte sich in Künstlerkreisen doch nicht aus. Was wusste er von deren Bosheiten und Schabernack? Er hatte keine Lust, den ganzen Abend über missratene Töne zu rätseln. Außerdem stellte der Wirt gerade ein Brett mit ihrem Essen auf den Tisch, und zum zweiten Bier hatte sich sein Hunger gemeldet.

„Also schön. Ehrlich gesagt, kann ich Ihnen nicht so richtig folgen. Aber vielleicht fällt Ihnen beim Abendessen ja etwas ein, was in diesem Fall zu tun ist."

„Wir müssen gleich ins Pädagog und feststellen, was mit dem Instrument angestellt wurde."

„Wie, jetzt?"

„Verehrter Herr Kommissar, ob an dem Instrument manipuliert wurde, kann ich nur feststellen, indem ich hineinschaue. Ich bin jedoch davon überzeugt, dass dem so ist, und deshalb kommt Aufschub nicht in Frage."

Für einen Moment war Reiser perplex. Dann verspürte er große Lust, Pohl zu fragen, ob er sich und seine Überlegungen nicht zu wichtig nähme, und ihm zu sagen, er selber hielte sie für Hirngespinste. Allerdings hatte er den Eindruck, dass Pohl von seiner Idee so überzeugt war, dass ihn nichts davon abhalten könnte, seine Erkundung notfalls auch allein zu unternehmen. Dann wollte er schon lieber dabei sein. Allzu lange konnte die Inspektion ja ohnehin nicht dauern.

Er legte einige Scheiben Wurst auf ein Stück Brot, biss einen kräftigen Happen ab, kaute gründlich, leerte den Rest Bier aus dem Krug in sein Glas, nahm einen weiteren Happen, spülte mit einem kräftigen Schluck nach, erhob sich mit dem Brot in der Hand und verließ wortlos die Gaststube. Auf der Straße beeilte sich Pohl, mit ihm Schritt zu halten.

„Schauen Sie, Herr Reiser, ich habe seit meiner Jugend mit der Glasharmonika zu tun. Mein Vater war Tischler in Kreibitz im böhmischen Niederland und hat als Erster ein Instrument nach dem Vorbild von Franklin gebaut. Ich bin der jüngste Sohn und habe die Werkstatt geerbt. Meine Brüder hatten keinen Sinn für das Handwerkliche und zogen in die Welt, zwei als Händler, Karl Ferdinand als Musiker. Wussten Sie, dass seine Frau die Tochter von Berczwarzowsky ist? Er hat sie in Berlin geheiratet, bevor er nach Darmstadt kam. Auch sie beherrscht die Glasharmonika meisterhaft. Bestimmt haben Sie von dem einzigartigen Konzert gehört, bei dem drei Glasharmoniken zugleich auf der Bühne standen, das fand ja in Berlin statt. Waren Sie dabei? Dann haben Sie meine Schwägerin schon einmal gesehen. Sie spielte nämlich mit.“

Reiser schwieg. Wer weiß, was dieser Pohl ihm noch alles erzählen würde. Vorsichtshalber beschleunigte er seine Schritte. Vor der Realschule blieb er stehen und ermahnte Pohl, leise zu sein, damit sie weder die Nachtpatrouille noch den

Pedell auf sich aufmerksam machten. Schließlich seien sie dabei, ohne Auftrag und Genehmigung in ein fremdes Haus einzudringen. Im Stillen hoffte er darauf, dass das Tor zum Pädagog verschlossen und damit ihre nächtliche Erkundung beendet war.

13

Die Klinke gab jedoch ohne Widerstand dem leichten Druck nach, und die Tür öffnete sich mit einem kaum hörbaren Quietschen. Sie schlüpften ins Gebäude. Pohl stieß Reiser in die Seite.

„Haben Sie kein Licht dabei?"

Reiser zischte ihn an.

„Nein, dann sieht man uns sofort. Kein Wort mehr."

Er tastete sich mit den Füßen vorsichtig zum Beginn der Treppe vor. Pohl blieb zwei Schritte hinter ihm. Reiser zog Pohl zu sich heran und gab ihm, so gut es ging, durch Zeichen zu verstehen, er solle im Gleichschritt mit ihm die Treppe hinaufgehen und dabei vorsichtig auftreten.

Auf den ersten Treppenabsatz fiel durch den schmalen Glasstreifen der Eingangstür noch ein mattes Licht, in dem sich die Stufen als Streifenmuster abzeichneten, sobald sich die Augen an die Dunkelheit gewöhnt hatten. Danach war es stockfinster. Das hohe Treppenhaus hallte und echote, dass nicht zu unterscheiden war, ob einer von ihnen den Fuß auf eine Stufe setzte, jemand anderer irgendwo im Haus umherschlich und dabei auf eine lose Bohle trat oder lediglich unter dem Dach ein Balken knackte. Reiser tastete sich mit seiner Linken am Handlauf entlang. Plötzlich zog Pohl ihn am Ärmel und flüsterte in sein Ohr.

„Haben Sie das auch gehört? Das kam aus dem Musiksaal."

Reiser fragte sich, ob dieser Pohl Ohren wie ein Luchs oder Nerven wie ein Hasenfuß hatte. Er blieb auf dem Treppenabsatz stehen und lauschte einen Moment. Aus dem Musiksaal schien tatsächlich ein leises Scharren zu kommen. Er schüttelte

Pohl ab, der sich an seinen Arm geklammert hatte. Sie schlichen näher. Reiser hielt ein Ohr an den Spalt der angelehnten Tür, Pohl drängte sich mit gerecktem Hals neben ihn. Jetzt war eindeutig ein Quietschen zu hören.

„Jemand ist an der Glasharmonika."

Pohl hatte seine Beobachtung vor sich hingezischt und empört geschnauft, stieß Reiser zur Seite, riss entschlossen die Tür auf und stürzte in den Saal.

„Finger weg von dem Instrument!"

Reiser hörte lautes Gepolter und versuchte, zu erkennen, was in dem dunklen Saal geschah, konnte aber nur zwei Schatten ausmachen, die im Musiksaal umherzutollen schienen, als sei eine Art Gerangel oder Fangenspielen im Gange. Wer wer war, war in dem Wirrwarr nicht zu erkennen. Dann gab es einen dumpfen Schlag, dem ein Stöhnen folgte. Jemand stolperte Reiser entgegen. Nach Größe und Statur tippte er auf Pohl, streckte die Hände vor, um ihn aufzufangen, kriegte einen Kragenaufschlag zu fassen, der ihm aber entglitt. Das Gewicht des auf ihn prallenden Körpers brachte ihn aus dem Gleichgewicht. Er riss die Arme hoch und ruderte mit ihnen in der Luft, um nicht hintenüberzufallen.

Im gleichen Moment stürzte ein weiterer Schatten auf Reiser zu, eindeutig nicht Pohl. Die Person war größer als er selber und doppelt so breit. Wie aus dem Nichts traf ein harter Schlag seine Schläfe. Er taumelte zurück, hörte ein Schnaufen, erhielt einen heftigen Stoß vor die Brust, der ihn gegen die Wand schmetterte, ein derber Fausthieb landete auf seinem Kinn, sein Hinterkopf prallte gegen die Kante des Türrahmens, die Knie wurden ihm weich, er rutschte mit dem Rücken die Wand hinunter und sackte in sich zusammen.

Als Nächstes spürte er, wie er an den Beinen von der Wand weggezogen wurde, bis er flach auf dem Boden lag. Ein schweres Gewicht begann, ihm den Brustkorb einzudrücken. Zwei Hände legten sich um seinen Hals und schnürten ihn zu. Das Blut pochte an den Schläfen, Reiser wurde die Luft knapp. Er nahm all seine Kräfte zusammen und versuchte, mit einem Ruck die Arme freizubekommen. Sie bewegten sich keinen Fingerbreit, der Unbekannte hielt sie mit den Beinen fest auf den Boden gedrückt. Er schleuderte Kopf und Oberkörper hin und her, um den Griff am Hals zu lockern, stemmte das Becken hoch, um mit einer plötzlichen Seitwärtsbewegung seinen Inkubus abzuwerfen, stieß ihm die Knie in den Rücken.

Es nutzte alles nichts. Sein Gegner war ein erprobter Kämpfer und würde sich nicht so leicht übertölpeln lassen. Mit schwindenden Sinnen nahm er kalten Tabaksqualm wahr, der in dem groben Mantel des anderen hing. Reiser begann zu phantasieren. Das musste der Riese sein, der in einer Flasche eingesperrt war und, kaum befreit, aus einer Rauchwolke bis zu den Gipfeln der Berge wuchs. Wer hatte nur den Korken herausgezogen?

Wie von sehr weit her nahm er das Geräusch eines trockenen Schlages wahr. Das Ungetüm auf ihm brummte und schraubte die Finger enger um seinen Hals. Dann hörte es sich an, als ob jemand mit einem Stück Holz auf einen Hackklotz einschlug. Das ärgerliche Grunzen, das sein Gegner von sich gab, wurde von einer Dunstwolke aus Schnaps und Geräuchertem begleitet. Eine Hand lockerte ihren Griff. Reiser schnappte verzweifelt nach Luft. Das Blut rauschte ihm in den Ohren. Wie durch einen dicken Vorhang hörte er etwas bersten. Sein Peiniger fluchte, er verstand nicht, was. Die andere Hand ließ los.

Reiser riss den Mund auf und sog ächzend Luft in die Lungen. Riesige Hände legten sich auf sein Gesicht. Sie umfassten Kinn und Genick wie eiserne Klammern und begannen, den

Kopf zur Seite zu drehen. Reiser hörte seine Halswirbel knirschen. Etwas klang wie splitterndes Holz. Der Griff lockerte sich ein wenig, das Monstrum knurrte bösartig. Dann krachte es wieder irgendwo über ihm, als versuchte jemand, mit aller Gewalt ein kräftiges Scheit zu zerbrechen. Der Kerl stieß einen Schrei tierischer Wut aus. Er ließ von Reiser ab, gab ihm zum Abschied eine mörderische Ohrfeige, stützte sich mit einer Hand auf seinem Gesicht ab und erhob sich schwerfällig.

Reiser konnte sich später nicht mehr erinnern, ob ihn unzähmbarer Jähzorn packte und er sich blindwütig für die Misshandlungen rächen wollte oder er mit dem Mut der Verzweiflung die Gelegenheit nutzte, den Berserker niederzuwerfen. Jedenfalls warf er sich zur Seite, stieß einen Fuß mit voller Kraft dorthin, wo er die Kniekehle seines Gegners vermutete, merkte, wie das Bein einknickte, und mit einem weiteren Tritt fegte er es dem Strauchelnden unter dem Körper weg. Der Getroffene wankte, und Reiser konnte sich gerade noch weit genug wegrollen, damit er nicht auf ihn stürzte und ihm mit seinem Gewicht die Rippen brach.

Instinktiv zog sich Reiser, rückwärts auf dem Hosenboden rutschend, weiter in den dunklen Saal zurück. Als er spürte, wie sich eine Hand auf seine Schulter legte, wollte ihm das Blut in den Adern gefrieren. Die Hand tastete nach seinem Hals, drückte aber nicht zu, sondern glitt weiter über sein Kinn zu seinem Mund und legte sich sacht darauf. Es war Pohl, der ihn aufforderte, still zu bleiben.

Beide horchten angestrengt ins Dunkel. Das Untier schien sich schnaufend aufzurichten. Schemenhaft erschienen seine Umrisse vor der Wand des Musiksaals, auf die ein Spalt in den Fenstervorhängen einen schmalen Streifen Mondlicht fallen ließ. Der Schatten rührte sich nicht, als lauere er auf irgendeinen Hinweis, der ihm verriet, wo er seine Opfer finden konnte.

Sie hielten den Atem an. Der Koloss tapste einige Schritte ziellos herum. Er hatte wohl nicht die geringste Ahnung, wo sie auf dem Boden kauerten, konnte sie weder sehen noch hören. Sie verfolgten ihn, so gut es ging, mit den Augen und lauschten angestrengt auf das Schlurfen seiner Schritte, die sich allmählich entfernten. Die beiden sahen den Schatten in der Türöffnung verschwinden und hörten kurz darauf schwerfällige Tritte die Treppen hinuntersteigen. Als das Haustor ins Schloss fiel, atmeten sie auf, blieben aber noch eine Weile still auf dem Boden sitzen und lauschten angestrengt, ob sich im Treppenhaus noch irgendetwas rührte.

Reiser drehte seinen Kopf nach links und rechts, um zu prüfen, ob er seinen Hals bewegen konnte. Dann erhob er sich leise, ging zur Tür und horchte nach draußen. Als er sich umdrehte, um Entwarnung zu geben, stand Pohl bereits hinter ihm. In der Hand hielt er noch immer ein abgebrochenes Stuhlbein. Mehr war von dem Schemel, mit dem er auf den Unbekannten eingeprügelt hatte, nicht übrig geblieben.

„Hab' ich es doch gewusst. Da sind wir ja gerade rechtzeitig gekommen."

Reiser schluckte unter Schmerzen und wusste nicht so recht, was er davon halten sollte. Für sein Genick wäre es jedenfalls fast zu spät gewesen, dabei fand er es für seinen Tod noch zu früh.

Pohl tappte zurück in den Saal, beide Arme suchend nach vorne gestreckt.

„Dass man hier aber auch nichts sehen kann."

Reiser konnte ein leises Seufzen nicht unterdrücken.

„Eben waren Sie noch froh darüber."

„Aber wie soll ich denn so die Glasharmonika finden? Ah, hier ist sie ja."

Das nenn' ich Frohnatur und Glückspilz, dachte Reiser bei sich und tastete mit den Füßen seinen Weg in die Richtung, aus der die Stimme kam und von woher nun ein Quietschen zu hören war.

„Hoffentlich hat der Unmensch keinen Schaden angerichtet. Das werden wir gleich sehen."

Reiser hörte Pohl der Reihe nach die Glocken der Glasharmonika anschlagen, vierundzwanzig, wenn er richtig mitgezählt hatte.

„Nichts passiert zum Glück. So, lieber Herr Reiser, jetzt passen Sie mal schön auf!"

Pohl schlug in absteigender Folge drei Töne an, noch einmal und noch einmal.

„Hören Sie es?"

„Natürlich, ich bin doch nicht taub."

„Und?"

„Ich höre Sie eine kleine Tonleiter herunterspielen."

„Sie hören es nicht."

„Doch."

„Das zweigestrichene f! Es ist um einen Viertelton zu hoch!"

Reiser atmete tief durch. Schön, nun hatte diese Koryphäe also ihr feines Gehör bewiesen, den ominösen Ton gefunden und Recht behalten. Dann konnten sie jetzt ja gehen. Sein ganzer Körper schmerzte, und wenn er daran dachte, dass der Unbekannte es sich vielleicht doch noch anders überlegte und jeden Moment durch die Tür kommen konnte, war ihm nicht wohl zumute. Pohl riss ihn aus seinen Gedanken.

„Haben Sie ein Stück Papier?"

„Was um alles in der Welt wollen Sie denn hier im Dunklen aufschreiben?"

„Haben Sie eines?"

„Nein."

„Ah, hier liegt ja ein Notenblatt. Treten Sie mal."

„Wie bitte?"

„Das Pedal, unten."

Reiser schob suchend einen Fuß unter den Kasten und fand das Brett, das ungefähr zwei Zoll über dem Boden hing. Er versuchte, mit dem Fuß darauf zu wippen.

„Es bewegt sich nicht."

„Dann müssen Sie erst die Spindel drehen, damit sie etwas Schwung bekommt."

„Und wo bitte sehr soll jetzt diese Spindel wieder sein?"

„Ja, haben Sie vorhin denn gar nicht zugesehen? Die Stange, auf der die Glocken stecken. An der Seite ist eine Scheibe angebracht für den Treibriemen, daran drehen Sie. Ach, lassen Sie nur, ich mache es selber."

Reiser merkte, wie das Brett sich zu bewegen begann, und wippte nun mit dem Fuß hin und her.

„Hören Sie etwas, Herr Reiser?"

„Ja, das Instrument schleift."

„Nein, das tut es nicht. Ich halte nur ein Notenblatt an das zweigestrichene f. Aber das hier ist es wohl nicht."

Pohl schlug die Glocken wieder an.

„Hier, da haben wir's. Ich hatte die falsche Glocke erwischt, man sieht ja auch nichts. Was hören Sie nun, Herr Reiser?"

Der dunkle Saal mit dem dünnen Streifen fahlen Mondlichts gab eine Szenerie, zu der eine Gruppe von Gespenstern gepasst hätte, die durch den Raum glitten. Die Säume ihrer Umhänge strichen mit dem Geräusch einer leichten Brise über den Boden. Ihre Füße traten lautlos auf. Eines hatte ein Holzbein.

„Ein scheuerndes Geräusch, das ab und zu durch ein Klacken unterbrochen wird."

„Genau, und was sagt uns das?"

„Mir nichts, aber vielleicht reden die Gläser ja mit Ihnen."
„Diese Glocke ist beschädigt."

„Vielleicht ein Sprung vom Transport?"

„Habe ich Ihnen nicht schon gebührlich versichert, dass ich sie selbst hierher gebracht und anschließend geprüft habe?"

„Kann nicht trotzdem – in einem kleinen Moment der Unachtsamkeit vielleicht? Ich meine, die Glocken scheinen mir äußerst empfindlich zu sein."

„Mein Neffe und ich haben das Instrument gestern Abend hier an diesem Fleck abgestellt, und ich habe Probe gespielt. Es war einwandfrei. Außerdem würde die Glocke überhaupt nicht mehr klingen, wenn es ein Sprung wäre. Nein, die Tonhöhe ist nur ein klein wenig verändert. Sie haben es ja nicht einmal gehört. Das klingt sehr danach, als hätte jemand am Rand geschliffen oder gesägt. Aber wer? Außer Rinler und mir durfte niemand das Gerät berühren. Der Pedell wollte ein Auge darauf haben."

„Der Kerl, der uns beide fast niedergemacht hat, schien sich darum nicht sonderlich zu scheren."

„Ich habe es schon beim Konzert gehört und muss das untersuchen. Aber bei dieser Dunkelheit geht das nicht."

Reiser war froh, dass dieses musikalische Intermezzo sein Ende fand.

„Schön, dann können wir ja gehen."

„Nicht ohne meine Glasharmonika."

„Wie bitte?"

„Ich verlasse diesen Ort nur, wenn Sie mir helfen, das Instrument von hier fortzuschaffen."

Reiser wäre am liebsten wortlos gegangen, aber er konnte Pohl unmöglich alleine hier lassen, und der machte nicht den Eindruck, als würde er scherzen. Wenn er ihn so am schnellsten von hier wegbekam, dann musste der Kasten halt mit. Pohl merkte, dass er begann, nachzugeben.

„Wir bringen die Harmonika in die Wohnung meines Bruders. Sie nehmen am besten das breite Ende mit den größeren

Glocken, die sind weniger empfindlich. Wenn Sie auf der Treppe vorangehen, liegt der Schwerpunkt unten, und wir können das Gleichgewicht besser halten."

Reiser hob mit einem Seufzer das Instrument an, es hatte sein Gewicht. Was das Tragen erschwerte, waren die Kanten des Gehäuses, die in seine Finger schnitten. Außerdem stieß eine spitze Verzierung des Fußes immer wieder gegen seine Achillessehne. Auf der Treppe begann die Antriebsstange, sich in seinen Rücken zu bohren. Bei alldem zeterte Pohl jedes Mal mordsmäßig los, wenn sie ins Stolpern gerieten und die Gläser schepperten. Ob Reiser von dem Gerät erschlagen würde, wenn er das Übergewicht bekam, schien ihn weniger zu beunruhigen.

Als sie beim Haus der Pohls angelangten, hatte Reiser ziemlich lange Arme und war froh, das Instrument endlich abstellen zu können. Pohl hatte sich den ganzen Weg über keine Anstrengung anmerken lassen. Er verschwand leichtfüßig im Haus, um seinen Neffen zu holen, der ihm helfen sollte, die Glasharmonika in die Wohnung zu tragen. Reiser nutzte die Gelegenheit und hob die schmale Seite mit den kleinen Gläsern hoch. Sie war viel leichter. Das verbarg sich also hinter den klugen Erläuterungen zu Schwerpunkt und Gleichgewicht. Dieser hörsensible Glaskünstler hatte ihn an der Nase herumgeführt.

14

Am Morgen wachte Reiser früh auf, obwohl er matt und zerschlagen genug war, um sich noch einmal auf die andere Seite zu drehen. An jeder Hand prangte eine Blase, Schenkel und Ferse trugen blaue Flecken, der Hals brannte, beim Atmen spürte er die Rippen, der Brustkorb war wie eingeschnürt.

Noch mehr lasteten allerdings die Träume auf ihm, die ihn in der Nacht heimgesucht hatten. Einmal platzte ein Riese in das Konzert einer Glasharmonika, hob das Instrument hoch über seinen Kopf und trieb damit den Interpreten, der Rinler aufs Haar glich, vor sich her durch den Saal. Die Zuhörer auf ihren Plätzen sahen dem von einem unglaublichen Geklirre und Geschepper begleiteten Treiben entsetzt zu. Nur Pohl lief hinter beiden her und beklagte lauthals jede einzelne seiner unersetzlichen Glasglocken.

Er selber lag hilflos wie ein Käfer auf dem Rücken, der verzweifelt versuchte, Boden unter die Füße zu bekommen. Eine Last von sieben Zentnern drohte, seine Brust zu zerquetschen. Als er endlich auf den Beinen stand und den Riesen überwältigen wollte, packte der ihn wie einen jungen Hund mit einer Hand im Genick und hängte ihn mit einem Strick um den Hals ans Fensterkreuz. Die Grüneisen kniete vor ihm nieder, umschlang seine Beine mit den Armen und schluchzte herzerweichend.

Dann trug er mit Pohl einen schwarzen, länglichen, sich am einen Ende verjüngenden Kasten durch die Stadt. Die Straßen waren gesäumt von Zuschauern, deren Gesichter im Schatten dunkler Kapuzen verborgen blieben. Als die beiden, um ein wenig zu verschnaufen, ihre Last abstellten, trat lautlos eine ganz in Weiß gekleidete Frau aus der Menge und stellte einen Leuchter mit brennenden Kerzen auf das Kopfende der Kiste.

Kaum hatte die Menge die Gestalt wieder verschluckt, schob sich ein nach Tabak, Schnaps und Räucherspeck stinkender Kerl in einem abgerissenen Mantel durch die eng beieinander Stehenden, riss den Leuchter herunter und schmiss ihn hoch über sich in die Luft. Er öffnete den Deckel des Kastens. Durch die Menge ging ein erschreckter Aufschrei, während der Unhold unter fürchterlichem Gelächter in der Dunkelheit verschwand.

Er beugte sich vor, um nachzusehen, was solch unterschiedliche Reaktionen hervorgerufen hatte. In der länglichen Kiste lag unter einem weißen Laken ein Mann, die Hände auf der Brust gefaltet, den Kopf auf ein Kissen gebettet, die Augen geschlossen. Als er das Gesicht genauer betrachtete, erkannte er sich selber. Er erschrak, dass ihm das Herz stehen blieb, und wachte auf, in Schweiß gebadet.

Ächzend kletterte Reiser aus dem Bett, erledigte griesgrämig die Morgentoilette und stieg hinunter in den Gastraum. Er wünschte dem Wirt mürrisch einen guten Morgen, nahm wortlos die Zeitung, blätterte oberflächlich darin herum und beschloss, als Erstes Rinler an seinem Krankenbett zu besuchen.

Frau Rinler öffnete ihm die Tür und winkte ab, als er sich vorstellen wollte.

„Ich weiß, Sie waren doch gestern beim Konzert."

„Wie geht es Ihrem Mann?"

„Doktor Dreher war die ganze Nacht bei ihm. Er hat sich mit Doktor Büchner konsultieren wollen und nach ihm schicken lassen. Beide sind jetzt bei ihm."

Sie bot Reiser einen Johanniskrauttee an und begann, von ihrem armen Ehemann zu erzählen, der doch eigentlich noch ganz rüstig war, nicht mehr der Jüngste und über ein paar Zipperlein klagte er gern, aber im Großen und Ganzen recht wohl.

Der Zusammenbruch gestern Abend war völlig überraschend gekommen, und sie konnte ihn sich überhaupt nicht erklären. Aus der Schlafkammer drang lautes Wehgeschrei, worauf sie Reiser erschrocken ansah und nichts weiter sagte.

Kurz darauf traten die beiden Ärzte ins Zimmer, und die drei Herren begrüßten einander. Reiser fragte nach irgendwelchen Hinweisen, was das plötzliche Siechtum des Hausherrn verursacht haben könnte.

„Nun, Herr Reiser, das trifft sich gut, dann kann ich Ihnen meine Diagnose gleich mitteilen. Ich bin zwar nicht völlig sicher, aber mir scheinen die Symptome eindeutig: Halluzinationen, Verkrampfungen und vor allem die sehr große Empfindlichkeit gegen die kleinste Berührung jeglichen Körperteils. Ich habe eben lediglich seinen Arm in die Hand genommen, um den Puls zu messen, und er hat vor Schmerzen laut aufgeschrien, wie Sie sicher gehört haben."

Büchner wandte sich an Frau Rinler.

„Verehrte Frau Rinler, gibt es Strychnin im Hause?"

„Strychnin? Nein, brauchen Sie es denn?"

„Hat Ihr Mann gestern auswärts etwas gegessen oder getrunken?"

„Er war den ganzen Tag über hier und hat sein Konzert vorbereitet: Stücke wählen, Noten suchen, das Übliche halt. Er nimmt das immer sehr genau. Er hat mir sogar die Ankündigung des Programms vorgetragen."

„Hat Ihr Mann bei dem Konzert etwas zu sich genommen?"

„Nein, er hat sein Leben lang unter Lampenfieber gelitten und kann stundenlang vor dem Auftritt nichts essen und trinken."

Reiser mischte sich ein.

„Sagen Sie, Herr Büchner, muss Strychnin unbedingt über den Mund aufgenommen werden?"

„Es muss in den Körper gelangen, auf welchem Wege auch immer. Kleinste Mengen genügen. Allerdings ist Strychnin sehr bitter. Wenn das Gift oral verabreicht werden soll, ist das Problem, eine ausreichende Dosis auf eine Weise in Speis oder Trank zu mengen, dass sie genießbar bleiben. Das gilt zumindest für Personen, die über einen normalen Geschmackssinn verfügen und ihm bei Essen und Trinken Zeit lassen, sich zu entfalten.

Strychnin kann auch durch die Haut in den Körper gelangen. Aber unbemerkt, bei vollem Bewusstsein und gegen den eigenen Willen ist es schwer vorstellbar. Sie sehen, eigentlich ist es keine Kunst, jemanden mit Strychnin zu vergiften. Nur, es unbemerkt zu tun."

„Pohl sagt, eine der Glocken der Glasharmonika, die Herr Rinler gestern Abend spielte, sei mutwillig beschädigt worden."

„Pohl? Ist der nicht in der Landesanstalt?"

„Sein Bruder ist hier. Gestern nach dem Konzert von Herrn Rinler wollte er unbedingt ins Pädagog, um die Glasharmonika zu kontrollieren. Er ist Fachmann, etwas eigenartig, aber nicht verrückt, wie mir scheint. Wir sind zusammen hingegangen. Nach seiner Meinung hat das zweigestrichenen f am Rand eine Scharte oder so etwas."

Büchner erhob sich wortlos, ging zurück in das Krankenzimmer und kam nach wenigen Augenblicken zurück.

„Die Spitzen von Zeige- und Mittelfinger der linken Hand weisen Fissuren auf."

„Dann habe ich dringende Fragen an ihn zu richten."

„Versuchen Sie Ihr Glück, aber ich habe ihm bereits ein Beruhigungsmittel gegeben, damit die Krämpfe nachlassen und er sich etwas entspannt. Die nächsten Stunden wird er nicht ansprechbar sein, und selbst danach sollten Sie nicht zu viel erwarten, falls er überhaupt reagiert. Der Patient hat immerhin sein Alter, und ich sage Ihnen, die Schmerzen, die Strychnin verursacht, wünsche ich meinem ärgsten Feind nicht."

„Aber wir dürfen keine Zeit verlieren. Wir haben einen Mord, und jetzt vielleicht noch einen Mordanschlag innerhalb von drei Tagen. Herr Büchner, können Sie feststellen, ob das Strychnin durch die Fingerhaut in den Körper gelangte?"

„Bei weitem nicht, nicht einmal, ob es sich tatsächlich um Strychnin handelt. Ich vermute es lediglich aufgrund der Symptome."

„Können Sie es im Blut nachweisen?"

„Ich nicht, und auch im bestausgerüsteten Labor der Welt ist es nicht einfach, das Gift aus dem Blut zu isolieren. Ich schlage Ihnen etwas anderes vor. Sie vermuten doch, dass das Gift von einer Glasglocke dieses Musikinstruments stammt. Bringen Sie es in das Labor von Apotheker Merck. Er ist der beste Analytiker weit und breit. Die Société de Pharmacie in Paris hat ihm eine Goldmedaille verliehen für seine Methoden, die es der Gerichtsmedizin erlauben, sicher, verlässlich und praktikabel Alkaloide nachzuweisen. Wenn an der Glocke Reste von Strychnin haften, wird er sie finden. Was werden Sie anschließend machen?"

„Ich gehe zu Pohl. Der wollte ein zweigestrichenes [illegible] bei Licht besehen."

„Gut, ich werde Merck aufsuchen und ihn fragen, ob er eine dringende Analyse durchführen kann. Warten Sie bei Pohl auf Nachricht."

Frau Rinler führte Reiser in die eheliche Schlafkammer. Dort lag ihr Mann mit geschlossenen Augen flach auf dem Rücken im Bett. Reiser begrüßte ihn mit gedämpfter Stimme.

„Herr Rinler, ich habe gestern Ihrem Konzert beigewohnt und möchte Ihnen gute Besserung wünschen. Darf ich Ihnen noch eine Frage stellen?"

Die Antwort waren ruhige, tiefe Atemzüge.

15

Reiser schritt weit aus. Das Wohnhaus der Pohls befand sich am anderen Ende der Altstadt. Obwohl es stockdunkle Nacht war, als sein Begleiter ihn dorthin gelotst hatte, fand er den Weg auf Anhieb. Eigentlich wollte er Pohl nur mitteilen, dass die Glasharmonika in Mercks Labor gebracht werden musste. Der zog ihn jedoch, kaum dass er auf sein Klopfen hin die Tür geöffnet hatte, in die Wohnung. Dort, mitten in der guten Stube, stand das wertvolle Stück.

Ohne weitere Umstände nahm Pohl einen Klöppel, der quer über einer Ecke des Instruments lag, und begann damit, der Reihe nach die Glocken anzuschlagen.

„Hören Sie, ich beginne mit dem eingestrichenen f, und nun eine Oktave höher."

Reiser ließ das Geklingel widerwillig über sich ergehen.

„Jetzt bleiben wir in der zweigestrichenen Oktave, das ist das e, nun das f und jetzt g."

Reiser hörte genauer hin, war aber nicht sicher, ob er tatsächlich einen kleinen Misston hörte, er es sich nur einbildete oder der andere ihm etwas einredete.

„Ich bin mir nicht sicher, aber es klingt ein wenig unpassend."

„Unpassend, also gut, nennen Sie es, wie Sie wollen."

„Lieber Herr Pohl, mein Ohr ist musikalisch nicht so geübt wie das Ihre. Vielleicht kann ich ja mit den Augen etwas erkennen. Welches ist denn das fragliche Glas?"

Pohl berührte eine der Glocken mit dem Klöppel, Reiser trat näher an das Instrument.

„Dann schauen wir uns das doch mal genauer an."

Beide beugten sich über die Glasharmonika, als könnte sie ihnen ein verborgenes Geheimnis offenbaren. Pohl drehte ein wenig an der Spindel.

„Schauen Sie, hier, fällt Ihnen etwas auf?"

Pohl wies auf den Rand einer Glocke.

„Die Glocken sind das A und O der Glasharmonika. Als Erstes muss das richtige Material gewählt werden, nicht zu weich und nicht zu spröde. Wenn das in die richtige Form und Größe gebracht wird, haben wir Tonlage und Klangfarbe. Zum Schluss kommt die Feinstimmung. Dazu schleift man an Rand und Boden so viel Material ab, bis die Glocke die gewünschte Tonhöhe erhält. Anschließend wird der Rand poliert, um ihn zu glätten. Immerhin spielt man ja darauf.

Was Sie hier sehen, ist eine Kerbe. Wohlgemerkt keine Absplitterung als Folge unvorsichtigen Umgangs, sondern eine sauber applizierte Kerbe."

Reiser beugte sich weiter vor, um das Glas besser betrachten zu können.

„Ja, da scheint etwas zu sein. Mit dem bloßen Auge kaum zu erkennen. Das schaue ich mir mal genauer an."

Reiser kramte seine Brillenhälften aus der Tasche, hielt sie übereinander und fand nach einigem Probieren den richtigen Abstand, bei dem er den Rand des Glases erkennen konnte.

Die Sonne stand noch niedrig, und das wenige Licht, das ins Zimmer fiel, wurde von den Brillengläsern reflektiert. Reiser beugte sich vor und zurück, ging einige Schritte nach rechts und nach links, es half nichts. Der Rand der Glasglocke wollte nicht schärfer werden.

Pohl schaute ihm interessiert zu, holte aus der Tasche seiner Hausjacke eine Lupe hervor und fasste nun seinerseits die Kerbe ins Auge.

Reiser richtete sich erstaunt auf.

„Tragen Sie immer eine Lupe bei sich?"

„Sie gehört mir nicht, mein Neffe wusste, wo er sich eine leihen konnte."

Er reichte sie Reiser.

„Tatsächlich, hier ist der Rand des Glases eingeritzt. Da berührt man es doch zum Spielen mit den Fingern. Spürt man das nicht?"

„Spüren? Was meinen Sie damit? Natürlich berühren die Fingerkuppen den Rand der Glocken. Man drückt darauf, und die Töne entstehen. Die Glocken vibrieren. Die Spindel hat eine Unwucht, weil die schweren Glocken sie durchhängen lassen. Der Tretmechanismus leiert. Damit muss man zurechtkommen. Wer auf jeden kleinen Makel achtet, kann sich nicht auf das Spielen konzentrieren.

Kein Instrument der Welt ist ideal. Es wird mit größter Sorgfalt hergestellt. Dann kommt der große Moment, wo es auf der Bühne auf einen wartet und bedient werden will. Der Moment, dem der Künstler entgegenfiebert. Der Moment, in dem er durch die Glasharmonika sein Publikum erreichen will. Der Moment, in dem er all seine Inspiration und Kraft in seine Fingerspitzen legt. Glauben Sie, da spürt er einen Kratzer?"

„Könnte er sich daran verletzen?"

„Verletzen? Nun ja, warum nicht, zumindest einen Ritzer in der Haut könnte es geben."

Reiser überlegte, ob Pohl überhaupt merkte, worauf er hinauswollte. Für ihn stand nun fest, er hatte es mit einem perfide eingefädelten Anschlag zu tun. Jemand kannte sich mit dem Instrument aus, zumindest in groben Zügen. Er brauchte nur eine Kerbe in das Glas zu machen, und der nächste, der das Instrument spielte, hatte das Gift unter der Haut. Der unbekannte Attentäter brauchte nur noch herauszubekommen, wann sein Opfer spielen würde.

Reiser stellte sich vor, wie der brutale, nach Schnaps und kaltem Fett riechende Kraftprotz Erkundungen über die Spieltechnik der Glasharmonika anstellt, fein säuberlich einen Plan ausheckt und das passende Werkzeug besorgt, um die Kerbe in das Glas zu machen. Welches Werkzeug brauchte man dazu überhaupt? Pohl sollte das wissen.

„Womit kann man eine solche Kerbe machen?"

„Man kann die Glocke mit einem Glasschneider ritzen. Allerdings wird der Einschnitt sehr fein bleiben, weil man ihn mit diesem Werkzeug nicht verbreitern kann. Ich glaube daher eher, hier hat jemand mit einer Glassäge gearbeitet."

„Von einer Glassäge habe ich noch nie gehört. Sind die selten?"

„Das kommt auf den Beruf an."

„Wer benutzt sie?"

„Jeder, der Glas exakt bearbeiten muss."

Es klopfte an der Tür.

Pohl schaute verwirrt.

„Wer mag das sein zu dieser Zeit?"

„Ich vermute, der Bote von Apotheker Merck."

„Fehlt Ihnen etwas?"

„Herr Pohl, es geht um die Glasharmonika."

„Die Glasharmonika? Sie spaßen. Was soll die in einer Apotheke?"

„Lieber Herr Pohl, es ist jetzt keine Zeit für lange Erläuterungen. Ich werde Ihnen unterwegs alles erklären. Wissen Sie, wo wir eine Droschke bekommen können?"

„Eine Droschke? Wozu?"

„Um die Glasharmonika in das Labor von Apotheker Merck zu transportieren."

„Eine Droschke? Verehrter Herr Reiser, ist Ihnen schon der Zustand der Straßen in dieser Stadt aufgefallen? Kennen Sie die Fuhrleute? Haben Sie am eigenen Leib erfahren, wie die mit Passagieren umzugehen pflegen, und erst recht mit empfindlichen Sachen? Genauso gut können wir die Glocken auch gleich zerschmettern. Eine Droschke? Niemals!

Dann bleibt die Glasharmonika hier, noch dazu in ein Labor!"

Reiser wollte schon aufbrausen und damit drohen, das Beweisstück zu beschlagnahmen. Was scherte ihn die übertriebene Sorge dieses Menschen um seine Glasharmonika? Das zweigestrichene f musste zu Merck. Wenn es beim Transport zerstört wurde, war sein Beweisstück allerdings perdu.

„Was schlagen Sie also vor?"

„Wenn es schon sein muss, tragen wir das Instrument persönlich zu Ihrem Apotheker. Dann sind wir wenigstens sicher, dass es wohlbehalten ankommt."

Reiser willigte kopfschüttelnd ein und schickte den Boten mit der Nachricht zu Merck, das corpus delicti träfe in spätestens einer Stunde im Labor ein. An Pohl gewandt fügte er hinzu, dass dieses Mal er am schmalen Ende tragen werde.

Der nickte sein Einverständnis und öffnete die Tür zum Nebenzimmer.

„Carl Ferdinand, kannst du mir bitte beim Transport der Glasharmonika helfen?"

Der junge Mann, den Pohl als seinen Neffen vorstellte, betrat das Zimmer, entbot mit einem Kopfnicken seinen schweigenden Gruß und bezog auf das Zeichen des Onkels am breiten Ende des Instruments Stellung. Pohl öffnete die Wohnungstür, dirigierte die beiden Träger hindurch, überwachte den diffizilen Transport durch das enge Treppenhaus, eilte auf der Straße voraus, um auf Pfützen, Stolpersteine und Schlaglöcher hinzuweisen, sprang wie ein Irrwisch durch die Gassen, in denen er manchmal verschwand und laut rufend an einer anderen Ecke wieder erschien. Reiser war froh, dass sein Neffe sich durch diese hektische Betriebsamkeit nicht beirren ließ und stoisch seinen Weg ging.

16

Als sie endlich an der Engel-Apotheke im Schlossgraben ankamen, erwartete sie Merck bereits. Die drei stellten sich gegenseitig vor. Reiser erläuterte Merck kurz das Wesentlichste, die Hautabschürfungen an Rinlers Fingerkuppen, die Kerbe in der Glasglocke, der Eindringling, den sie beim Instrument überrascht hatten. Merck teilte mit, Büchner habe ihn bereits in Kenntnis gesetzt, dass er aufgrund der Symptome eine Strychninvergiftung vermutete.

Pohl mischte sich ein.

„Strychnin? Soll das heißen, man hätte mit der Glasharmonika einen Giftanschlag unternommen? Ungeheuerlich. Na, dem werd' ich was erzählen, wenn wir ihn erwischen."

Merck schaute Reiser fragend an, der mit hochgezogenen Brauen den Flug einer imaginären Fliege zu verfolgen schien.

„Ich soll also untersuchen, ob an dieser Glocke, genauer, in deren Kerbe Strychnin nachweisbar ist?"

„Exakt. Werden Sie das schaffen? Ich meine, ist das überhaupt möglich?"

„Lieber Herr Reiser, ich stelle seit über zehn Jahren Strychnin her. Alkaloide sind ein Gebiet, von dem ich behaupten darf, in deutschen Landen führend zu sein. Einzig der Kollege Pelletier in Paris kann mir Konkurrenz machen. Ich habe ein spezielles Verfahren zu deren Isolierung entwickelt und mit ihrer Herstellung in beträchtlichem Umfang begonnen. Meine Produkte sind wegen ihrer hohen Reinheit weit über die Grenzen hinaus in einem Maße nachgefragt, dem ich mit den begrenzten Kapazitäten, die mein Labor bietet, gar nicht mehr nachkommen kann.

Verstehen Sie mich bitte richtig. Herstellung und Nachweis von Strychnin sind für mich Alltagsgeschäft. Da wir ja schon einen bestimmten Verdacht haben, kann ich sofort in diese Richtung suchen, statt erst langwierig andere Substanzen zu analysieren. Wenn es sich tatsächlich um Strychnin handelt, werde ich Ihnen recht bald ein Ergebnis präsentieren. Meine Gehilfen haben die notwendigen Chemikalien und Gerätschaften bereits vorbereitet, und ich kann umgehend mit der Analyse beginnen."

Pohl sprang auf.

„Chemikalien und Gerätschaften? Wozu brauchen Sie die? Doch nicht für die Glasharmonika. Das kann ich in keinem Falle dulden!"

Während Merck irritiert schaute, legte Reiser Pohl beschwichtigend die Hand auf die Schulter und drückte ihn sanft auf den Stuhl zurück.

„Lieber Herr Pohl, seien Sie ganz unbesorgt. Herr Merck ist als großer Kenner und Förderer der Musik bekannt. Er will nicht Ihr Instrument untersuchen, sondern das, womit derjenige hinterhältig die zweigestrichene f-Glocke beschmierte, der grob, rücksichtslos und ohne jegliche Achtung vor dem meisterlichen Handwerk des Herstellers eine ihrer Glocken ruinierte und darüber hinaus versuchte, sich bei seinem feigen Anschlag perfide hinter dem untadeligen Ruf ihres Erbauers zu verbergen, um einen sensiblen Virtuosen der Glasharmonika zu vergiften. Ohne die Substanz zu untersuchen, werden wir den Täter nie fassen."

Merck schaute Reiser fragend an und warf einen besorgten Blick auf Pohl, der zusammengesunken jammernd beklagte, welch grobe Behandlung diesem höchst zerbrechlichen Instrument widerfahren werde. Mit einem verwunderten Kopfschütteln öffnete Merck die Tür zum Labor, bedeutete zwei Gehilfen, das Instrument zu holen, und folgte ihnen. Reiser hielt Pohl mit Mühe davon ab, hinterherzustürzen. Er musste diesen Überkandidelten auf andere Gedanken bringen, sonst kam der noch auf die Idee, dem Apotheker die Glasharmonika unter den Fingern wegzureißen. Ein kleiner Seitenhieb konnte ihm auch nicht schaden.

„Herr Pohl, Ihre Familie errang mit der Herstellung von Glasharmoniken beachtliche Bekanntheit. In Ihrer Heimat haben Glashütten eine lange Tradition, und Sie sind, wie Ihr Vater, Tischler. Da kam das Wichtigste zusammen, was man für den Bau einer Glasharmonika benötigt. Sie haben mir erzählt, Ihr Bruder war nie Handwerker. Wie hat er es denn gelernt?"

„Karl Ferdinand?"

„Genau, der Virtuose."

„Wie kommen Sie darauf?"

„Nun, ich hörte, er kam als Musiklehrer der Großherzogin Luise mit seiner Glasharmonika nach Darmstadt. Nach einiger Zeit sollte er für den Hof ein Instrument bauen, was er auch tat."

„Darüber wird wohl gern getratscht."

Reiser hakte nach.

„Braucht es dafür Talent, das einem in die Wiege gelegt wird?"

„Keineswegs, ich habe sehr hart arbeiten müssen und nicht wenige Rückschläge erlebt, um die Kunst meines Vaters zu erlernen und weiterzuentwickeln."

Pohl hatte sich abgewandt. Die Antwort kam kühl und abweisend. Reiser hatte einen wunden Punkt getroffen.

„Als reisender und viel beschäftigter Musiker muss Ihr Bruder die Kunst aber ganz nebenbei erworben haben."

„Wenn Sie meinen."

Reiser sah seine Chance, dem Eingeschnappten die Spitzbübereien beim Transport der Glasharmonika heimzuzahlen.

„Jedenfalls ist er der Vereinbarung nachgekommen und hat ein Instrument geliefert."

Pohl brauste auf.

„Hören Sie, Herr Reiser, ich weiß nicht, warum Sie diese alten Geschichten aufwärmen. Aber ich kann Ihnen sagen, dass die Dinge nicht immer so sind, wie sie sich bei erster Betrachtung darstellen."

„Wem sagen Sie das."

Pohl kniff die Lippen zusammen und starrte Reiser für eine Weile in die Augen. Dann huschte ein Lächeln über sein Gesicht, er ging einen Schritt auf Reiser zu und blickte ihn verschmitzt an.

„Nun, Ihnen kann ich es ja erzählen. Sie geben sich nicht mit halben Wahrheiten zufrieden, sondern gehen den Dingen auf den Grund. Außerdem behalten Sie Vertrauliches für sich.

Wie Sie bereits wissen, hatte mein Bruder in der Großherzogin den Wunsch geweckt, eine einzigartige Glasharmonika zu besitzen, die nach ihren Vorstellungen gebaut werden sollte. Mit dieser Gefälligkeit würde er sich in kürzester Zeit ihres Wohlwollens versichern können, worum andere Musiker sich Jahre bemühen mussten. Er wandte sich an mich und malte mir aus, welche Ehre es sei, wenn ein Instrument aus dem Hause Pohl an den für seine Musik weithin berühmten Hof von Darmstadt käme. Viele Leute würden es hören, seinen Klang loben und den Erbauer rühmen.

Erst nachdem ich eingewilligt hatte, nannte er eine, so waren seine Worte, unwesentliche, nebensächliche Bedingung, unter der Bau und Lieferung erfolgen mussten. Er hatte der Großherzogin versichert, er selber würde die Glasharmonika bauen, in allernächster Nähe des Hofes, in seiner eigenen Wohnung. Nur, wie sollte er das schaffen? Karl Ferdinand hatte weder das notwendige Material noch die erforderlichen handwerklichen Fähigkeiten. Leute für sich einzunehmen, ging ihm galant von der Hand. Wenn er eine Schraube anbringen sollte, wusste er nicht, in welche Richtung drehen.

Erst war ich empört, aber was sollte ich machen? Meinen Bruder dem Zorn seiner enttäuschten Fürstin ausliefern? Ich begann daheim in Kreibitz, die Glasharmonika nach seinen Angaben zu bauen, bestellte die Gläser, überwachte deren Herstellung, gab bei den Handwerkern Einzelteile in Auftrag, baute alles zusammen und wieder auseinander, verpackte es sicher und ließ es nach Darmstadt schaffen.

Unterdessen hatte er sich in seiner Wohnung eingeschlossen, wo man ihn werkeln hörte und hin und wieder nächtens am Fenster einen über seine Arbeit gebeugten Schatten sah. Schließlich fuhr ich selber nach Darmstadt, vergeblich in Geschäften unterwegs ins Rheinische, tat die notwendigen Handgriffe, und mein Bruder präsentierte mit großer Geste das Ergebnis seines unglaublichen Talents."

„Irgendwie kommt mir die Geschichte bekannt vor."

„Rumpelstilzchen."

„Wie meinen?"

„Die Müllerstochter, die vor ihrem Haufen Stroh sitzt und ängstlich darauf wartet, dass der Zauberzwerg kommt und es in Gold verwandelt, damit sie den versprochenen Lohn erhält."

Reiser stutzte. Verglich Pohl tatsächlich das Märchen mit seiner Geschichte? Dann wäre sein Bruder die greinende, unbegabte Müllersmaid, er selbst der arglistige, zaubernde Kobold. Nur, dass er statt aus leerem Stroh Spulen von Gold zu spinnen, aus hohlem Glas wohlklingende Glocken fertigte. Bevor er seinen Gedanken weiter nachhängen konnte, wurde er von Merck unterbrochen, der die Tür aufstieß und aus seinem Labor erschien.

„Meine Herren, das vorläufige Ergebnis: Strychnin. Ich bin mir zwar sicher, dass es dabei bleiben wird, habe aber noch eine Gegenprobe angeordnet."

Die beiden gingen auf ihn zu und sahen ihn erwartungsvoll an.

„Nehmen Sie das Ergebnis bitte hin, wie es ist, ohne dass ich Einzelheiten zur Untersuchung erläutere. Nur so viel, die Kerbe konnte eine Dosis aufnehmen, groß genug, um zehn Ochsen zu töten. Ob sie tatsächlich diese Menge enthielt, ist nicht mehr festzustellen. Unser Ergebnis passt also gut zu Doktor Büchners These, Rinler sei mit Strychnin vergiftet worden. Allerdings bleibt die nicht unwesentliche Frage: Wie gelangte es in seinen Körper?

Besagte Kerbe sollte nicht nur das Gift aufnehmen, sondern hatte auch den Zweck, die Haut des Spielers zu verletzen, um dem Gift einen Weg in den Körper des Opfers zu bahnen. Genau hier liegt das Problem. Wunden bluten. Blut transportiert das Gift aus dem Körper heraus, nicht in ihn hinein. Natürlich mag es sein, dass die Haut nur oberflächlich angeritzt wird und kein Blut austritt. Dann gelangt allerdings auch kaum etwas hinein."

Reiser kam eine Frage.

„Herr Merck, kann die Art und Weise, wie die Glasharmonika gespielt wird, den Gifttransport begünstigen? Die Glasglocken drehen sich und werden zum Schwingen gebracht. Der Spieler drückt so lange mit dem Finger auf einen Glockenrand, wie er einen Ton erzeugen möchte, dann lässt er los, drückt erneut und so weiter. Dieses ständige Drücken und Entlasten wirkt doch, als wenn man etwas durch die Haut presst."

„In der Tat könnte auf diese Weise ein Transport in den Körper stattfinden, besonders wenn die Haut aufgeweicht und damit durchlässiger ist."

Pohl platzte dazwischen.

„Dazu kann ich Ihnen sagen, dass Harmonikaspieler ihre Fingerspitzen vor und während des Spiels benetzen."

„Verehrter Herr Pohl, hier in Darmstadt gab es zu Zeiten mehrere Virtuosen der Glasharmonika. Allein drei gehörten zum Hofopernorchester, einige weitere spielten zu ihrem privaten Vergnügen, nicht gerechnet reisende Künstler und Dilettanten.

Alle kamen in meine Apotheke, verlangten nach Quellwasser und unterschiedlichen Mitteln, die sie ihm nach geheimen Rezepturen beifügten. Die richtige Mixtur soll die Bespielbarkeit der Gläser fördern und den Klang verbessern. Hofmusiker Rinler hat über lange Jahre bei mir eine Spezialmischung erstanden, die ich entwickelt, in zahlreichen Versuchen erprobt und über Jahre erfolgreich angeboten habe. Falls Sie ein Fläschchen käuflich erwerben wollen, gibt es noch einen kleinen Vorrat. Mir ist also sehr gut bekannt, dass die Finger befeuchtet werden.

Meine Herren, lassen Sie mich zum Schluss kommen. Ich glaube, wir haben es mit einem Giftanschlag zu tun. Wenn der Patient ihn überlebt hat, verdankt er es hohem Alter und schwacher Konstitution, so widersinnig das klingen mag. Er kippte um, sobald die geringste Menge Gift in sein Blut geriet. Ansonsten bin ich mit Doktor Büchner einer Meinung. Der Patient hat noch einige schwere Stunden vor sich, wird aber überleben."

Reiser kratzte sich am Hinterkopf. Sagten die Erkenntnisse des Apothekers etwas über den Täter aus? Die übergroße Dosis mochte ohne viel Sachkenntnis gewählt worden sein, einfach nach dem Motto „Viel hilft viel". Möglicherweise war sie aber auch in Kenntnis der Tatsache berechnet worden, dass es gar nicht einfach war, Strychnin durch eine Wunde in der Haut einzubringen. Im einen Fall kam jeder beliebige Tölpel in Frage, im anderen musste es jemand sein, der klug berechnend vorging.

Er nickte nachdenklich mit dem Kopf und bedankte sich bei Merck. Als Pohl anhob, umfängliche Anweisungen zum pfleglichen Umgang mit der Glasharmonika vorzutragen, nutzte er die Gelegenheit, zur Tür hinauszuschlüpfen.

17

Reiser machte sich auf den Weg zu Rinler. Er hoffte, der Patient habe sich schon so weit erholt, um ihm einige Fragen zu beantworten. In jedem Falle brachte er ja eine gute Nachricht. Die Frau des Musikers öffnete ihm. Der Doktor hatte ihr die ermutigende Prognose bereits mitgeteilt. Als sie erfuhr, der Apotheker habe sie bestätigt, bat sie Reiser freudig herein und führte ihn in die Wohnstube. Sie setzte sich am Tisch in die Nähe der offen stehenden Tür zum Schlafzimmer. Reiser nahm ihr gegenüber Platz.

„Wie geht es Ihrem Mann mittlerweile?"

„Er ist immer wieder mal wach, dann lässt er sich vorsichtig Brühe einflössen. Ansonsten schläft er viel, aber unruhig, stöhnt häufig auf, murmelt unverständliches Zeug, phantasiert. Vorhin ist er plötzlich im Schlaf hochgeschreckt, hat ächzend ein paar Worte hervorgepresst und sich wieder aufs Bett fallen lassen. Ich war so erschrocken, dass ich zuerst gar nicht verstanden habe, was er sagte. Als ich dann noch einmal darüber nachgedacht habe, hat es sich angehört wie „Er wird uns alle umbringen". Das ergibt doch gar keinen Sinn. Hoffentlich hat es nicht seinen Verstand verwirrt. Das Schicksal kann so ungerecht sein. Gerade jetzt muss so etwas passieren, wo es uns doch bald besser gehen sollte."

„Das hat er gesagt?"

„Ja, er war seit einiger Zeit so aufgekratzt, da habe ich ihn nach dem Grund gefragt."

„Hat er erklärt, was er damit meinte?"

„Nein, er tat sehr geheimnisvoll und deutete etwas von einer Erbschaft an. Erbschaft, von wem denn? Ich habe ihn gescholten, er solle mir auf seine alten Tage nicht mit solchen Kindereien kommen. Aber er tat ganz beleidigt und meinte nur, ich würde schon sehen."

Von nebenan war die schwächliche Stimme ihres Mannes zu vernehmen. Sie erhob sich, nahm einen Krug, der griffbereit neben ihr stand, und verschwand damit im Schlafzimmer. Nach einer Weile kam sie zurück, öffnete die Tür der Anrichte, räumte darin geräuschvoll herum und kommentierte ihr Tun über die Schulter.

„Ich werde meinem Mann einen Brei bereiten."

Reiser nutzte die Gelegenheit.

„Kann ich mich währenddessen zu ihm setzen?"

„Sie werden doch nicht allzu sehr in ihn dringen?"

„Ich würde es begrüßen, wenn er ein wenig aus sich herauskäme."

Reiser ging unter ihrer wachsamen Beobachtung auf Zehenspitzen ins Schlafzimmer. Die Vorhänge des Fensters waren zugezogen. Das Bett zeichnete sich in dem verdunkelten Raum als helleres Viereck ab. Erst als er näher trat, erkannte er Rinler, dessen Kopf bleich und mit eingefallenem Gesicht in einem frisch aufgeschüttelten Kissen versunken war. Reiser beugte sich über ihn.

„Guten Tag, Herr Rinler, wie geht es Ihnen?"

Rinler hatte die weit geöffneten Augen auf ihn gerichtet, schien jedoch durch ihn hindurchzusehen. Reiser war unsicher, ob Rinler sich an ihn erinnern konnte, und stellte sich zur Sicherheit vor.

„Ich bin der Kommissar aus Berlin. Wir sind uns gestern bei Ihrem Konzert begegnet."

Der Patient ließ den Kopf zur Seite fallen und stöhnte in sein Kopfkissen.

„Man hat einen Giftanschlag auf Sie verübt."

Erneutes Stöhnen.

„Ein paar Tage, nachdem Niklas getötet wurde."

Der Kranke wandte Reiser mit einem leisen Ächzen das Gesicht zu und schaute ihm gefasst in die Augen. Reiser schwankte, ob er ihn mit strenger Miene anschauen oder ihm zulächeln sollte. Jedenfalls war offensichtlich, dass Rinler ihn erkannt hatte. Wie schwach auch immer er sein mochte, er war bei vollem Bewusstsein und verstand, was Reiser sagte.

„Zwei ehemalige Musiker des Hofoperntheaters."

„I…"

„Wie bitte?"

„Iu…"

Reiser lauschte angestrengt auf das, was aus den Tiefen des Kissens zu vernehmen war.

„Können Sie das wiederholen?"

Die Antwort war ein Röcheln, das in Wispern überging.

„Iua…"

„Was meinen Sie damit? Sie sprechen so undeutlich."

Rinler wollte ihm offenbar etwas sagen. Reiser beugte sich über das Bett und lauschte in den flachen Atem. Was sollte er sich aus drei Vokalen zusammenreimen? Wenn es Hessisch war, käme er nie dahinter.

„Dituu, ituba."

Mit einem tiefen Seufzer schloss Rinler die Augen. Er ließ erschöpft den Kopf zur Seite sinken und war nicht mehr ansprechbar. Es schien, als hätte er seine letzten Kräfte gebraucht, um ihm etwas Wichtiges mitzuteilen. Leider hatte Reiser nicht die geringste Vorstellung, worum es ging.

Er richtete den Oberkörper auf, schaute ratlos in das Halbdunkel des Zimmers. Unter dem Türsturz stand die Frau des Kranken im Gegenlicht, in der Hand eine Schale. Als er aufstand, trat sie zur Seite und ließ ihn durch.

„Ich kann ihn nicht verstehen."

„Ich weiß."

„Alles wird wieder gut."

„Ich hoffe."

18

Reiser trat auf die Straße. Am liebsten wäre er zu Teresa Grüneisen geeilt. Er hätte sich neben sie auf das Sofa gesetzt, die aufgespießten Schmetterlinge betrachtet. Sie hätte seine Hand genommen und in ihren Schoß gelegt. Reiser verscheuchte den Gedanken und schritt energisch aus in Richtung Gasthof. Es gehörte sich einfach nicht, des Abends unaufgefordert eine Dame zu besuchen, die man nicht einmal richtig kannte.

In der Gaststube herrschte Hochstimmung. Die Gäste begrüßten ihn mit lautem Hallo. Am Nachbartisch saßen der Datterich und seine Kumpane.

„Aaah, Herr Kommissar, dieses Mal bekommen wir aber etwas von Ihnen zu hören."

Er schaute verdutzt.

„Wie soll ich das verstehen?"

Der Kugelkopf deutete feixend auf einen Kasten, der neben seinem Tisch stand und teilweise von ihm verdeckt wurde. Beim Nähertreten erkannte er Pohls Glasharmonika. Reiser schnaubte. Womit hatte er das verdient? Dieses Instrument schien ihn zu verfolgen.

Der Wirt brachte einen Schoppen und klärte ihn auf. Die Glasharmonika war am Nachmittag mit einem Pferdefuhrwerk gebracht worden. Der Fuhrknecht hatte sie wortlos abgeladen und in der Gaststube abgestellt. Warum sie gerade hier gelandet war und nicht bei ihrem rechtmäßigen Besitzer Pohl, wusste der Wirt nicht. Er war außer Haus gewesen, als sie angeliefert wurde, und vermutete, der Kutscher hatte den bequemsten Weg gewählt, die Last loszuwerden, und gleichzeitig die Gelegenheit genutzt, seinen Durst zu löschen.

Reiser überlegte, was tun. Das Instrument musste zu Pohl zurück, nur wie? Ihn benachrichtigen hieße, das Ding wieder durch die halbe Stadt zu schleppen. Er wusste, dass Pohl es keineswegs mit dem Fuhrwerk holen ließ, selbst wenn es auf diesem Wege hierher gekommen war.

In der Gaststube konnte die Glasharmonika auch nicht bleiben. Der Wirt schlug vor, sie in den Kühlkeller zu bringen. Unter lauter Flaschen würden sich die Gläser schon wohl fühlen. Außerdem trug der Wirt den Schlüssel zum Keller immer bei sich, und niemand betrat ihn ohne sein Wissen. Auf Reisers Bitte, ihm zu helfen, rief der Wirt den Hausknecht, klopfte mit einem Finger an den Kasten, gemahnte mit „Vorsicht, Glas" zur Aufmerksamkeit, nannte das Ziel und händigte dem Knecht den Schlüssel aus. Die Gäste beobachteten amüsiert den Weg der beiden durch die Gaststube und sparten nicht mit Kommentaren.

„Ei, wie dann, Herr Kommissar, bekomme mer e Ständsche zu hehrn?"

„E winzisch Stücksche nor."

„Er vasteht doch kaan Hessisch."

„Das soll ein Musikinstrument sein? Die schaffen heimlich 'ne Leiche beiseite!"

„Wer ist denn diesmal das Opfer?"

Ein Witzbold zog eine Nelke aus seinem Knopfloch und legte sie auf den Deckel des Instruments. Reiser warf ihm einen strengen Blick zu.

Das Karten spielende Quartett hatte offensichtlich bereits einige Runden hinter sich und trieb den Schabernack weiter, sobald er wieder Platz nahm. Ob denn der Kommissar aus Berlin gar nicht wisse, dass es hier Sitte sei, die Leiche zu begießen. Reiser tat, als höre er nicht zu. Das fehlte noch, die Spötter zu belohnen. Doch dann fiel ihm Rinler ein und sein Versuch, ihm etwas mitzuteilen. Vielleicht erkannte jemand von ihnen einen verborgenen Sinn in den für ihn unverständlichen Lauten.

„Ich habe ein Rätsel. Wer es löst, dem zahle ich einen Krug."

„Nur heraus damit, für den Lohn ist uns nichts zu schwer. Da lassen wir nicht locker. Der Wirt kann einstweilen schon mal die Gläser füllen, das beflügelt die Inspiration."

„Nun, die Herren, was bedeutet ‚dituu, ituba'?"

Er bemühte sich, das Gehörte so genau wie irgend möglich wiederzugeben. Ohne das Röcheln des Kranken, das er nicht nachmachen wollte, hörten sich die aneinander gereihten Silben für ihn selber allerdings an wie der Vers eines fremdländischen Kindergedichts.

Der Datterich richtete sich wichtigtuerisch auf.

„Des is mer geläifig, des is Ladeinisch."

Reiser unterbrach ihn.

„Auf deutsch, wenn ich bitten darf."

„Klingt nach Latein, ich war auf dem Pädagog."

Der Dürre beugte sich über den Tisch.

„Ja, aber nicht lang genug, bis dass du gelernt hättest, es richtig zu schreiben."

Reiser verdrehte die Augen. Der Dicke ließ mit auf- und abtanzendem Bauch eine Lachsalve hören, räusperte sich und trug mit pathetischer Geste seine Meinung vor.

„Meine Herren, das ist Japanisch, eindeutig. Gerade heute stand in der Zeitung zu lesen, in Kioto züchtet ein Herr Isukawa, man bemerke die große Ähnlichkeit der Intonation, einen Eichenbaum, der 300 Jahre alt und nicht größer als ein Maiglöckchen ist."

„Nein, nein, hier hat doch mal aan Franzos logiert, der ist dann über Nacht verschwunden, ohne seine Zeche zu bezahlen, nicht wahr Herr Wirt, und neun Monate später sind zwei Jungfern mit Knaben niedergekommen, die dem Herrn wie aus dem Gesicht geschnitten waren. Wie hot der dann widda gehaße, der Siwwesortelump, Schorsch, mein ich, ja genau, Schorsch. Wenn der zwei Schoppen intus hatte, hat es sich genauso angehört, nur schneller."

Reiser wusste nicht so recht, was er von dieser Vorstellung halten sollte. Eigentlich ging er davon aus, dass den vieren ernsthaft daran gelegen war, sich einen Krug zu verdienen. Aber was dabei herauskam, war nichts als Schabernack. Er für seinen Teil war heute zu derlei Scherzen nicht aufgelegt.

„Nichts für ungut, meine Herren. Wenn keiner von Ihnen draufkommt, ziehe ich mich mit Dank zurück."

„Na, wie dann, wann Se des Redsel net verrode, misse Se do dafor awwer aach aan Schobbe bezohle."

Reiser ignorierte den durchsichtigen Versuch, ihm eine Runde abzuschwatzen. Er hatte seine Spielregeln genannt. Für nichts gab es nichts, und auf Hessisch schon gar nicht.

19

Am nächsten Morgen machte sich Reiser gleich nach dem Frühstück auf den Weg zum Gericht. Er traf Bertram vor seinem Amtszimmer. Ein untersetzter Mann in mittlerem Alter redete auf ihn ein. Bertram schaute blasiert von oben auf ihn herab und blickte Reiser fragend an, sobald er seiner gewärtig wurde.

„Herr Richter, auf ein Wort."

„Guten Morgen, Kommissar Reiser."

Bertram entließ seinen Gesprächspartner mit einer ungeduldigen Handbewegung, öffnete die Tür, winkte Reiser herein und gab sich unendlich geschäftig.

„Ich weiß es zu schätzen, dass Sie meine Zeit nur kurz in Anspruch nehmen wollen. Sie können sich gar nicht vorstellen, wie knapp sie in Wirklichkeit bemessen ist. Was gibt es denn Wichtiges? Handelt es sich um das Protokoll? Geben Sie es her, ich werde es bei nächster Gelegenheit lesen."

„Es ist wieder ein Mordanschlag auf einen Musiker verübt worden."

„Wieso wieder? Alles, was bisher festgestellt wurde, war der Tod eines Cellisten. Mord wird erst daraus, wenn das Gericht ihn als solchen für eindeutig erwiesen betrachtet. Von ‚wieder' zu reden, verbietet sich also schon aus dem alleinigen Grunde, dass es bis jetzt kein erstes Mal gab. Wann soll denn ihr so genanntes zweites Mal gewesen sein? "

„Vorgestern Abend im Pädagog."

„Mir wurde gemeldet, dort sei bei einem Konzert ein Musiker zusammengebrochen, eines der ehemaligen Mitglieder des Hofopernorchesters, von gewissem Alter mithin, wahrscheinlich ein Schwächeanfall. Aber Sie waren ja dabei, wenn ich richtig informiert bin."

„ Sie lassen mich beobachten?"

„Warum sollte ich das tun, Sie haben doch nichts zu verbergen."

„Man scheint über meinen jeweiligen Aufenthalt gut informiert zu sein. Ich habe zu niemandem gesagt, wo ich meine Zeit verbringe, aber Ihr Gendarm findet mich ohne weiteres im Gasthof und scheint sogar zu wissen, wo ich dort sitze. Wenn ich ein Konzert besuche, ist es gleich bekannt. Wissen Sie auch, wie ich die heutige Nacht verbracht habe?"

„Werter Kommissar Reiser, was denken Sie sich eigentlich?. Wir sind hier in der Residenzstadt unseres gnädigen Großherzogs und seiner Regierung. Das zieht auch gewisse Subjekte aus aller Herren Länder an, die nichts anderes im Schilde führen, als zu spionieren und zu intrigieren. Dann gibt es Messen, Märkte, Gerichtstage, Feste und was nicht noch, zu denen kommt aus nah und fern eine Menge Volk, das niemand so genau kennt. Wir sind auch Garnison. Von überall her schickt man uns Rekruten, aus dunklen Wäldern und erbärmlichen Einöden, den letzten Winkeln des Landes. Bevor ihre Ausbilder sie nicht zu ordentlichen Soldaten geformt haben, auf die man sich verlassen kann und die wissen, wem sie zu folgen und was sie zu tun haben, darf man sie nicht unbeaufsichtigt lassen. Und wir haben auch die so genannten einfachen Bürger, nicht wenige von ihnen brav, Gott sei Dank. Darunter sind aber auch Lumpen, die man nicht an ihrer Nasenspitze erkennt.

Auf all diese Leute gilt es, ein Auge zu haben, was gar nicht so einfach ist, wie Sie sicher selber wissen. Man kann nicht neben jeden einen Gendarmen stellen. Ihnen brauche ich auch nicht zu sagen, dass die Leute nicht ehrlich sind, wenn man sie höflich oder mit Nachdruck bittet, sich zu offenbaren. Sie zu fragen, hat daher wenig Sinn. Wir möchten gern wissen, was sie denken, nicht was sie dichten. Selbst wenn die Aufgabe manchmal unlösbar scheint, wir müssen die Sicherheit unseres gnädigen Herrn schützen, damit Recht und Ordnung erhalten bleiben.

Was nun Sie anbetrifft, so habe ich gar nichts tun müssen. Sie sind fremd hier. Das erregt Neugierde. Jeder beobachtet Sie. Viele können das, was sie gesehen haben, nicht für sich behalten. Sie müssen es loswerden, darüber berichten, ob man sie nun fragt oder nicht."

„Dann muss ich Ihnen zu Rinler ja nicht viel erzählen."

„Rinler? Der ist Virtuose auf der Glasharmonika. Er wird zu viel gespielt haben, das greift die Nerven an. Er wäre ja beileibe nicht der Erste, denken Sie nur an seinen Kollegen Pohl. Außerdem, wie alt, schätzen Sie, ist der Mann? Nach meinen Unterlagen zweiundsiebzig."

„Büchner und Merck haben Verdacht auf Vergiftung,"

„Merck, ist der jetzt auch noch mit von der Partie? Das werden ja jedes Mal mehr."

„Der Physikus wurde wegen gewisser Symptome des Kranken vom behandelnden Arzt hinzugezogen."

„Und Merck?"

„Ich habe mir erlaubt, ihn mit einer Laboranalyse zu beauftragen, weil Büchner eine Vergiftung diagnostizierte."

„Was hat Merck damit zu tun, wenn sich jemand vergiftet?"

„Die Umstände deuten darauf hin, dass eine dritte Person im Spiel war."

„So?"

„Pohls fachmännische Beobachtungen und akribische Untersuchungen ergaben, dass …"

„Sagten Sie Pohl?"

„Sein Bruder. Der ist Handwerker und kennt die Glasharmonika wie kein Zweiter. Er baut sie, hat das Handwerk von seinem Vater erlernt. Die, an der Rinler spielte, stammt auch von ihm."

„Und woher weiß er von der dritten Person?“

„Bei dem Konzert ist ihm das zweigestrichene f aufgefallen.“

„Das weder von ihm noch von Rinler stammte?“

„Wenn Ihnen beliebt, es so auszudrücken.“

„Ist es nicht etwas weit hergeholt, zu vermuten, jemand wolle einen betagten Virtuosen ermorden, nur weil er bei einem Konzert einen falschen Ton anschlägt?“

„Pohl hat das Instrument anschließend untersucht. An eben jener Glocke wurde manipuliert. Ich habe mich selber davon überzeugen können.“

„Sagen Sie, lieber Herr Reiser, worum geht es hier eigentlich, musikalische Studien? Haben Sie ein neues Metier entdeckt? Glauben Sie des Weiteren nicht auch, dass Sie Ihre Befugnisse langsam überschreiten? Sie beziehen zufällig in Darmstadt weilende Handwerker in ihre Untersuchungen ein. Sie bringen das Instrument, von dem Sie annehmen, es sei ein gerichtliches Beweisstück, in das Labor eines Privatiers! Irgendwann lassen Sie mich ganz nebenbei Ihre Neuigkeiten wissen. Ich muss Sie doch bitten, künftig enger mit der zuständigen Behörde zu kooperieren!“

Reiser schaute ihm kurz in die Augen, deutete eine Verbeugung an und ging, ohne ein weiteres Wort zu sagen.

Auf dem Trottoir stieß er fast mit dem Mann zusammen, den er vorher mit Bertram gesehen hatte.

„Sie sind doch der Kommissar aus Berlin! Der Richter hat mir nicht zuhören wollen. Ich bin der Pedell vom Pädagog. Jemand hat das Türschloss aufgebrochen. Das muss gewesen sein, als der arme Musiker das Konzert gab, das im Krankenbett endete. Außerdem habe ich im Treppenhaus etwas gefunden.“

Reiser nickte ihm zu.

„Dann wollen wir mal gehen und uns die Dinge anschauen.“

20

Unterwegs lief der Pedell diensteifrig um Reiser herum und hörte nicht auf, ihm zu versichern, wie ernst er seine Aufgabe nahm. Im letzten Jahr hatte er die Fenster im Parterre reihum vergittert. Schlösser, Riegel und Absperrstangen wurden regelmäßig überprüft. Er selber sperrte bei seinem Kontrollgang die Türen ab, bevor er Feierabend nahm, den er im Übrigen meistens in der Dienstwohnung gleich nebenan verbrachte. Nur die letzten Tage hatte er zur Nacht immer noch die Mutter besucht, die krank darniederlag, in ihrer Wohnung draußen in der Vorstadt.

Als sie endlich beim Pädagog ankamen, lief er Reiser einige Schritte voraus, zeigte schon von weitem auf den Türschild und erklärte, dass eigentlich gar nichts zu sehen sei und niemand außer ihm habe überhaupt irgendetwas bemerkt. Vor zwei Tagen jedoch habe er morgens beim Aufschließen gespürt, wie sein Schlüssel hakte, kaum zu fühlen, aber nach jahrelanger Routine sei es ihm eben aufgefallen. Er hätte sich auch nicht weiter darum gekümmert und einfach etwas Öl ins Schloss gegeben, aber da war diese Glassäge, die an jenem Morgen neben der Tür des Musiksaals lag und keinem der Professoren gehörte, und Schüler tragen kein Werkzeug bei sich, das sie verlieren können.

Also musste sie ein Fremder verloren haben. Aber was macht ein Fremder im Pädagog? Deshalb habe er den Türschild genauer untersucht und dabei die Kratzer entdeckt, kaum zu sehen, wie gesagt, aber Kratzer eben, wie sie nicht vom Auf- und Zuschließen herrühren, sondern da musste jemand mit grobem Werkzeug zugange gewesen sein. Das war ihm zwar eigenartig vorgekommen, er habe es aber nicht an die große Glocke hängen wollen, im Pädagog fehlte ja nichts. Gestern allerdings hatte die Nachbarin der Mutter ihm erzählt, man munkele, vorgestern bei dem Konzert sei ein Musiker an einem vergifteten Instrument gestorben. Da habe er beschlossen, es dem Richter zu erzählen, der aber davon gar nichts wissen wollte.

Reiser war näher getreten und musterte das Türschloss. Mit bloßem Auge konnte er nichts erkennen, mit den Fingern nichts fühlen. Er holte die beiden Brillenhälften hervor und brachte sie in die Position, in der sie die beste Schärfe ergaben. Der Pedell schaute ihm interessiert zu.

„Sie haben recht, um das Schlüsselloch sind eindeutig Kerben und Dellen. Da hatte wohl jemand einen Dietrich, der nicht so richtig passte, und es dann mit roher Gewalt versucht."

„Das können Sie aus den Kratzern ablesen? Darf ich auch noch einmal?"

Der Pedell zog eine Lupe aus dem Kittel und fixierte das Schlossblech. Reiser schaute ihn erstaunt von der Seite an, runzelte die Stirn und konnte einen unwillkürlich aufsteigenden Ärger nicht unterdrücken.

„Hier scheint wohl jeder mit einer Lupe in der Tasche herumzulaufen."

„Die hat mir der Professor Lindenberg gegeben, als er in Pension ging, der Physikdozent, weil ich ihm bei seinen Experimenten geholfen habe."

„Eine Glassäge haben Sie gefunden? Können Sie mir die einmal zeigen?"

Sie gingen zur Werkstatt, wie der Pedell den kleinen dunklen Raum neben der Treppe nannte. Er öffnete das Vorhängeschloss einer Truhe, holte die Säge hervor und gab sie Reiser, der erstaunt die Augenbrauen hochzog.

„Das ist also eine Glassäge, interessant. Die hätte ich mir ganz anders vorgestellt.“

„Man kriegt ja auch selten eine zu sehen.“

„Und woher kennen Sie Glassägen?“

„Ich kümmere mich in der Schule um alles. Da lernt man mit der Zeit einiges kennen.“

„Was glauben Sie, woher die stammen könnte?“

„Diese ist recht klein, eignet sich besonders für feine Arbeiten.“

„Ein Optiker vielleicht?“

„Gut möglich.“

Reiser nickte nachdenklich. Das passte zusammen. Der nächtliche Unbekannte aus dem Musiksaal ritzt vor dem Konzert die Glocke und verliert die Glassäge. Als er das später bemerkt, nimmt er an, er habe sie im Saal vergessen oder verloren, und kommt dorthin zurück, sobald er glaubt, die Luft sei rein und er könne ungestört herumstöbern. Dummerweise war ein überragender Musikfachmann mit hochsensiblem Gehör nicht davon abzubringen, zu genau der Zeit, an genau dem Ort einem falschen Ton nachzugehen.

Das war ja nun mal endlich ein Anhaltspunkt. Jetzt brauchte er nur noch den ehemaligen Besitzer des Fundstücks zu suchen.

21

Als Reiser vor dem Haus des Optikers ankam, führte er sich seinen ersten Besuch in dessen Laden vor Augen. Unwillkürlich zog er den Kopf ein, als er an den engen Raum mit der niedrigen Decke dachte. Nach dem dritten Klingeln waren die gleichen schlurfenden Schritte zu hören, bevor die Tür geöffnet wurde. Wieder redete der Alte vor sich hin, setzte sich im spärlichen Licht des Kabuffs hinter das Pult und legte die Hände auf dessen Schreibplatte.

Reiser holte die Glassäge aus dem Hosenbeutel, stützte den Ellenbogen auf das Pult, hielt das handliche Werkzeug zwischen Daumen und Zeigefinger und ließ es hin- und herpendeln. Sein Gegenüber hatte ihm das Gesicht zugewandt und verharrte regungslos, ohne ein Wort zu sagen. Wie eine dieser Séancen, bei denen ein Zauberkünstler jemanden hypnotisieren will, kam Reiser unwillkürlich in den Sinn. Nach einer Weile brach er das Schweigen.

„Ich habe eine Glassäge gefunden und würde sie gerne dem Besitzer zurückerstatten."

„Das ist ehrenvoll."

„Ich weiß aber nicht, wo ich ihn finde."

„Dann sollten Sie ihn suchen."

„Sie haben recht. Wo soll ich anfangen?"

Reiser wurde erst jetzt bewusst, dass der Alte in ganzen Sätzen gesprochen hatte und gut verständlich.

„Bei jedem, der die Glassäge gebraucht haben könnte."

„Kein dummer Vorschlag, aber können das nicht viele sein? Wie soll ich da den Richtigen ausfindig machen? Vielleicht sollte ich besser fragen, woher derjenige sie bekommen haben könnte?"

Es entstand eine Pause. Der Alte richtete den Blick unverwandt vor sich hin und malte mit seinem rechten Zeigefinger imaginäre Figuren auf das Holz. Sie glichen einer Kette von Nullen. Darüber hatte er das Sprechen wohl wieder verlernt. Reiser stieß nach.

„Vielleicht von dort, wo man diese Sägen benötigt, um damit Glas zu bearbeiten?“

„Das ist ein guter Anfang.“

„Also?“

„Also, in jeder Glashütte im Taunus, oder wenn Sie etwas weiter reisen mögen, im Schwarzwald, Böhmerwald, warum nicht gleich Venedig.“

Reiser hatte das Gefühl, der andere nahm ihn nicht ganz ernst. Er musste direkter werden.

„Heimische Optiker gehören nicht dazu?“

„Welche Frage, unsere Kunden haben schließlich keine Holzaugen, sonst würden wir ihnen die passenden Brillen dazu schnitzen.“

Reiser sah den Alten fragend von der Seite an. Der verzog keine Miene.

„Glassägen sind also auch bei Optikern zu finden?“

„Das hängt davon ab.“

„Wovon?“

„Wie viel Ihnen die Antwort wert ist.“

Reiser versuchte, ruhig durchzuatmen. Der andere musste es bemerkt haben.

„Sie waren vorvorgestern hier und haben eine Lupe gekauft, die, wie ich zugeben muss, nicht das allerneueste Modell ist. Ich bin kulant und gebe Ihnen Kredit für eine Frage. Machen Sie es kurz.“

„Ich vermute, diese Glassäge ist in Ihrem Laden gekauft worden.“

„Was soll ich dazu sagen? Ich habe sie noch nie gesehen."

Reiser sah ihn erstaunt an. Die Säge baumelte noch immer deutlich sichtbar über dem Pult.

„Hier ist sie."

Sein Gegenüber hob ein wenig den Kopf, neigte ihn zur Seite, räusperte sich, seine Hand fuhr mit suchenden Bewegungen über die Platte des Pults.

„Geben Sie sie mir."

„Ich dachte, Sie nehmen sie sich."

„Sobald Sie mir sie aushändigen."

Reiser legte ihm die Glassäge in die Hand.

„Sie haben sie nicht gesehen, habe ich recht?"

„Das sagte ich bereits."

Reiser fragte sich, was ihm das Gespräch überhaupt einbringen würde. Selbst wenn die Glassäge aus seinem Laden stammte, was könnte ihm sein Gesprächspartner schon über den Käufer sagen?

„Diese Glassäge habe ich vor drei Tagen verkauft, das ist eindeutig. War der Kunde etwa nicht zufrieden?"

„Nicht zufrieden? Könnte das möglich sein? Ist es etwa ein älteres Modell oder nicht ganz in Ordnung?"

Es entstand eine Pause. Der Optiker schien zu überlegen, ob der großzügig gewährte Kredit schon aufgebraucht war und für weitere Auskünfte ein Entgelt anstünde. Er kam wohl zu dem Ergebnis, dass Reiser zu Beginn streng genommen gar keine Frage gestellt hatte und eine Gegenfrage nicht voll zählte.

„Schauen Sie, hier am Griff ist ein Stück Holz abgesplittert, und der Bügel sitzt auch nicht ganz fest. Aber ansonsten ist die Säge einwandfrei."

„Ihr Kunde muss sich ja gut ausgekannt haben."

„In einem Handwerk bestimmt nicht. Der Mann trug keine Arbeitssachen aus festem Tuch, sondern teure Kleidung, wie am

Rascheln des Stoffs unschwer zu erkennen war. Außerdem redete er seltsam, irgendwie gekünstelt, als ob er seine Stimme verstellen wollte."

Reiser runzelte die Stirn. Der Mann war ein guter Beobachter. Leider waren die Beschreibungen wenig geeignet, daraus ein Signalement zu erstellen, das er den Gendarmen hätte geben können, damit die nach dem Käufer Ausschau hielten. Bei Steckbriefen verließ man sich doch eher auf das Sehen. Die anderen Sinne spielten eine untergeordnete Rolle. Der Optiker fuhr fort.

„So viel zu meinen untrüglichen Beobachtungen. Falls Sie mit zwei bescheidenen Schlussfolgerungen meines Verstandes vorlieb nehmen wollen, kann ich noch hinzufügen, dass er schlanker ist als Sie. Ich konnte ohne Mühe hinter ihm vorbeigehen. Als er den Laden verließ, verabschiedete er sich, wobei er den Kopf neigte. Sicher nicht aus Höflichkeit mir gegenüber, denn anders als Sie wusste er, dass ich blind bin. Er tat es, weil er größer war als die Tür."

Reiser konnte sein Erstaunen nicht verbergen.

„Donnerwetter, das ist wahrlich gut beobachtet! Sicher würden Sie ihn wiedererkennen, wenn er noch einmal in ihren Laden käme."

„Das wird aber kaum der Fall sein. Ich weiß nicht, wozu er die Glassäge braucht. Bestimmt nicht, weil er eine Tätigkeit ausübt, für die sie das geeignete Handwerkszeug abgibt. Die Hand, die er mir zur Begrüßung reichte, hat zum Arbeiten selten etwas anderes als eine Schreibfeder gehalten. Außerdem hat ihn sein Spielzeug die Kleinigkeit von fünf Dukaten gekostet. Bei jedem einzelnen, den er mir in die Hand zählte, wollte er den Preis herunterhandeln und schluchzte herzergreifend, als ich nicht nachgab. Wozu auch, es war ihm dringend, und er hatte es eilig."

Der Alte richtete sich auf.

„So, Herr Kommissar, Sie sind doch der Kommissar aus Berlin, damit ist ihr Guthaben aufgebraucht, und sicher wollen Sie zu Ihren dienstlichen Aufgaben zurückkehren. Viel Glück dabei, und vor allem: Holzauge sei wachsam."

Er trat einen Fußbreit zurück, öffnete die Tür, deutete mit einer leichten Kopfbewegung die Richtung an, in die sich der Besucher bewegen möge, und stieß ein wieherndes Lachen aus, das noch zu hören war, als die Tür wieder geschlossen und der Schlüssel umgedreht wurde.

Reiser setzte nachdenklich einen Fuß vor den anderen, ohne bewusst eine bestimmte Richtung einzuschlagen. Er rief sich seine nächtliche Begegnung mit dem Unbekannten in Erinnerung. Der Mann, der sich wie ein wilder Eber auf ihn geworfen hatte, war kompakt und breit, jeder Zoll geballte Kraft, keine Spur von schlank und groß gewachsen. Feines Tuch hatte er auch nicht an sich. Ihn hatte kein piekfeiner Pinkel niedergeschlagen, sondern ein grobschlächtiger Ganove. Der hatte die Säge jedenfalls nicht gekauft.

Möglicherweise hatten Pohl und er irgendeinen Spitzbuben bei dem Versuch überrascht, etwas zu stehlen. Auf was mochte er es abgesehen haben, die Glasharmonika? An ihr herumhantiert hatte er ja. Stark genug, sie mit Leichtigkeit wegzutragen, war er auch. Wenn man Pohl glaubte, war das Instrument recht teuer, zumindest, was die Herstellkosten anbetraf. Hatte sie immer noch einen Marktwert, oder wieder? Für Liebhaber bestimmt, die zahlten für alles Mögliche unvorstellbare Preise.

22

Reiser tauchte aus seinen Überlegungen auf, als er an der Kleinen Ochsengasse vorbeikam. Um die Ecke lag das Haus von Teresa. Er stutzte, bei ihrem Vornamen hatte er sie noch nie genannt. Mit einem spontanem Entschluss kehrte er um und ging einige Häuser zurück. Im Gasthof „Zum Ochsen" ließ er eine gut gekühlte Flasche Rheinhessen aus dem Keller holen. Eigentlich war es ja noch zu früh für ein Gläschen, aber wenn Besuche am Abend unschicklich sind, dann muss doch wenigstens der Morgen gestattet sein, und mit leeren Händen zu kommen, sah wenig galant aus. Im Übrigen hatte er einiges zu berichten, das sie interessieren würde.

Sein Besuch schien sie weniger zu überraschen, als er befürchtet hatte. Mit lebhaftem Schwung öffnete sie die Tür, begrüßte ihn herzlich, fasste seinen Arm und ging voran in die Stube. Er taumelte ein wenig, so sehr blendete das helle Licht. Sie führte den benommenen Reiser am Tisch vorbei zum Sofa. Der Rand des Polsters drückte in seine Kniekehlen, er bekam einen leichten Schubs versetzt, fiel mit dem Rücken gegen die Lehne und saß wieder auf seinem Platz, der noch warm zu sein schien, als sei er nur für einen Augenblick fort gewesen und nicht zwei Tage. Er fühlte, wie die Weinflasche in eine und ein Korkenzieher in die andere Hand gedrückt wurden, und hörte Teresa sagen, das sei Männersache.

Sie klimperte derweil mit zwei Gläsern, die sie aus dem Regal holte und vor die Flasche hielt. Er schenkte ein, hatte aber keine Hand frei für das Glas, das sie ihm reichte. Sie lachte hell auf, stellte erst beide Gläser, dann die Weinflasche auf den Tisch, legte den Korkenzieher daneben und kam mit den gefüllten Gläsern zurück. Sie prosteten sich zu, tranken einen kleinen Schluck und schauten einander schweigend in die Augen.

Nach einer Weile wurde Reiser die Stille unbehaglich. Außerdem hatte er ja eine Nachricht, mit der er ihr sicher eine Freude bereiten könnte, Rinler, der nach einhelliger Meinung der Fachleute nicht in Lebensgefahr schwebte und bald wieder auf dem Damm sein würde. Er begann, ohne dem Transport der Glasharmonika allzu viele Worte zu widmen, vom Besuch im Labor zu berichten.

Bei Mercks Einschätzung der nur vorübergehenden Wirkung des Giftes rückte sie unwillkürlich näher zu ihm, wobei sie ein wenig Wein verschüttete. Dann wollte sie unbedingt wissen, ob er den armen Rinler denn auch besucht habe. Sonst werde niemand zu ihm gelassen. Reiser bedachte jedes Wort, unterschlug alles, was auf den wahren Zustand des Kranken hinwies, und schmückte den Bericht über seinen Besuch an dessen Bett behutsam aus, worauf sie mit einem kleinen Seufzer den Kopf auf seine Schulter legte. Als sie zu sprechen begann, konnte er ihren Atem an seiner Wange spüren.

„Ach, unser unzertrennliches Kleeblatt: das Cello, die Glasharmonika und die Tuba.“

Reiser erstarrte. Er hatte das Gefühl, als schrumpfe seine Kopfhaut und richte dabei die Haare auf. Er straffte den Rücken, blieb stocksteif sitzen, spürte sein Herz höher schlagen. Seine Stimme klang gepresst.

„Können Sie das noch einmal wiederholen?“

„Dass die drei wie Pech und Schwefel zusammenhingen?“

„Ja, und wer waren sie wieder?“

„Niklas, Rinler und Mayer.“

„Nein, eben hießen sie anders.“

„Das Cello, die Glasharmonika und die Tuba.“

„Genau, das war's, die Tuba, dituu, ituba."

Die Grüneisen sah ihn fragend an. Reiser beeilte sich, seinen Bericht vom Krankenbett zu wiederholen, dieses Mal der Wahrheit näher kommend. An der Stelle, als Rinler mit letzter Kraft die für ihn rätselhaften Laute ausstieß, verhaspelte er sich ein wenig. Sie zog die Stirn in Falten.

„Was hat er nur sagen wollen?"

„Ich weiß es nicht. Erst war ich mir nicht sicher, ob das Fieber ihn narrte. Aber nun glaube ich fest, er wollte etwas sagen, das ihm sehr wichtig war. Drei Freunde, einer wurde ermordet, der andere, er selber, entrinnt knapp einem Mordanschlag. Den dritten nennt er mit letzter Kraft."

„Heißt das, unser Freund Herbert ist in Gefahr?"

Sollte er sie beruhigen, so tun, als sei es kaum der Rede wert? Dann gäbe es keinen Grund, sofort aufzubrechen und davonzueilen. Aber wenn er hier bliebe, könnte Mayer jeden Moment auf den Mörder treffen.

„Ich muss mich schleunigst auf den Weg machen und ihn finden, ehe es wirklich so weit kommt. Haben Sie eine Ahnung, wo er sein könnte?"

„Um diese Jahreszeit laden die Weingüter in Rheinhessen ihre Kunden, oder solche, die es werden könnten, zur Verkostung ein: Händler, Wirte, Persönlichkeiten. Herbert gehört eigentlich gar nicht dazu, aber er hat sich schon vor Jahren in die illustre Gesellschaft eingeschlichen. Er hat mich sogar einmal mitgenommen. Ich fand es schrecklich. Herbert gab an wie ein Sack Flöhe. Er beförderte sich jeden Tag eine Stufe höher und brachte es bis zum Hofkapellmeister. Ich habe danach immer dankend abgelehnt, wenn er mich einladen wollte.

Aber die Herren haben ihn gern bei sich, weil er mit seiner Tuba für gute Stimmung sorgt, und die Winzer sind froh darüber, weil das die Kauflaune hebt. Die anderen übernachten in

Gasthöfen, Herbert schläft meist im Heu oder im Freien. Am letzten Morgen gibt es noch einen kräftigen Frühschoppen, und gegen Mittag kommt die ganze Gesellschaft nach Darmstadt zurück."

„Wann wird das sein?"

„Das weiß ich nicht. Ich weiß nicht einmal, seit wann er überhaupt fort ist. Das heißt, nach Hellmuths Tod habe ich ihn noch gar nicht gesehen. Er muss vorher abgereist sein, also vor mindestens vier Tagen. Dann müsste er eigentlich schon zurück sein oder spätestens heute kommen."

„Wo könnte er jetzt sein?"

„Sein Zimmer liegt über der ‚Stadt Mannheim'. Der Wirt weiß gewöhnlich Bescheid."

„Wie hieß er noch mal?"

„Für uns von der Oper ist er die Tuba. Sein Name lautet Herbert Mayer."

Reiser trat nicht in bester Laune auf die Straße. Dieses Musikertrio wurde lästig, zumal Teresa ihn mit den Worten verabschiedet hatte, bestimmt könne er Herbert beistehen, und er möge sich doch eilen. Was meinte sie damit? Sollte er so schnell wie möglich dem Tubabläser zu Hilfe eilen oder recht bald wieder bei ihr sein?

Die Gaststube der „Stadt Mannheim" war fast leer. Nur an einem Tisch neben dem Tresen steckten fünf Männer die Köpfe zusammen und waren in eine angeregte Unterhaltung vertieft. Auf Reisers Frage nach dem Wirt sahen sie auf und begrüßten alle gleichzeitig den Herrn Kommissar, der sich endlich auch einmal bei ihnen blicken ließe und nur Platz nehmen möge, und sofort bringe die Magd ein Glas für ihn und dann solle er doch mal ausgiebig erzählen.

Es brauchte eine Weile, bis Reiser die Runde davon überzeugt hatte, dass er keineswegs auf einen gemütlichen Schoppen, sondern in dringender Mission hier war. Dann konnte er endlich seine Frage stellen, ob jemand wüsste, wo der Mayer Herbert sei. Gleich ging es wieder durcheinander, das hätte noch Zeit, um den sei ihnen nicht bange, der wäre doch eben noch ganz munter hier gesessen und hätte von spendablen Winzern und deren fidelen Frauen geschwärmt.

Sie hätten nämlich eine ganz andere Frage, die ihnen auf den Nägeln brenne. Wieso der Herr Kommissar eigentlich andauernd Musikinstrumente durch den Ort tragen würde. Erst brachte er ein Cello ins Spital von Doktor Büchner und nun eine Glasharmonika in Mercks Apotheke. Die seltsamsten Gerüchte seien im Umlauf. Der Merck begebe sich auf die Spuren von Cagliostro. Er habe herausgefunden, dass seine Pillen viel besser wirken, wenn sie magische Kräfte besitzen. Bekamen sie die mit Hilfe von Beschwörungen und Musik? Zu welchen Vorstellungen sich einige verstiegen, womit wohl Doktor Büchner experimentiere, darüber wollten sie erst gar nicht reden. Reiser platzte heraus.

„Meine Herren, ich bitte Sie! Es pressiert ganz ungemein. Wenn Sie mir jetzt nicht sofort sagen, wo ich den Mayer finde, wird ihn bald keiner mehr suchen brauchen."

Darauf begannen sofort alle wieder durcheinander zu reden, und noch ärger als zuvor. Reiser fuhr aus der Haut und haute mit der Faust auf den Tisch. In die überraschte Stille fragte er barsch, wer von ihnen denn nun der Wirt sei. Der lehnte sich gemächlich mit vor der Brust verschränkten Armen zurück und sah Reiser trotzig in die Augen.

„Herr Wirt, es ist jetzt nicht die Zeit, zu zanken und zu scherzen. Entweder ich finde Ihren Logisgast oder er bleibt Ihnen seine Miete auf ewig schuldig."

Die Gäste sahen erwartungsvoll auf den Wirt. Der schaute für eine Weile Reiser schweigend an. Dann richtete er sich auf, setzte sich in seinem Stuhl zurecht, beugte sich vornüber, wobei er einen Arm auf den Tisch stützte und mit dem anderen zu seinem Glas griff, ohne daraus zu trinken. Schließlich nahm er einen Schluck und gab Auskunft.

„Der Mayer? Nicht lange vor Ihnen kam ein Gassenjunge hier herein. Der hat ihm ausrichten sollen, er möge sich im alten Hofoperntheater einfinden. Erst war Mayer überrascht und dachte, jemand erlaubt sich einen Scherz. Dann meinte er aber, vielleicht gäbe es dort ein Treffen ehemaliger Kollegen oder jemand wolle mit ihm über einen Auftrag reden. Da ist er dann doch gegangen. Ein Scherz war es wohl nicht, sonst wäre er bestimmt schon wieder zurück."

Reiser hob die Augenbrauen.

„Ist denn das Theater nicht seit Jahren geschlossen?"

„Geschlossen schon, aber nicht zu."

Reiser schaute den Schöpfer dieser spitzfindigen Bemerkung an, nickte ihm zu, wünschte einen guten Tag und verließ das Lokal.

23

Zum Hofoperntheater war es nicht weit. Reiser wählte den Weg durch Obergasse und Birngarten, um sich auf den letzten Metern dem Gebäude vom großherzoglichen Park her zu nähern, statt den ganzen Paradeplatz wie auf dem Präsentierteller zu überqueren.

Die Pforten am Haupteingang machten den Eindruck, als seien sie seit geraumer Zeit nicht mehr geöffnet worden. Von innen waren die Türgläser mit Holzläden verrammelt, deren Farbe abzublättern begann. Vom Wind waren Blätter, Straßenstaub und aller möglicher Unrat gegen die Türen geweht worden und lagen nun eine gute Handbreit hoch als bräunlichgrauer Wulst davor. Zwischen den Säulen des Portikus hatten Spinnen ihre Netze geknüpft.

Reiser eilte in Deckung von Bäumen und Büschen des Parks zum Bühneneingang an der Rückseite des Theaters. Die Tür dort war nur angelehnt, er schlüpfte hindurch. Der Gang, den er betrat, führte an den Künstlergarderoben vorbei über eine Treppe in die Kulissen. Im schummrigen Licht, das durch die schmalen, blind gewordenen Fenster des Zuschauerraums auf die Bühne fiel, war eine romantische Szenerie zu erkennen. Ein röhrender Hirsch, der mit den Beinen auf einen flachen vierräderigen Rollwagen geschraubt war, erhob vor einer Fichtenschonung stolz sein Haupt, das ein riesiges Geweih krönte. Von ferne leuchtete ein Wasserfall im Mondenschein. Nach dem Schlussvorhang der letzten Vorstellung hatte das Personal wohl alles stehen und liegen lassen und dem Haus den Rücken gekehrt, ohne sich noch ein einziges Mal umzusehen. Ein armdicker Knüppel war achtlos liegen geblieben, welche Rolle auch immer er in der Abschiedsvorstellung gespielt haben mochte. Reiser hob ihn auf.

Von irgendwoher waren Geräusche zu vernehmen. Es hörte sich an wie Schnaufen, Stöhnen und Röcheln. Er verharrte einen Moment bewegungslos, wandte den Kopf mal nach links, mal nach rechts und begann, mit tastenden Schritten in die Richtung zu schleichen, aus der die Geräusche kamen. Auf der Bühne war nichts zu erkennen. Was auch immer es war, es musste sich im Zuschauerraum abspielen. Er trat so vorsichtig auf wie irgend möglich. Dennoch knackten die Bretter der Bühne. Ihr Holz war über dem langen Warten auf Musik, Tanz und Theater trocken und spröde geworden.

Der schmale Gang zwischen der Rampe und der ersten Reihe des Zuschauerraumes lag nahezu in totalem Dunkel. Reiser reckte den Kopf vor, so weit es ging. Allmählich zeichnete sich ein Paar Schuhe ab, dessen Spitzen auseinander wiesen wie ein aufgeklapptes Buch. In den Schuhen steckten die Beine eines Mannes, der mit dem Rücken auf dem Boden lag. Auf ihm hockte ein vierschrötiger Kerl. Mit einer Hand hatte er die Gurgel des unter ihm Liegenden umklammert und versuchte, dessen Kopf in den Trichter einer Tuba zu stopfen, die er in der anderen Hand hielt. Es sah aus, als wolle er ihm eine skurrile Haube verpassen.

Reiser hatte den Unhold, der ihn im Pädagog fast umgebracht hatte, nicht genau erkennen können, und auch diesen Rohling sah er nur undeutlich. Als der gewahr wurde, dass ihn jemand von der Rampe aus beobachtete, ließ er von seinem Opfer ab und richtete sich umständlich auf. Im selben Moment wusste Reiser, wen er vor sich hatte.

Der Gedanke, sich mit dem Monstrum erneut auf einen Kampf einzulassen, kam ihm erst gar nicht. Andererseits konnte er nicht tatenlos zusehen, wie dieser Vandale Mayer mit seiner Tuba massakrierte. Er setzte seine Hoffnung in einen

Überraschungseffekt. Mit einem lauten Schrei sprang Reiser dem Ungeheuer von der Rampe in den Rücken. Gleichzeitig hieb er ihm mit aller Gewalt den Prügel auf den Kopf. Der erwies sich allerdings als wenig solide. Weniger jedenfalls als der breite Schädel des Kerls. Immerhin schüttelte er benommen den Kopf und torkelte einige Schritte zur Seite.

Reiser wurde schnell klar, dass sein Sprung von der Bühne eher für ihn als für seinen Gegner eine böse Überraschung werden konnte. Hier unten im Zuschauerraum stand er in Reichweite der Pranken des Hünen, sobald der sich wieder berappelt hatte. Ihm blieb gerade noch Zeit, Mayer die Tuba vom Kopf zu reißen, bevor er sich selber in Sicherheit bringen musste. Der Musiker blickte ihn aus glasigen Augen an. Er versetzte dem Benommenen einen Klaps auf die Wangen, damit er zu sich kam, worauf Mayer die Augen vor Angst und Schrecken weit aufriss und die Hände schützend vors Gesicht hielt.

Das Monstrum hatte sich mittlerweile aufgerichtet, schenkte nunmehr Reiser seine ganze Aufmerksamkeit und kam mit geballten Fäusten auf ihn zu. Reiser warf mit dem abgebrochenen Theaterknüppel nach ihm und wich zurück. Er musste unbedingt dem Wirkungsbereich dieser Arme entkommen. Wenn die ihn erwischten, war es um ihn geschehen. Er durfte keine Zeit mehr verlieren. Nur was tun? Den Bühneneingang konnte er nicht erreichen. Die Rampe war zu hoch, um mit einem Satz auf sie zu gelangen. Die einzige Hoffnung waren die Pforten am Haupteingang. Dort wäre der Würger weit weg von dem vor sich hinröchelnden Mayer. Er selber könnte eine der Türen öffnen und sich ins Freie retten.

Reiser stürzte los und hetzte den Gang neben den Sitzreihen hinauf. Je größer sein Vorsprung war, desto mehr Zeit blieb ihm bei den Pforten. Die Tür am Ende des Aufgangs brachte seinen Lauf abrupt zum Halt. Sie führte ins Foyer. Seit wann waren solche Türen abgeschlossen? Reiser riss und rüttelte an ihr. Sie bewegte sich keinen Fingerbreit. Die schweren Fußtritte hinter ihm kamen bedrohlich näher. Reiser meinte schon, den Atem seines Verfolgers im Nacken zu spüren. Er musste zur anderen Seite! Die Sitzreihen standen eng. Hier hinten waren wohl die billigeren Plätze gewesen. Er kam leichter hindurch als der Koloss und erschwerte dessen Weg, indem er im Vorbeieilen hinter sich mit schnellen Handbewegungen so viele Stühle wie möglich umstürzte. Sein Vorsprung wuchs wieder.

Diese Tür öffnete sich ohne Widerstand. Reiser lief durch das Foyer auf die erstbeste Eingangspforte zu. Ihr Türgriff saß wie angewachsen und rührte sich kein bisschen. Er eilte zur nächsten, drückte die quietschende Klinke herunter, rüttelte an der Tür. Der Flügel bewegte sich ein wenig und klapperte gegen den Rahmen, ging aber nicht auf. In Panik probierte er der Reihe nach die übrigen Türgriffe. Die Pforten waren offensichtlich verschlossen, in keiner steckte ein Schlüssel.

Die mittlere Einlasstür hatte zwei Flügel. Einen davon verriegelte eine Stange, die oben und unten verankert war. Reiser hämmerte verzweifelt mit der bloßen Faust gegen ihren Hebel. Der Mechanismus saß felsenfest und würde sich auch mit einem Hammer nicht bewegen lassen. Fingerdicker Rost überzog das Eisen.

Von wegen, den Würger von seinem Opfer weglocken und dann einfach verschwinden. Jetzt saß er selber in der Falle. Reiser hörte die Tür zum Zuschauerraum gehen. Sein Verfolger musste gleich im Foyer erscheinen. Es gab kein Entkommen. Er würde ihm den Rückweg abschneiden, ihn langsam in eine Ecke drängen und dann in aller Ruhe niedermachen.

Aus lauter Verzweiflung rüttelte er wie wild am Griff, traktierte die Stange mit den Füßen. Die Tür rappelte ein wenig, hielt aber stand. Ein Laden am Türfenster klapperte, als sei er lose. Die Klammern, die ihn am Rahmen des Türfensters hielten, waren durchgerostet oder fehlten ganz, bis auf zwei. Reiser riss mit beiden Händen an einer Ecke der Platte. Er rutschte ab, Splitter bohrten sich in die Hand. Verzweifelt hakte er den Ringfinger hinter eine der Klammern, versuchte, sie zu lockern, zerrte wie wild, bis sein Blut auf den Boden tropfte.

Die andere Hand zwängte er zwischen Platte und Türfenster. Es quietschte und knirschte, Holz brach, die Platte löste sich mit einem Ruck, flog polternd auf den Boden und gab den Blick frei auf fünf Augenpaare, die weit geöffnet durch das Fenster schauten. Reiser erkannte die Tafelrunde aus der Wirtschaft, die ihn ungläubig anstarrte. Er hob das Brett auf und stieß es in die Scheibe. Große und kleine Splitter fielen klirrend zu Boden.

„Kommen Sie, schnell! Ihr Freund Mayer ist in Gefahr. Sie müssen ihm helfen."

Reiser stieß wie wild mit dem Brett nach den restlichen Scherben, um das Fenster freizubekommen, und rechnete jeden Moment damit, dass sich zwei Pranken um seinen Hals schlössen, um ihm mit einem Knacks das Genick zu brechen. Er wagte nicht, hinter sich zu schauen. Schließlich sah er sich doch um, wo sein Verfolger blieb. Das Foyer war leer, die Tür zum Zuschauerraum schwang noch hin und her. Der Wüstling hatte aufgegeben. Die Übermacht war wohl selbst ihm zu groß. Endlich waren die letzten Glassplitter entfernt, und einer nach dem anderen kletterte ins Foyer.

Reiser eilte mit dem Wirt, der sich als Erster durch das Fenster zwängte, in den Zuschauerraum. Sie fanden Mayer verkrümmt vor der Rampe auf dem Boden liegend und leise vor sich hinwimmernd. Reiser überließ dem Wirt die weitere Sorge um seinen Stammgast und erklomm die Rampe. Der Rohling hatte sein Opfer nicht weiter malträtiert, aber seine Wut am Bühnenbild ausgelassen. Der Hirsch äste in den Fichten. Nur noch das weiße Rund seines Hinterteils schaute hervor. Das Geweih hatte beträchtlichen Schaden angerichtet. Der Wasserfall endete abrupt auf halber Höhe der Kulisse und verschwand dort in einem riesigen dunklen Loch, aus dem ein großer Stofffetzen den leeren Zuschauerrängen die Zunge herausstreckte. So weiß, wie sie war, sah sie ziemlich krank aus.

Reiser war sicher, dass der Übeltäter ihm kaum in der Oper auflauern würde, und eilte, ohne nach links und rechts zu schauen, zum Bühneneingang. Allzu weit konnte er noch nicht gekommen sein bei seinem tapsigen Gang. Als er ins Freie stürzte, musste Reiser seine Augen erst an das helle Licht gewöhnen.

Im Park waren nur wenige Menschen unterwegs. Hinter dem Exerzierhaus verlief in weitem Bogen ein Weg Richtung Salzmagazin. Dort stapfte eine massige Gestalt mit schweren Schritten über den Kies. Reiser hatte seinen Mann entdeckt und nahm die Verfolgung auf. In den Baumreihen zwischen Main- und Louisenstraße verlor er ihn einige Male aus den Augen, bis er wagte, näher aufzuschließen. Als der mausgrau Gekleidete in die Marstallstraße einbog, holte Reiser auf, blieb zunächst an der Hausecke stehen und sondierte die Lage. In dieser kurzen Straße gab es nichts, wo er sich verstecken konnte, falls der andere sich umdrehte.

Er wartete, bis der vor ihm Gehende in die Spitalstraße einbog, und lief los. An der Ecke spähte er die Straße entlang, konnte ihn jedoch nirgends entdecken. Leise vor sich hinfluchend, ging er die wenigen Schritte zur Einmündung der Bleichstraße und warf übellaunig einen missmutigen Blick hinein. Wie am Schnürchen ausgerichtet, standen dort die prächtigen Villen der Altwohlhabenden und Neureichen. In einem der Eingänge sah er gerade noch so eben den Zipfel eines grauen Mantels verschwinden. Es genügte, um zu wissen, er hatte seinen Mann wiedergefunden.

24

Reiser sondierte, wie er sich der Baustelle unauffällig nähern konnte. Die Bleichstraße war unbefestigt, an beiden Seiten von Obstplantagen, Gärten und Feldern eingerahmt. Die zahlreichen Bäume und Büsche konnten ausreichend Deckung bieten, um unbemerkt zu bleiben. Ob sich jeder der Zäune leicht übersteigen ließ und hinter manchem nicht vielleicht ein wachsamer Hühnerhund auf seinen Einsatz wartete, war nicht zu erkennen. Zum Glück bog gerade ein Fuhrwerk in die Straße ein. Im Sichtschatten des hoch bepackten Leiterwagens erreichte er einen weit ausladenden Apfelbaum gegenüber dem Rohbau. Der bot idealen Schutz für seine Beobachterposition.

Zunächst blieb in dem Haus alles ruhig. Nach einer Weile erschienen auf dem obersten Geschoss zwei Personen, die sich der niedrigen Brüstung des Dachstuhls näherten. Einzelne Wortfetzen flogen herüber, aus denen Reiser jedoch nicht erkennen konnte, worum es ging. Dem Fuchteln ihrer Arme und ihren abrupten Bewegungen war anzusehen, dass beide erregt waren. Denjenigen, der mit dem Gesicht zu ihm stand, hatte Reiser noch nie gesehen. Er trug einen hellgelb leuchtenden Gehrock und überragte seinen Gesprächspartner um einen Kopf. Obwohl der mit dem Rücken zu Reiser stand, erkannte er ihn sofort als den Mann, den er verfolgte. Mit zwei Schritten trat er aus dem Schatten des Baumes auf die Straße.

„Halt, Polizei!"

Im Moment, in dem der Angerufene sich nach Reiser umwandte, versetzte ihm der andere einen überraschenden Stoß vor die Brust, der ihn aus dem Gleichgewicht brachte. Er taumelte, begann mit den Armen zu rudern, verlor das Gleichgewicht und stürzte in die Baugrube. Reiser lief über den Fahrweg, rutschte die Füße voran den lehmigen Abhang der Grube hinunter und kam neben dem Gestürzten zum Stehen. Der war rücklings auf einen Stoß nachlässig gestapelter Steine gefallen.

Sein rechtes Bein lag angewinkelt unter dem linken. In einer grotesken Pose schwebten die Arme nach beiden Seiten ausgestreckt in der Luft. Der Kopf hing wie abgeknickt herunter. Durch die Haare sickerte Blut. Der halb geöffnete Mund schien Erstaunen auszudrücken. Die Augen starrten blicklos in den Himmel. Reiser fasste den linken Arm beim Handgelenk, rechnete aber nicht damit, noch einen Puls zu fühlen. An der Hand fehlte der kleine Finger. Vor ihm lag Niklas' Mörder.

War er auch derjenige, den sie bei der Glasharmonika überrascht hatten? Die Statur passte zu seinem Gegner aus dem Pädagog. Als er ihm gegenüberstand, hatte er seinen Gegner allerdings gerade mal in Umrissen ausmachen können, mehr geahnt als gesehen. Das war alles andere als ausreichend, um ihn vor Gericht zu identifizieren. Aber das kümmerte ihn im Moment wenig. Ihm genügte, selber Gewissheit zu haben. Wenn diesem Mann der gleiche Duft anhaftete wie dem Unbekannten im Pädagog, war für ihn die Sache klar.

Reiser beugte sich über den Gestürzten, um einen tiefen Atemzug durch die Nase zu ziehen. Im selben Moment fiel ihm der Mann auf dem Dach ein. Was mochte der denken, wenn er ihn sah, wie er an dem regungslos Liegenden herumschnüffelte? Er drehte den Kopf, bis er aus den Augenwinkeln die Dachkante erkennen konnte. Der Mann im gelben Gehrock hielt einen Sparren umklammert und reckte, so weit es ging, den Kopf über die Kante der Hauswand, offensichtlich bemüht, zu erkennen, was drei Stockwerke unter ihm in der Grube vor sich ging. Reiser tat, als nähere er sein Ohr dem Mund des Toten, der ihm noch aus dem Jenseits etwas mitzuteilen schien. Dann wandte er den Kopf, als flüstere er ihm seinerseits etwas ins Ohr.

Reiser hoffte, seine spontane Charade würde überzeugend wirken. Als er sicher war, dass ihn niemand mehr beobachtete, fasste er den Mantelkragen des vor ihm Liegenden und hielt ihn sich vor die Nase. Das auffallende Kratzen des Stoffes und der unverwechselbare Geruch, der ihm anhaftete, jagten ihm unwillkürlich einen Schauder über den Rücken. Sein Blick fiel auf die Innentasche, etwas beulte sie aus. Er tastete danach, angelte einen Umschlag hervor, in dem ein viereckiger Packen zu fühlen war, und ließ ihn unauffällig in seine Brusttasche gleiten. Dabei fragte er sich im Stillen, warum er etwas tat, das ihm nie zuvor auch nur im Entferntesten in den Sinn gekommen wäre.

Sand rieselte ihm in den Kragen.

„Ist er tot?"

Reiser schaute von unten auf die spitz zulaufenden Sohlen zweier Schuhe am Rand der Grube. Über ihnen leuchtete der Saum eines gelben Rocks, und noch weiter oben reckte sich eine Nase vor.

„Jetzt schon."

Oben waren weitere Stimmen zu vernehmen. In seiner Grube konnte Reiser sie zunächst nicht auseinander halten, bis er Bertrams Stimme deutlich erkannte.

„Herr von Hemelingen, in bester Gesundheit, das freut mich. Ich wurde benachrichtigt, ein gefährliches Individuum habe das Hofoperntheater verwüstet, sei aber von fünf tapferen Bürgern vertrieben worden und daraufhin durch den großherzoglichen Park in Richtung Marstall geflohen. Unser bemerkenswerter Kommissar aus Berlin soll ihm gefolgt sein. Ist Ihnen etwas aufgefallen?"

„Dort unten."

Bertrams vorgereckter Kopf erschien über dem Rand der Grube.

„Kommissar Reiser, Sie trifft man aber auch überall! Was ist passiert?"

„Tödlicher Sturz vom Dach."

„Wer ist das Opfer?"

„Der Täter."

Bertram sah ihn konsterniert an und machte eine wegwerfende Handbewegung. Die beiden Köpfe am Rand der Grube verschwanden. Reiser schaute sich um, wie er aus dem Loch herauskommen konnte. Einige Schritte weiter lehnte eine Leiter an der Wand der Grube. Er ging hin und stieg sie hinauf.

Neben einem Holzstapel standen der Untersuchungsrichter und Hemelingen, in gebührendem Abstand drei Gendarmen. Das Gericht war mit großer Mannschaft angerückt. Bertram erläuterte gerade die Strategie, die ihn zielstrebig den Übeltäter hatte finden lassen. Wohin führte der Weg von der Oper in Richtung Marstall? Zum Maintor. Dort standen jedoch Gendarmen, und die meidet jeder, der sich aus dem Staube machen will. Er könnte auch die Spitalstraße wählen. Dort stand allerdings das Correctionshaus. Das kannten Verbrecher zur Genüge und keiner von ihnen ging freiwillig dorthin. Blieb das Hessische Haus. Das hatte mehrere Gasträume, war gut besucht, es herrschte eine ständiges Kommen und Gehen und war somit bestens geeignet, unerkannt unterzutauchen. Also hatte Bertram beschlossen, es zu visitieren. Auf dem Wege dorthin war ihm Hemelingens gelbes Wams aufgefallen, und er war von seinem Weg abgebogen, um zu sehen, was hier vor sich ging.

Reiser trat zu der kleinen Gruppe. Bertram räusperte sich.

„Wurden die Herren schon einander vorgestellt? Freiherr von Hemelingen, Kammerherr unseres gnädigen Großherzogs, geheimer Finanzrat, Zahlmeister, …"

Der so überschwänglich Präsentierte winkte die weitere, sicher noch umfangreiche Aufzählung von Titeln und Ämtern gnädig ab.

Reiser deutete eine Verbeugung an und stellte sich selber vor.

„Kommissar Reiser aus Berlin. Herr von Hemelingen, gehe ich richtig in der Annahme, dass dieses hier Ihre Baustelle ist?"

„Eine davon."

„Darf ich mir erlauben, Sie zu fragen, was der Mann, der dort unten in der Grube liegt, hier zu suchen hatte?"

„Ich gab ihm zwei-, dreimal Arbeit, habe ihn aber wegen Unzuverlässigkeit rausgeworfen."

„Hätte das nicht genügt? Mussten Sie ihn gleich vom Dach werfen?"

„Ich habe gehört, wie Sie ihm zuriefen, stehen zu bleiben. Daraufhin wollte ich ihn aufhalten und verhindern, dass er flieht."

„Er betrat mit Ihnen zusammen das Dachgeschoss. Sie beide waren in ein erregtes Gespräch verwickelt, wie unschwer zu erkennen war."

„Das hört sich ja so an, als unterstellten Sie, ich hätte mit diesem Menschen etwas zu schaffen."

Bertram mischte sich ein.

„Nichts für ungut, Herr Hofrat, unser Kommissar hat seine eigenen Methoden, Fälle zu untersuchen, die manchem hierzulande nicht immer einleuchten.

Habe ich recht verstanden, bei dem Toten dort unten handelt es sich um den gesuchten Flüchtigen? Dann lassen wir am besten den Kommissar mit der Leiche allein und ziehen uns zurück.

Ich wollte Ihnen noch von Major von Dillingsbach ausrichten, dass unsere gemeinsame Partie Solo erst um neun Uhr beginnen kann. Er ist mit einem Trupp Reiter in wichtiger Mission ins Ried. Dort sollen sich Politische versteckt halten."

Bertram gab den Gendarmen Anweisung, die Leiche zu bewachen und für ihren Abtransport zu sorgen. Dann wandte er sich von Hemelingen zu, beide gingen in angeregter Unterhaltung die Bleichstraße hinunter und bogen an deren Ende nach rechts in die Spitalstraße ein. Dort lag das Hessische Haus. So schnell ließ sich der Richter offensichtlich nicht von seinen Entschlüssen abbringen.

Reiser wandte sich an die Gendarmen.

„Kennt jemand von Ihnen diesen Mann?"

Er blickte fragend in die Runde. Die drei Uniformierten warfen einen Blick auf den Toten und schauten, ohne etwas zu sagen, vor sich auf den Boden.

„Nun, die Antwort kann doch nicht so schwer sein."

„Kracht."

„Darf ich über den Herrn noch ein wenig mehr erfahren?"

„Den kennt jeder in Darmstadt. Gerhard Kracht, ein verkommenes Subjekt. War einige Jahre in Amerika. Regulator sei er gewesen, hat er immer erzählt. Niemand weiß, was das bedeuten soll und was er gemacht hat, bestimmt nichts Gutes. Als er vor ein paar Jahren zurückkam, hat er mit seinem Geld mächtig angegeben und wurde seitdem bei keiner ehrlichen Arbeit mehr gesehen."

Reiser bedankte sich, gab den dreien Anweisung, den Leichnam zum Amtschirurgen zu bringen, und ging. Er hatte es eilig, zu jemandem zu kommen, den er nun nicht mehr so einfach auslassen wollte.

25

Auf dem Weg zu Rinlers Wohnung überlegte Reiser, in welchem Zustand er den Patienten vorfinden würde und wie er ihn dazu bringen konnte, die Fragen zu beantworten, die ihm auf den Nägeln brannten. Frau Rinler öffnete ihm, erwiderte seinen Gruß und machte ohne weitere Worte eine einladende Handbewegung Richtung Tür zur Schlafkammer. Von dort war Rinler deutlich zu hören, der sich erkundigte, wer denn gekommen sei.

Als Reiser eintrat, rutschte der Patient tief ins Bett und zog sich die Decke über den Kopf.

„Herr Rinler, auf die Tuba ist ein Anschlag verübt worden."

Unter der Decke war ein gedämpftes Stöhnen zu hören.

„Ich kann mir vorstellen, Sie ahnen, womit."

Erneutes Stöhnen.

„Mit seinem eigenen Instrument. Wie bei Niklas. Wie bei Ihnen."

Die Decke wurde zurückgeschlagen, Rinler setzte sich auf und starrte ihn mit wirren Augen an.

„Das haben wir nicht gewollt. Das konnte niemand ahnen."

„Bitte der Reihe nach, ich bin nicht ganz im Bilde, worum es überhaupt geht."

„Ich kann nicht."

„Was heißt das nun wieder? Sie machen einen munteren Eindruck und sprechen vernehmlich."

„Es ist so töricht."

„Was auch immer es sein mag, Niklas ist tot. Mayer und Sie leben, noch."

„Ich schäme mich so sehr."

„Könnten Sie damit bitte warten, bis Sie mir gesagt haben, was hier gespielt wird?“

Rinler ließ sich aufs Kopfkissen zurückfallen, holte tief Luft, faltete die Hände, legte sie auf die Bettdecke und senkte den Blick darauf. In dieser andächtigen Pose verharrte er für einige Augenblicke. Dann begann er, mit monotoner Stimme zu erzählen.

Der Tod des alten Großherzogs hatte die Musiker des Hoforchesters in tiefe Trauer gestürzt. Mit ihm war nicht nur ein spendabler Gönner gestorben, sondern jemand, den sie wie den Vater ihrer Künstlerfamilie verehrten. Noch zu Lebzeiten hatte er durchblicken lassen, dass er auch über seinen Tod hinaus für sie sorgen würde. Als das Orchester aufgelöst, die Musiker entlassen und die Pensionen halbiert wurden, konnten sie es zunächst nicht fassen. Sie waren sicher, dass dies nicht dem Willen des Verstorbenen entsprach.

Irgendwann machte das Gerücht die Runde, bei der Regelung des Nachlasses werde eine reich gefüllte Schatulle ans Tageslicht kommen, darin ein versiegeltes Schreiben, in dem der Verblichene den Inhalt seinem Orchester zusprach. Darauf warteten sie geduldig, aber vergeblich. Jemand musste die Schatulle gefunden und beiseite geschafft haben. Nur wer?

Dann hatte eines Tages der Mayer ganz aufgeregt vor seiner Tür gestanden. Auf seine Frage, worum es ging, habe er nur geantwortet „Komm mit“ und ihn am Ärmel die Gassen entlang aus der Stadt gezerrt. Er müsse unbedingt mit ihm reden, ohne dass jemand sie belauschen könne.

Mayer kam gerade von einer Tournee mit seiner Tuba durch die Gasthöfe. Zuerst habe er vermutet, seinem Freund sei ein Glas zu viel nicht bekommen. Aber dann merkte er, das konnte nicht der Grund sein. So hatte er ihn noch nie erlebt.

Als sie endlich das freie Feld hinter dem Gottesacker erreichten, tat Mayer ganz geheimnisvoll, sah sich nach allen

Seiten um, ob auch niemand in der Nähe war, und fing endlich an, zu erzählen. Er war in der Schirn eingekehrt, um einen Schoppen zu nehmen, und hatte sich zu vier Handwerksburschen an den Tisch gesetzt. Fröhliche junge Kerle, die ihn aufforderten, ihren Gesang zu begleiten. Sie aßen und tranken zusammen und kamen ins Reden. Zunächst erzählten sie dies und das, und als er sie fragte, was sie denn in Darmstadt machten, stöhnten sie auf und verdrehten die Augen.

Die vier arbeiteten für einen Gecken, wie sie ihn nannten. Ihr Meister wusste, dass er enorm reich war. Sie kannten ihn nur als unglaublich geizigen Mann. Sein drittes Haus ließ er mittlerweile errichten, eins stattlicher als das andere. Erst hatte Mayer das Gerede über den Mann nicht interessiert. Aber je mehr sie ihn schilderten, desto aufmerksamer hörte er zu. Am Ende gab es keinen Zweifel, um wen es sich handelte: den Zahlmeister. Zumindest war er es, solange es das Orchester noch gab.

„Und wer war Ihr Zahlmeister?"

„Die Zitrone."

„Die Zitrone?"

„So nannten wir ihn, weil er immer so ein saures Gesicht machte und wegen seiner Vorliebe für Gelb, von Hemelingen, Freiherr seines Zeichens."

„Warum soll der keine Häuser bauen?"

„Ja, wissen Sie denn nicht? Nein, natürlich nicht, Sie sind ja nicht von hier. Als der Freiherr durch die unendliche Gnade unseres gnädigen Großherzogs, Gott habe ihn selig, an die Hofoper gerufen wurde, war er arm wie eine Kirchenmaus. Alles, was er mitbrachte, war die Kunde, er habe für irgendeinen kleinen Fürstenhof im Süden Konzertveranstaltungen arrangiert. Kaum war er hier, hatte er sich in Windeseile hochgearbeitet bis zum Zahlmeister des Orchesters, ein kleinlicher obendrein. Es wurde gemunkelt, er hätte Partituren mitgebracht, unbekannte

Noten bekannter Komponisten. Jedenfalls erwarb er sich die Gunst des Oberhofkapellmeisters, der ihn protegierte.“

„Und Sie glauben, er sei unrechtmäßig an das Geld für seine Häuser gelangt?“

„Sie etwa nicht? Ich bitte Sie! Der Großherzog stirbt. Die geliebte Familie seiner altgedienten Hofmusiker, die ihm unzählige Stunden unbeschreiblichen Vergnügens bereitet hat, geht bei seinem Vermächtnis leer aus und fällt in Armut. Ein Parvenu, der nichts kann, außer auf den Fingern pfeifen und Zahlen verdrehen, steigt dagegen unverhofft zu Reichtum auf und baut ein Haus nach dem anderen.“

„Ja, und welchen Beweis gab es, dass er tatsächlich Ihr Geld gefunden und Ihnen vorenthalten hat?“

„Beweis? Glauben Sie so jemand leert die Truhe, legt einen Zettel hinein ‚Ich war's' und stellt sie zurück an ihren Platz, damit sie gefunden wird? Wir waren uns sicher und wollten Gewissheit.“

Rinler schnaufte einige Male tief, machte eine Pause und senkte den Kopf über seine gefalteten Hände. Reiser klopfte ungeduldig mit dem Zeigefinger aufs Knie, wollte den alten Mann aber nicht zur Eile treiben.

„Was konnte uns schon passieren? Wenn er unser Geld nicht gestohlen hatte, konnte es ihm egal sein. Wenn er es hatte, brauchte er es nur dem Orchester zu geben, zumindest einen Teil davon, wo er doch mittlerweile reich war.“

„Wieso?“

„Was meinen Sie?“

„Wieso sollte er Ihnen Geld geben?“

„Weil er keine andere Wahl hatte.“

„Keine andere Wahl, was soll das heißen?“

„Ja, was hätten Sie denn getan? Kann man damit rechnen, dass ein Mensch, ein Mann von Stand, so selbstsüchtig, rücksichtslos und brutal ist?“

„Lieber Herr Rinler, würden Sie mir bitte am Stück erzählen, wie die Geschichte weitergeht?"

„Zuerst haben wir das Cello eingeweiht, und Niklas hatte gleich einen guten Einfall. Er schlug vor, wir sollten dem Hemelingen einen Brief schreiben, in dem stand, das Orchester hätte Beweise, dass sein Geld, von dem er gerade so schöne Häuser bauen lässt, aus der Hinterlassenschaft des Großherzogs für die Musiker stammt und dass er es ihnen zurückgeben müsse."

„Und zum Schluss haben Sie den Brief unterschrieben."

„Ja, alle drei."

Reiser wurde auf einen Schlag klar, wer hinter den Anschlägen steckte. Von Hemelingen wollte die Musiker aus dem Wege räumen, die ihn erpressten. Erpresser, die dämlich genug waren, sich mit vollem Namen erkennen zu geben. Nur wusste er nicht, ob vielleicht noch weitere Mitglieder des Orchesters im Bilde waren. Denen wollte er unmissverständlich mitteilen, dass auf die drei Musiker nicht irgendwelche Mordanschläge verübt worden waren. Sie waren Opfer einer gezielten Vergeltungsstrategie, die jederzeit auch jeden anderen erreichen konnte, der meinte, bei ihm etwas holen zu können.

Deshalb waren die Taten nicht mit irgendeinem Mordwerkzeug, sondern mit den Instrumenten verübt worden. Jedem Orchestermitglied musste irgendwann klar werden, dass hier kein verrückter Zufall Regie führte, sondern kaltblütige Berechnung. Und jeder Musiker, dem es beliebte, mochte sich ausmalen, auf welche Weise man ihm selber den Garaus machen würde, wenn er bei Hemelingen sein Glück versuchte.

Reiser legte Rinler, der über seiner Schilderung in heftiges Zittern geraten war, beruhigend die Hand auf die Schulter, nickte ihm einige Male nachdenklich zu und verabschiedete sich.

„Es ist gut, ich gehe, erholen Sie sich."

Er ging zurück ins Wohnzimmer, ließ Frau Rinler ihren Mann versorgen und setzte sich an den Tisch, um in Ruhe nachzudenken. So also sah es aus. Kracht hatte die Taten ausgeführt, daran hatte er keinen Zweifel mehr. Mit dem Groben machte sich der feine Herr Hofrat die Finger nicht schmutzig. Die Strippen muss man ziehen, dann bleiben die Hände sauber und die Weste rein.

Der Mörder war tot, die Gefahr aber nicht gebannt. Der Hintermann und eigentliche Übeltäter lief frei herum. Wie konnte er ihn überführen? Er hatte genauso wenig handfeste Beweise, dass Hemelingen den Kracht gedungen hatte, wie Rinler und Freunde für die Unterschlagung.

Er saß in der Zwickmühle. Wenn er nichts unternahm, käme Hemelingen ungeschoren davon. Schlimmer noch, Mayer und Rinler wären ihres Lebens nicht mehr sicher. Irgendein Totschläger ließe sich schon finden, der zu Ende brachte, was Kracht halb fertig hatte liegen lassen. Der Hofrat kannte keine Skrupel und nutzte jede sich bietende Chance, rücksichtslos und entschlossen. Das Ammenmärchen, er habe Kracht auf dem Dachboden mit seinem Stoß vor die Brust an der Flucht hindern wollen, konnte er jemandem erzählen, der sich die Hose mit der Kneifzange zumacht. Hemelingen hatte sofort erkannt, wie elegant er sich seines gedungenen Mörders unter den Augen der Polizei entledigen konnte. Falls es bei dem Streit darum gegangen war, wie viel er Kracht für seine Bemühungen schuldete, hatte er auch diese Frage elegant gelöst, sozusagen mit einer einzigen Handbewegung vom Dach gefegt.

Reiser überlegte. Wenn er die Sache vor Gericht brachte, war lediglich eines sicher: Die beiden Musiker kamen ins Gefängnis. Die Erpressung war unbestreitbar. Für das, was nach Meinung der drei Musiker dahinter steckte, gab es keine Beweise. Und was belegte auch nur im Entferntesten eine Verstrickung Hemelingens in die Taten?

Er selber war zwar überzeugt, dass ein primitiver Rohling wie Kracht niemals auf die Idee käme, ein Cello, eine Glasharmonika und eine Tuba anstelle erprobter und sicher wirkender Mordwerkzeuge einzusetzen. Aber was besagte das? Er hörte schon die höhnischen Bemerkungen des Richters, ob es in Berlin üblich sei, angesehene Hofbeamte vor Gericht zu bringen, nur weil erpresserische Musikanten Hirngespinste ausbrüteten. In Darmstadt jedenfalls herrsche Recht und Ordnung. Hier werfe man in den Turm, wer sich erwiesenermaßen verbrecherische Taten zuschulden hat kommen lassen.

Ob die beiden alten Herren da jemals lebend wieder rauskämen, war keineswegs sicher. Hemelingens Hand reichte weit. Der Hofrat käme also ungeschoren davon, die Musiker hätten den Schaden. Zumindest das wollte er verhindern, wenn er dem Auftraggeber der Morde schon nicht beikommen konnte. Die drei Musiker hatten für ihre unglaublich naive Tat reichlich gebüßt, am eigenen Leib und mit dem Leben eines Freundes.

26

Reiser verabschiedete sich durch die halb geöffnete Schlafzimmertür, nahm im Hausflur zwei Stufen auf einmal und eilte auf kürzestem Wege zum Brillenladen. Dieses Mal brauchte er nicht lange zu warten, bis die Tür geöffnet wurde. Der Blinde erkannte ihn wieder, kaum dass er ihm einen guten Tag gewünscht hatte.

„Der Kommissar. Sie kommen wegen der Glassäge."

„So?"

Der Blinde hatte gehört, dass Rinler bei einem Konzert zusammengebrochen war. Es wurde gemunkelt, nicht Altersschwäche oder Krankheit seien der Grund gewesen, sondern man habe versucht, Rinler zu vergiften. Mittlerweile hatte sich auch herumgesprochen, dass der Kommissar Rinlers Instrument in das Labor von Merck gebracht hatte. Der sei der beste Chemiker weit und breit. Was sollte das Instrument anderes in seinem Labor, als dass er es auf irgendwelche Substanzen untersuchte?

Und nun dieser Wirbel um die Glassäge. Erst kauft sie ein ominöser Kunde, dann bringt sie ein veritabler Kommissar zurück und stellt einen Haufen Fragen. Da könne er doch leicht eins und eins zusammenzählen. Die Glassäge wurde verwendet, um das Gift an der Glasharmonika unterzubringen.

Reiser war beeindruckt.

„Sie bekommen mehr mit als mancher Sehende und denken schärfer, als die Polizei erlaubt."

Der Optiker verzog keine Miene.

„Was kann ich für Sie tun?"

Reiser überlegte krampfhaft, wie er den Mann gewinnen konnte, mit ihm zusammenzuarbeiten, ohne ihn zu sehr in seine Ermittlungen einzuweihen. Viel zu verraten hatte er eigentlich nicht. Aber auch das Wenige wollte er lieber für sich behalten. Sein Gesprächspartner wurde ungeduldig.

„Herr Kommissar, meine Gedanken kann ich mir auch selber machen. Aber die anderer Leute lesen, kann ich nicht. Wir kämen besser voran, wenn Sie mir sagten, worum es geht.““

„Ich brauche Gewissheit, ob jemand, gegen den ich einen schwer wiegenden Verdacht habe, derjenige ist, der Ihre Glassäge gekauft hat.“

„Und wo liegt das Problem?“

„Ich bin mir nicht sicher, ob ich zu viel von Ihnen verlange.“

„Sollten Sie darauf anspielen, ich würde meine Dienste in Rechnung stellen, kann ich Ihnen versichern, dass ich Recht und Gerechtigkeit für unbezahlbar halte.“

„Sie standen ihm nur ein einziges Mal für kurze Zeit gegenüber.“

„Seien Sie ohne Sorge. Wenn Ihr Mann die Glassäge bei mir gekauft hat, werde ich ihn erkennen.“

27

Die beiden brachen sofort auf. Zunächst gingen sie schweigend durch den beginnenden Abend. Der Optiker hatte Reiser gebeten, sich rechts von ihm zu halten, damit er den Saum seines linken Ärmels greifen und sich unauffällig von ihm führen lassen konnte. Außerdem sollte Reiser vor Schlaglöchern, Stufen oder sonstigen Stolpersteinen stehen bleiben, um ihn damit dezent zu warnen. Der fühlte sich in der ungewohnten Rolle reichlich unsicher und setzte sehr bedächtig Fuß vor Fuß, bis sein Begleiter ihn aufforderte, nicht so zu schleichen, sonst kämen sie erst morgen früh an.

Nachdem sie einen gemeinsamen Schrittrhythmus gefunden hatten, taute der blinde Optiker auf. Hans Krömmer, so hieß er, hatte das Handwerk des Brillenmachers erlernt. Nach seiner Lehrzeit war er auf Wanderschaft gegangen, um bei verschiedenen Meistern zu dienen. Bis nach Paris war er gekommen. Dann wurde sein Augenlicht schlechter. An der Sorbonne erkannten die Ärzte auf Star, gegen den sie nichts ausrichten konnten. Da hatte er sich auf den Heimweg gemacht und in Darmstadt bei seinem früheren Lehrherrn angeklopft Der brauchte jemand, um Gestelle zu fertigen und zu reparieren. Nicht lange danach war der Meister ohne Erben gestorben und hatte ihm Haus und Werkstatt hinterlassen. Damit fristete er nun sein bescheidenes Leben.

Von Hemelingen bewohnte die erste Etage eines stattlichen Hauses am Markplatz. Auf ihr Klopfen öffnete ein Hausmädchen und blickte, ohne ein Wort zu sagen, vom einen zum anderen, während sie sich die Hände an ihrer Schürze abtrocknete. Reiser stellte sich als Kommissar vor, den der Freiherr kenne, bat, ihm seine Entschuldigung für das unangemeldete Erscheinen und die Bitte auszurichten, freundlichst in dringender Angelegenheit für ein Gespräch zur Verfügung zu stehen. Ohne die geringste Reaktion machte die junge Frau kehrt, ließ sie vor der angelehnten Tür im Treppenhaus stehen und tappte barfüßig einen Flur entlang.

Krömmer wendete den Kopf in Reisers Richtung und flüsterte ihm zu.

„Hier sind wir richtig."

„Woher wissen Sie?"

„Bergamotte und petit grain!"

Reiser wunderte sich über seinen kauzigen Begleiter, kam aber nicht dazu, ihn zu fragen, was er damit meinte. Die Tür wurde geöffnet, und die Magd wies mit einer Kopfbewegung auf einen Raum am Ende des Ganges.

Von Hemelingen saß hinter einem ausladendem Schreibtisch, vor sich einen Brief, den er mit gewichtiger Miene genau in dem Moment schwungvoll unterzeichnete, als beide den Raum betraten. Mit einer Handglocke rief er das Hausmädchen und trug ihm auf, das Papier sofort dem Grafen, sie wisse schon, persönlich zu überbringen. Erst dann begrüßte er seine Besucher und lud die beiden mit einer Handbewegung ein, sich der Sitzgelegenheiten vor seinem Schreibtisch zu bedienen. Sie erwiesen sich als schmal, hart und derart niedrig, dass Reiser zu Hemelingen aufschauen musste, als er in einem Platz genommen hatte.

Der Optiker hatte die Einladung nicht mitbekommen und blieb, den Kopf geradeaus gerichtet, stehen. Reiser erwog, ihn auf die Sitze hinzuweisen, überließ aber dem Hausherrn die Pflicht der Höflichkeit, falls man bei diesen Hockern überhaupt davon reden konnte.

„Herr von Hemelingen, ich bitte vielmals um Entschuldigung, dass ich Sie schon wieder störe. Ich hätte mir die Unhöflichkeit nie erlaubt, wenn nicht Gefahr im Verzuge wäre. Gewisse Entwicklungen machen es erforderlich, Ihnen einige Fragen zu stellen, deren Klärung auch in Ihrem Interesse ist, wenn Sie gütigst gestatten, meine ganz persönliche Meinung zu äußern.

Nicht genug damit, dass ich so unversehens erscheine. Nun ist auch noch gleich Herr Krömmer mitgekommen. Wir hoffen auf Ihre Nachsicht, aber er ist auf meine Begleitung angewiesen. Sie kennen Herrn Krömmer?"

„Nein, ich bin ihm nie begegnet."

„Herr von Hemelingen, darf ich direkt zur Sache kommen?"

„Ich bitte doch sehr darum, meine Zeit nicht unnötig zu beanspruchen."

„Keine Angst, wegen uns werden Sie ihre Partie Solo nicht verpassen."

Reiser wusste nicht so recht, wie er beginnen sollte, schaute vor sich und erblickte auf dem Sekretär einen Stapel Briefumschläge, die ihm bekannt vorkamen.

„Sehr schöne Briefumschläge haben Sie."

„Gefallen sie Ihnen? Bitte, bedienen Sie sich."

„Sind Sie damit immer so freigiebig?"

„Nein, ganz und gar nicht, aber bei Ihnen mache ich eine Ausnahme."

„Einen Briefumschlag, der genauso aussah, fand ich bei dem Toten in Ihrer Baugrube."

„Ach ja."

„Es befand sich eine ansehnliche Summe Geldes darin."

„Auf meinem Grundstück haben Sie ihn gefunden?"

„Ja."

„Dann gehört er mir."

„Darf ich fragen, warum?"

„Hat der Tote Ihnen den Umschlag ausgehändigt?“
„Der Tote?“
„Also nein. Somit handelt es sich um eine Fundsache, die Sie auf meinem Grundstück an sich nahmen, in meinem Beisein, ohne mein Wissen, noch dazu in einem meiner Umschläge. Dazu gab es keinen Grund. Geben Sie mir das Geld.“
„Herr von Hemelingen, ich wage zu behaupten, Sie werden es nicht haben wollen.“
„Wieso nicht?“
„Ich habe allen Grund, zu glauben, dass es sich um Blutgeld handelt.“
Der Freiherr blickte ein wenig irritiert, sagte aber nichts. Reiser fuhr fort.
„Bei dem Toten, den Sie auf so endgültige Weise an einer Flucht hinderten, handelt es sich um einen gewissen Gerhard Kracht, den, so sagte man mir, ganz Darmstadt kennt. Einer, der in Amerika vermutlich mit einer Waffe herumgelaufen ist, um im Auftrag von jedem, der ausreichend bezahlte, jeden, der dem nicht passte, umzubringen.“
„Können wir zur Sache kommen?“
„Gern. Nachdem fast jeder, dem ich in dieser Stadt begegne, versucht, aus mir herauszubekommen, warum plötzlich das Leben ehemaliger Hofmusiker so gefährlich geworden ist, sollen Sie der Erste sein, den ich darüber in Kenntnis setze. In den letzten Tagen hat eben jener Kracht hier in Darmstadt einen Mord verübt und zwei weitere versucht.“
„Haben Sie besten Dank, aber ich sehe immer noch nicht, was das mit mir zu tun hätte.“
„Nur ein klein wenig Geduld, vertrauen Sie mir. Es wird sich lohnen. Krachts Taten sind, ganz anders als man von einem gemeinen Totschläger erwarten könnte, rätselhaft und spektakulär. Rätselhaft, denn warum bringt jemand Leute um, bei

denen nichts zu holen ist? Jemand, der auch sonst keinen Grund hat, es zu tun, ja, der seine Opfer nicht einmal kennt. Kracht ist ein einfacher Mensch. Vielleicht hat er es aus reiner Mordlust oder ähnlichen niederen Motiven getan. Aber dann müssen wir uns fragen, wie käme solch ein Mensch dazu, sich derart ungewöhnliche, man ist fast geneigt zu sagen, extravagante Mordvarianten einfallen zu lassen?"

„Ihre Erwägungen mögen für Sie als Ermittler ja ganz interessant sein. Aber kommen Sie bitte zum Kern, meine Zeit ist begrenzt. Sonst müsste ich Sie bitten, zu gehen."

„Alle drei Taten wurden an Musikern verübt. Die erste Tat, sein Mord mit dem Stachel eines Cellos, gelang Kracht am besten. Kein Wunder, als ehemaliger Soldat war ihm der Umgang mit Stichwaffen geläufig. Die dritte, am heutigen Nachmittag, misslang. Einem Tubaspieler den Trichter seines Instruments mit roher Gewalt auf den Kopf zu pressen, war wohl recht nach seinem Geschmack. Aber ich konnte ihn im letzten Moment davon abhalten, die Tat zu vollenden. Nur gelang es ihm, zu fliehen, wie Sie ja wissen.

Mit dem zweiten Anschlag hatte er allerdings seine Schwierigkeiten. Schon hinsichtlich des Materials verlangt eine Glasharmonika gefühlvolle Behandlung. Das war nicht seine starke Seite. Und diese langwierige und umsichtige Vorbereitung, was musste nicht alles bedacht werden. Würden Sie das einem Kracht, den Sie wegen Unzuverlässigkeit entlassen haben, zutrauen?

Noch weniger passte zu ihm, wie die Ausführung der Tat geplant war. Er sollte seinem Opfer nicht etwa gegenübertreten und es kurzerhand umbringen. Heimlich wie ein übermütiger Lausbub, der einen Streich ausheckt, sägte er eine Kerbe in eine Glasglocke. Dann legte er feige Gift aus, wie es alte Weiber tun. Nein, so etwas fällt jemandem wie Kracht nicht im Schlafe ein, nicht in seinen schlimmsten Albträumen."

„Herr Reiser, ich muss Sie nun doch dringend bitten, mich nicht länger mit Ihren Abschweifungen hinzuhalten.“

„Wir sind bereits an einem wichtigen Punkt angelangt. Kracht führte den Anschlag nicht nur widerwillig, sondern auch nachlässig aus. Er verlor am Tatort eine Glassäge, wo man sie am nächsten Tag fand. Der Optiker, bei dem sie gekauft wurde, war schnell gefunden. Er hat die Säge eindeutig wiedererkannt und er ist sich auch vollkommen sicher, dass nicht Kracht sie bei ihm kaufte, sondern jemand anderer. Sehen Sie, hier ist der springende Punkt. Es ist noch eine zweite Person im Spiel.“

„Wann soll denn das enden, wenn jetzt noch weitere Leute aus dem Hut gezaubert werden?“

„Wir bleiben dabei im Kreise der bereits Bekannten.“

„Werden Sie deutlicher, was wollen Sie damit sagen?“

„Der Optiker ist sicher, dass Sie die Glassäge gekauft haben, Herr von Hemelingen.“

„Der Optiker?“

„Genau, Herr Krömmer, der vor Ihnen steht.“

„Aber der Mann ist doch blind.“

„In der Tat.“

„Haha, das ist ja ein guter Witz! Richter Bertram wird sich freuen, ihn zu hören.“

„Wir werden sehen.“

„Wer wir?“

Krömmer hatte im Verlauf des Gesprächs den Kopf ein wenig nach hinten geneigt, als betrachte er die Zimmerdecke, ansonsten ruhig dagestanden und kein Wort gesagt. Nun meldete er sich laut und deutlich.

„Das ist die Stimme des Mannes, der die Glassäge gekauft hat.“

„Ach ja? Das kann jeder behaupten. Ich sagte bereits, ich habe den Mann noch nie gesehen.“

„Ich Sie auch nicht. Aber ich weiß, dass Sie die Glassäge gekauft haben. Dieses Parfüm, ich bin sicher, in Darmstadt finden wir es kein zweites Mal."

„Was soll diese Komödie? Dass ich ein exquisites Parfüm benutze, dürften Sie spätestens bemerkt haben, als Sie mein Haus betraten, aus dem ich Sie gleich werfen lasse."

Krömmer ließ sich nicht aus der Fassung bringen.

„Herr Reiser, sehen Sie irgendwo ein achteckiges Döschen mit Perlen oder Steinen auf dem Deckel? Darin sind Knöterichpastillen. Bitten Sie den Herrn doch, Ihnen eine anzubieten. Bei seinem Besuch in meinem Laden hat er es mir gereicht, damit ich mich bediene. Übrigens, am Innenrand des Deckels ist eine Kerbe. Ich bezweifle, dass man sie von außen sieht."

„Jetzt reicht es aber."

Reiser versuchte, den aufbrausenden Hofrat zu beschwichtigen.

„Warten Sie, das dürfen Sie sich nicht entgehen lassen. Herr Krömmer wird Ihnen gleich beweisen, dass er zwar nicht sehen, aber hellsehen kann."

„Wie Sie aussehen, Herr Hofrat, weiß ich nicht, aber dass Sie etwa einen Kopf größer sind als der Kommissar."

„Das haben Sie ihm gesteckt, Herr Reiser."

„Im Gegenteil, er hat mir seinen Kunden von sich aus beschrieben, ohne zu wissen, wer er ist. Ihr Name fiel zum ersten Mal, als wir Ihr Zimmer betraten."

Krömmer meldete sich wieder zu Wort.

„Da wäre noch etwas. Am kleinen Finger Ihrer rechten Hand tragen Sie einen Siegelring."

„Albernheiten, das sieht doch jeder."

Reiser fand, der Optiker habe den Freiherrn nun ausreichend identifiziert.

„Genau, aber das kann man von Herrn Krömmer nicht sagen. Deshalb dachten Sie ja, Ihre sonstige Vorsicht vergessen zu können, und haben selbst das wichtige Utensil beschafft. Schauen Sie, Herr von Hemelingen, ich vertraue voll auf die Beschreibung von Herrn Krömmer. Sein Signalement, das er mir zu Ihrer Person gab, ist für das Auge des Gesetzes sehr lückenhaft, umso umfassender jedoch, was die Beteiligung der übrigen Sinne betrifft. Sie haben die Glassäge gekauft, mit der Rinlers Glasharmonika manipuliert wurde. Daran habe ich nicht den geringsten Zweifel."

Hemelingen tat unbeeindruckt. Mit seinen Theorien zur Psychologie des Täters und der Identifikation des Käufers der Glassäge durch einen Blinden kam Reiser nicht weiter. Er musste nachlegen.

„Ich selber habe auch noch etwas beizusteuern. Vorgestern Nacht bin ich dem Täter zum ersten Mal begegnet, als er am Tatort die verloren gegangene Glassäge suchte. Allerdings entzog er sich seiner Festnahme, ohne dass ich ein einziges Wort mit ihm hätte wechseln können."

Reiser machte eine Pause, um sich zu sammeln. Er wusste, dass er kein besonders guter Lügner war, und versuchte, das Folgende so beiläufig wie möglich vorzubringen:

„Heute Mittag war ich ihm auf den Fersen. Sie verhinderten, dass er der Polizei entwischen konnte. Aber auch, dass die Polizei ihn erwischen konnte. Fast hätte ich auch dieses Mal nichts von ihm erfahren, nach seinem Sturz von Ihrem Dach. Als ich ihn mit zerschmetterten Gliedern am Boden liegend fand, flüsterte er mir noch einige Sätze ins Ohr, bevor ihn die Kräfte verließen. Er hat mir erzählt, wie Sie an ihn herangetreten sind und ihm Geld geboten haben, damit er die Musiker auf jeweils ganz besondere Art und Weise umbringt. Eigentlich wollte er bei diesen Albernheiten, so nannte er es, nicht mitmachen. Aber das Ersparte aus Amerika ging zu Ende, und eine ehrbare Arbeit hatte er nicht finden können."

„Haben Sie mir nicht schon genügend zugemutet? Muss ich mir jetzt auch noch das Gefasel anhören, das ein Mörder kurz vor seinem eigenen Tod von sich gibt?“

Von Hemelingen machte eine Handbewegung, die nicht erkennen ließ, ob er damit den Besuch zur Tür scheuchen oder dessen Argumente vom Tisch fegen wollte. Reiser merkte, dass der werte Herr Hofrat unsicher wurde.

„Ich muss Ihnen nicht erzählen, worum es bei all dem ging: Geld. Sie hatten es genommen. Die Musiker wollten es zurück. Die drei fanden heraus, dass Sie eine hübsche Summe unterschlagen haben. Geld, das der alte Großherzog seinem Orchester zugedacht hatte. Damit haben die drei Sie erpresst. Deshalb mussten die Musiker unschädlich gemacht werden.“

„Ihre Phantasie möchte ich haben.“

Hemelingen lachte. Aber es klang nicht mehr selbstsicher, eher hysterisch.

„Von Phantasie kann keine Rede sein. Rinler hat sich von dem Giftanschlag erholt. Ich war vorhin bei ihm. Er hat mir gebeichtet, dass er und seine beiden Freunde Ihnen einen Brief geschickt haben.“

„Den sollte ich wohl schleunigst dem Gericht übergeben.“

Die Drohung klang wenig überzeugend, Hemelingen schien verunsichert. Krömmer räusperte sich. Reiser nahm es als Bestätigung. Der Moment war gekommen, alles auf eine Karte zu setzen.

„Wenn Ihnen Recht und Gerechtigkeit am Herzen liegen, sollten Sie es tun.“

Reiser unterbrach sich. Hemelingen hatte die linke Hand weit von sich gestreckt, betrachtete den Ring an seinem kleinen Finger und tat so, als interessiere ihn nichts, außer sich an dessen Schönheit zu erbauen oder seinen Wert zu taxieren.

„Bitte, Herr Hofrat, nur zu. Geben Sie Richter Bertram den Brief, den die törichten alten Herren Ihnen bei ihrem kindischen Erpressungsversuch geschrieben haben. Der Untersuchungsrichter mag über diesen Fall frohlocken, bei dem die Täter nicht nur deutliche Spuren, sondern auch erdrückende Beweise hinterlassen haben. Nur, vergessen Sie nicht, dass die Kunde von einer erheblichen Summe Geldes, die zum Nachlass des verstorbenen Großherzogs gehört haben soll und irgendwie verschwunden ist, an allerhöchster Stelle auf offene Ohren stoßen wird.

Man wird nicht ruhen, bis die Angelegenheit zu voller Zufriedenheit geklärt ist. Ob Sie alle Beweise beiseite geschafft haben, ob welche gefunden werden oder nicht, spielt keine Rolle. Man wird Fragen stellen, die Sie nicht beantworten können. Woher kommt plötzlich das viele Geld, mit dem Sie Ihre Häuser bauen? Glauben Sie mir, Ausflüchte wird es keine geben. Jedes einzelne Ihrer Worte wird hin- und hergedreht und gewendet werden, und wir beide wissen, dass Sie ebenso wenig eine vernünftige Erklärung für Ihren plötzlichen Reichtum haben wie die Leute von Kombach.

Sie sagten, ich hätte Phantasie. Nennen Sie es, wie Sie wollen. Nur, verwechseln Sie nicht Spinnerei mit Voraussicht. Ich will Ihnen sagen, was den jungen Fürsten dazu treiben wird, den Sachverhalt von vorne bis hinten aufzuklären. Das Geld seines Vaters soll nicht in fremde Hände fallen, sondern auf ihn, wohl wahr. Aber da ist noch etwas viel Gravierenderes. Es gibt eine Schuld zu begleichen. Als Ihren Herrn die Geldnot dazu trieb, den Landtag um Erlass seiner Schulden zu bitten, hat der es ihm verweigert. Der Landtag hat die Rache des Fürsten schon zu spüren bekommen. Eine Unterschrift, und er war aufgelöst.

Nun wird sich herausstellen, der Bittgang wäre gar nicht nötig gewesen, denn Geld war doch eigentlich da. Wie froh wird Ihr Herr sein, endlich einen Übeltäter zu haben, an dem er seinen gerechten Zorn auslassen kann. Dass ihm diese unsägliche Blamage einer seiner Hofräte einbrockte, der ihm unverbrüchliche Treue schuldet, wird seinen Sinn nach Vergeltung keineswegs beschwichtigen.

Wenn er erst einmal seinen Schuldigen hat, könnte sich der Großherzog fragen, was sein Volk davon hält, dass einer der ihren ganz und zwei weitere fast ermordet wurden. Er könnte zu dem Schluss kommen, dass es Ansehen, Beliebtheit und Charisma eines Landesvater befördert, wenn er den Hintermann solcher Taten unnachsichtig verfolgt und dem Urteil der Justiz ausliefert, ohne Rücksicht auf Rang und Namen und ohne allzu kleinliche Suche nach Beweisen. Er könnte sich sogar an die Spitze seines Volkes stellen, das in seinem Wunsch nach Vergeltung keine Gnade kennen wird. Und wäre es nicht rundherum vorteilhaft, wenn dieser schändliche Mensch für immer zum Schweigen gebracht würde, bevor Gerüchte über den ursprünglichen Zweck der Schenkung das Volk aufs Neue verwirren?

Sie sehen, verehrter Herr Hofrat, mit der Erpressung kommt unweigerlich auch die Unterschlagung ans Licht. Ihre Häuser können Sie abschreiben, die sind Sie so oder so los. Aber es steht für Sie noch mehr auf dem Spiel. Es geht um Kopf und Kragen."

Solange Reiser all dies mit fester, ruhiger Stimme vortrug, hatte der Hofrat nicht ein einziges Mal Anstalten gemacht, den Monolog zu unterbrechen. Reiser behielt ihn im Auge. Das arrogante Lächeln war mehr und mehr einer versteinerten Miene gewichen. Wutschnaubend sprang der Freiherr auf.

„Verlassen Sie auf der Stelle mein Haus, oder ich rufe die Gendarmen und lasse Sie in Ketten legen!"

Hemelingen war außer sich. Er hieb mit der Faust auf den Schreibtisch, dass die Feder aus dem Tintenglas sprang und einen Klecks hinterließ. Der breitete sich mit Tentakeln, die vorsichtig tastend ihren Weg suchten, immer weiter auf dem Tisch aus. Für einen Moment betrachtete Hemelingen das Schauspiel. Dann stützte er beide Fäuste auf die Tischplatte und stand mit vornübergebeugtem Oberkörper, hochgezogenen Schultern und bebenden Nasenflügeln da, als wollte er sich im nächsten Moment wie ein Stier auf Reiser stürzen, der ihm gelassen in die Augen sah.

„Herr Hofrat von Hemelingen, ich gehe nun und bereite meinen Rapport für das Gericht vor. Ich vermag nicht zu sagen, wie lange es dauern wird, bis man höheren Orts die notwendigen Schritte in die Wege leitet. Ich verlasse mich auf Sie als Ehrenmann, dass Sie sich bis dahin zur Verfügung halten. Einen guten Abend."

Damit erhob sich Reiser, ohne auf eine Antwort zu warten, nahm den Optiker beim Arm und verließ mit ihm den Raum.

Auf der Straße gingen beide eine Zeit lang nebeneinander her, ohne ein Wort zu sagen. Schließlich brach Krömmer das Schweigen.

„Kryptische Worte zum Abschied."

„Ich hoffe, er glaubt das Falsche, und bete, er macht das Richtige."

„Das macht es klarer. Aber wenn nicht?"

„Wir sollten besser nicht daran denken."

„So schlimm kann es werden?"

Reiser seufzte.

„Das wird sich zeigen."

„Hoffentlich spricht es sich auch herum."

Reiser warf ihm von der Seite einen Blick zu. Schlagfertig und trocken der Mann, könnte Berliner sein.

28

Vor dem Laden des Optikers gaben die beiden einander die Hand und wünschten sich alles Gute. Reiser schlenderte versonnen durch die dunklen Gassen und zog den Weg zum Gasthof in die Länge, um seinen Gedanken nachhängen zu können.

Die Sache stand auf Messers Schneide. Konnte er noch etwas tun, um ihren Ausgang zu beeinflussen? Nein, er hatte seine Karten ausgespielt. Nun galt es, abzuwarten, was sein Gegner unternehmen würde. Er hatte Hemelingen dazu bringen wollen, sich aus dem Staub zu machen. Darin sah er die einzige Möglichkeit, die Musiker vor Verhaftung und Gefängnis zu bewahren.

Jetzt war der Hofrat am Zug. Hemelingen hatte Zeit genug, in Ruhe seine Sachen zu packen, Geld, Gold und was immer sich davontragen ließe zusammenzuklauben und irgendwohin zu ziehen. Die Häuser konnte er nicht mitnehmen. Aber musste ihm nicht egal sein, wie viel oder wenig von dem erschlichenen Vermögen blieb, wenn der fürstliche Furor des jungen Großherzogs drohte?

Handelten Raffgierige vernünftig? War Hemelingen einer von denen, die um keinen Preis auch nur einen einzigen Dukaten abgeben konnten? Nahm er sogar seinen eigenen Untergang in Kauf und riss die Musiker hämisch mit ins Verderben, solange er sich nur an sein Hab und Gut krallen konnte?

Reiser war ja nicht einmal sicher, dass Hemelingens Unterschlagung je ans Licht kam. Der Freiherr hatte Verbindungen zu Hof und Gericht, konnte alles Mögliche vertuschen. Gefährlich wurde es für ihn erst, wenn der Großherzog wusste, dass etwas vom Geld seines Vaters in dunklen Kanälen verschwunden war. Nur hatte ein kleiner Kommissar keine große Chance, dafür zu sorgen, dass er es auch erführe.

Mit einem Mal wurde ihm klar, er war bei all seinen Überlegungen davon ausgegangen, Hemelingen denke wie jeder normale Mensch. Dabei handelten Mörder und Menschen, die Morde in Auftrag gaben, nicht normal. Was hinderte den Freiherrn daran, anstelle von Kracht einen anderen Mordbuben zu verdingen, einen ganzen Trupp, wenn es sein musste? Wenn der Hofrat verhindern wollte, dass über die Unterschlagung etwas an die Öffentlichkeit gelänge, musste er schnellstens aufs Ganze gehen. Als Erstes ihn beseitigen, den einzigen, der alle Zusammenhänge kannte und dessen Aussagen Gewicht besaßen. Mit zwei alten Musikern und einem blinden Optiker würde er anschließend schon fertig werden.

Reiser fröstelte. Der dichter werdende Abendnebel kroch ihm unters Hemd. Schritte hallten in der Gasse, ein Pfiff gellte. Auf dem Gehsteig gegenüber standen zwei Gestalten beieinander und flüsterten sich etwas zu. Fades Licht drang durch das wabernde Grau. Feuchtfröhliche Lieder wurden lauter. Er näherte sich dem Gasthof.

Am wohlsten wäre ihm in Gesellschaft gewesen. Bei der Vorstellung, in der verrauchten Gaststube inmitten einer krakeeligen Gruppe Angetrunkener zu sitzen, die ihn bedrängten, von der Jagd auf einen gefährlichen Mörder zu berichten, nur um sich mit vorlaut gestellten Fragen und witzig gemeinten Bemerkungen selber in den Vordergrund zu spielen, schauderte ihn jedoch.

Reiser öffnete das Hoftor einen Spalt, horchte, ob die Luft rein war, stieg die Treppen zu seiner Kammer hinauf und legte sich zu Bett. Er starrte an die düstere Zimmerdecke, lauschte dem auf- und abschwellenden Gesang und dem Stimmengewirr, das immer wieder von Lachsalven übertönt wurde. So sehr er sich mühte, wach zu bleiben, fielen ihm irgendwann die Augen zu.

Wie lange er in tiefem Schlaf gelegen hatte, wusste er nicht, als ihn leise Geräusche weckten. Schlaftrunken nahm er Schuhsohlen wahr, die auf dem Flur knirschten und vor der Tür zu seiner Kammer Halt machten. Jemand flüsterte, etwas rieb an der Tür. Reiser war auf einen Schlag hellwach. Er glaubte, den Riegel vorgelegt zu haben, war sich aber nicht sicher. Vorsichtig rollte er sich zur Bettkante und wartete einen Moment, weil das Gestell quietschte. Er wollte sich mit dem linken Arm hochstemmen, der jedoch einknickte, als sei er aus Wachs.

Benommen stand er auf, streckte den rechten Arm aus, fuhr mit der Hand den Türspalt entlang und fühlte, dass der Riegel offen war. Als er ihn vorlegen wollte, wurde der Türgriff nach unten gedrückt. Reiser überlegte krampfhaft, was sich in greifbarer Nähe als Waffe anbot. Nichts, was ihm in der kleinen Kammer wirklich hätte dienen können. Das Türblatt begann, sich langsam nach innen zu öffnen.

Reiser riss die Tür auf. Zwei Gestalten stürzten ihm entgegen. Der Aufprall war so heftig, dass er zurücktaumelte. Der Fuß blieb am Tischbein hängen, er stürzte hintenüber und stieß mit der Hüfte an den Waschtisch und dem Kopf gegen die Wand. In seinem Schädel begann eine ziemlich große Glocke zu läuten. Oder dröhnte die Waschschüssel?

Einer der Eindringlinge hielt seine Brust mit den Armen fest umklammert und landete in der Ecke des Zimmers mit dem ganzen Gewicht auf ihm. Der Alkoholdunst, den er ausatmete, raubte Reiser fast die Sinne. Er wollte den Kopf des Angreifers mit beiden Händen greifen und zur Seite drehen. Sein linker Arm versagte den Dienst. Er war eingeschlafen und lag neben ihm auf dem Boden wie ein leerer Ärmel, der als Nadelkissen diente.

„Hubert, ist alles in Ordnung?“

Die halblaut gestellte Frage kam von oben und hörte sich genuschelt an.

„Glaub' schon."
„Was ist?"
„Hab' ihn."
„Brauchst du Hilfe?"
„Glaub' nicht."
„Ich zieh ihm eins über."
„Wart' noch."

Der Mann, der auf ihm lag, setzte ihm ein Knie auf die Brust, rappelte sich hoch und trat ihm mit dem anderen Fuß auf die Hand. Als Reiser versuchte, sie wegzuziehen, landete das Knie mit voller Wucht auf seinem Magen. Reiser stöhnte auf.

„Hubert, jetzt lass mich doch mal ran!"

Reisers Augen hatten sich langsam an die Dunkelheit gewöhnt. Über ihm stand breitbeinig ein kräftiger Mann, der ihn angestrengt fixierte. Mit seinen leicht schielenden Augen machte er gar nicht den Eindruck eines finsteren Halsabschneiders. Der auf ihm gekniet hatte, war einen Kopf kleiner als sein Partner, dafür korpulenter. Er hatte sich mittlerweile hochgestemmt und stützte sich mit einer Hand an der Wand ab. Der Größere fuchtelte mit der Spitze eines Spazierstocks vor Reisers Augen herum.

„Wer hat Sie eigentlich gebeten, hier herumzuschnüffeln?"

Der Spazierstock wartete nicht ab, bis Reiser die Frage beantwortete, sondern fuhr fort.

„Niemand! Sie sind hier fehl am Platze, und deshalb werden wir Sie jetzt entfernen."

Sein Kumpan stimmte ihm zu.

„Jawoll."

Reiser wurde langsam klar, dass er von einem Paar Trunkenbolde überrumpelt worden war. Bestimmt hatten sie an seinem Schloss herumgefummelt, weil sie sich in der Tür geirrt hatten. Das machte die Situation nicht weniger gefährlich.

Wenn der Große das Übergewicht bekam und ihm den Stock in ein Auge rammte, sah es schlecht für ihn aus. Nicht viel angenehmer wurde es, wenn der Korpulente auf ihn stürzte und ihm mit seinem Knie die Rippen brach.

„Meine Herren, mäßigen Sie sich. Kommt Ihnen hier irgendetwas bekannt vor? Schauen Sie sich nur um. Über dem Stuhl dort hängen meine Hosen und mein Hemd. Es will mir scheinen, Sie haben ihre noch an."

Der Große musterte seinen Kumpanen und tuschelte etwas mit ihm, das Reiser nicht verstand. Dabei schwankte er reichlich hin und her. Als der Spazierstock sich wieder bedenklich näherte, packte Reiser zu, stieß ihn seinem Träger vor die Brust und schwang sich auf die Beine.

„So, meine Herren, ich hoffe, Sie haben sich nun davon überzeugen können, dass Sie es sind, die hier nichts zu suchen haben, also bitte."

Die beiden schauten unwillig, brummelten vor sich hin und schüttelten ihre Köpfe, ließen sich aber widerstandslos aus der Kammer drängen. Reiser schloss die Tür und legte den Riegel vor. Auf der Stiege hörte er Flüstern, das nach einer Weile in ein unterdrücktes Kichern überging und sich entfernte.

Nach dieser unverhofften Aufregung kam Reiser erst nicht zur Ruhe kommen und wälzte sich auf der Bettstatt von einer Seite zur anderen. Irgendwann fiel er in einen Dämmerzustand, aus dem er immer wieder hochschreckte, wenn die Stille der Nacht von plötzlichen Geräuschen unterbrochen wurde. Der Hund bellte unversehens im Hof. Eine Maus tippelte in nervösen Intervallen ihre verborgenen Wege in Wand und Decke. Ein Tor knarrte eine Weile im Luftzug, bis es schließlich krachend ins Schloss fiel. Am Morgen weckte ihn das Scheppern von Töpfen und Klappern von Geschirr aus der Küche, kaum dass er Schlaf gefunden hatte.

29

Das Frühstück brachte nicht wie gewöhnlich der Wirt, sondern der Koch persönlich.

„Der Wirt lässt sich entschuldigen."

„Ging wohl hoch her letzte Nacht?"

„Zwei alte Freunde des Hausherrn auf Durchreise."

Der Koch entschuldigte sich mit Pflichten, die ihn in die Küche riefen, und Reiser konnte in Ruhe überlegen, wie er den Tag gestalten würde. Er entschloss sich, den Stier bei den Hörnern zu packen und gleich als Erstes aufs Gericht zu gehen.

Kurz bevor er das Portal des Amtshauses erreichte, huschte eine dürre Gestalt in grauem Mantel in das Gebäude, das Gesicht in den hohen Kragen gesenkt. Wenn das nicht Polizeisekretär Frölich war. Reiser sah ihn den gleichen Weg nehmen wie er selber, zu Bertram. Vor dem Zimmer des Richters stellte sich dem Geheimen ein Büttel in den Weg.

„Zum Untersuchungsrichter kann niemand, er hat gerade Besuch."

„ Dann holen Sie ihn heraus. Die Sache duldet keinen Aufschub."

Der Gnom war ihm zuvorgekommen. Reiser glitt in eine Fensternische. Er hörte die Tür gehen. Bertram begrüßte den Polizeisekretär überschwänglich. Dessen Antwort war zu leise, um etwas zu verstehen. Reiser schloss die Augen, hielt den Atem an, spitzte die Ohren und richtete alle Sinne auf das leise Gespräch der beiden. Der höchst geheime Sekretär flüsterte und wisperte, dass es wie Vogelgezwitscher klang. Reiser versuchte angestrengt, mitzubekommen, was zu ihm herüberwehte.

„.. sellschaf .. enschenrech .. darmst .. heime .. sammenkü .. staatsver .. signal .. dent .. dizin .. amtschi .."

Er hörte eine alarmierende Botschaft aus dem Getuschel heraus.

Unvermittelt kam der graue Mantel wieder zurückgeschwebt. Reiser hielt den Atem an und presste sich flach gegen die Mauer. Kaum war Frölich um die Ecke des Ganges verschwunden, verließ er sein Versteck, um Bertram abzufangen, bevor der wieder in seinem Dienstzimmer verschwand.

„Ah, Herr Kommissar, schön, dass ich Sie sehe. Sie haben das Protokoll?"

„Welches der drei?"

„Ich wäre schon froh, das erste in Händen zu haben. Offensichtlich ziehen Kriminal-Kommissare Verbrechen an. Dabei habe ich immer gedacht, sie sollen sie verhindern. Seit Sie in unserer beschaulichen großherzoglichen Residenz die Kunst der Verbrechensaufklärung verbreiten, vergeht kaum ein Tag ohne Mordanschlag. Was weiß man über den neuesten Fall?"

„Sie erinnern sich, gestern auf der Baustelle des Freiherrn von Hemelingen."

„Ja, richtig, was haben Sie über den Mann herausgefunden?"

„Ein gewisser Gerhard Kracht. Er hat die Mordanschläge auf die Musiker mit ihren eigenen Instrumenten verübt."

„Musiker mit ihren Instrumenten umbringen? Ich muss schon sagen, der Mann hat Humor. Das heißt, ‚hatte' ist wohl richtig. Hofrat von Hemelingen erzählte mir, er habe den Mann auf der Flucht überrumpelt, während Sie ihn verfolgten. Da müssen wir dem Freiherrn ja richtig dankbar sein."

Reiser ging auf das Thema nicht ein und fuhr fort.

„Bevor besagter Kracht in den Kulissen der Oper wütete, hat er den Mayer übel zugerichtet."

„Wer ist denn der Mayer jetzt schon wieder?"

„Ein Angehöriger des ehemaligen großherzoglichen Orchesters. Er spielte die Tuba."

„Und was ist passiert?"

„Kracht hat Mayers Kopf gewaltsam in seine Tuba gepresst. Er wollte ihm vermutlich die Nase eindrücken, gleichzeitig die Kehle zuhalten und auf diese Weise ersticken."

„Auf was für Ideen die Menschen kommen, einem Musiker seine Tuba anpassen! Wie hieß der noch wieder? Sagten Sie Mayer? Mayer, ist das nicht derjenige, der mit seinem Horn für ein Bier die Fürze der Unteroffiziere nachmacht und für einen Schnaps die ihrer Frauen obendrein? Der Mann ist eine richtige Berühmtheit, alle Welt spricht von ihm. Richten Sie ihm doch aus, er möge sich morgen früh um acht bei mir einfinden, mit seinem Instrument. Der Fall ist kurios. Nun verzeihen Sie bitte, dass ich zurück an die Arbeit muss. Ich habe meinen Besuch schon ungebührlich lange warten lassen. Und vergessen Sie das Protokoll nicht, nein, die Protokolle."

„Herr Untersuchungsrichter, es war mir eine Freude und Ehre, mit Ihnen zusammengearbeitet zu haben."

„Wie soll ich das verstehen?"

„Meine Zeit hier in Darmstadt geht zu Ende, oder haben Sie das vergessen?"

„In der Tat, daran hatte ich gar nicht gedacht. Nun, lieber Herr Reiser, kommen Sie wohlbehalten zu Hause an. Rekurrieren Sie jederzeit auf mich, wenn Sie meiner bedürfen. Jetzt muss ich Sie aber wirklich allein lassen. Na, dann wünsche ich unserem guten Reiser eine gute Reise, hahaha."

Eigentlich hatte Reiser den Richter noch fragen wollen, ob Niklas' Cello bei seinem Eintreffen am Tatort in der Ecke stand oder ob es neben dem Toten gelegen hatte. Aber er ließ es bleiben. Zur Aufklärung des Mordes würde es sowieso nichts mehr beitragen. Zur Verbesserung der Untersuchungsmethoden des Richters ebenso wenig. Der Fall war hoffnungslos.

30

Reiser verließ das Gericht. Bertram wusste offensichtlich noch nichts von seinem abendlichen Besuch bei Hemelingen. Sonst hätte er ihn sicherlich zur Rede gestellt wegen der ungeheuerlichen Vorwürfe, die er sich erdreistet hatte, dem angesehenen und hochverdienten Ehrenmann ins Gesicht zu schleudern. Dann hatte sein Plan also Erfolg gehabt? Er musste sofort zu Hemelingen.

Dieses Mal empfing ihn ein Lakai in Livree.

„Sie sind bestimmt der Kommissar aus Berlin. Das Dienstmädchen hat mir von Ihnen erzählt. Bringen Sie schlechte Nachrichten?“

„Wieso?“

„Herr von Hemelingen ist verschwunden.“

„Verschwunden, wie soll ich das verstehen?“

„Nicht im Hause, auf keiner der Baustellen, ein Bote des Hofes hat schon nach ihm gefragt, keiner hat ihn gesprochen, niemand ihn gesehen. Er ist nicht auffindbar, einfach weg, ohne jede Spur.“

„Wann haben Sie ihn zuletzt gesehen?“

„Ich hatte gestern einen freien Tag, um meinem kranken Vater im Geschäft zu helfen. Als ich heute Morgen zurückkam und den Hofrat wie üblich um sechs Uhr wecken wollte, war das Schlafzimmer leer, das Bett nicht benutzt und der Herr nirgendwo im Hause zu finden.“

„Fehlt etwas?“

„Von seinen Kleidern zwei Paar Hosen und Schuhe, eine Jacke, ein Mantel, einige Wäsche.“

„Wertvolles?“

„Der Brillantring und die goldene Taschenuhr mit Kette, die er immer trug, ansonsten nur die Schatulle aus dem Sekretär und die lederne Reisetasche."

„Ist irgendetwas beschädigt, umgeworfen, durcheinander?"

„Nein, alles liegt an seinem Platz, ordentlich wie immer."

„Hat er gesagt, er wolle verreisen?"

„Nichts dergleichen, ich bin völlig ratlos. Gestern Abend, nach Ihrem Besuch, sei er unruhig auf- und abgelaufen und unleidlich gewesen, sagte das Hausmädchen. Sie hat daraufhin ihren ausstehenden Lohn gefordert, er ihn aber nicht auszahlen wollen. Sie ist dann aber trotzdem gegangen und sucht sich eine andere Herrschaft."

„Woher wissen Sie das?"

„Sie ist zum Vater ins Geschäft gekommen, um sich von mir zu verabschieden."

„Dann weiß niemand, wann er das Haus verlassen hat?"

„Ich glaube nicht. Es wird doch nichts passiert sein?"

„Nach Raub oder Mord sieht es nicht aus. Richter Bertram wird sich der Sache annehmen und bestimmt eine zufrieden stellende Erklärung finden."

Der Livrierte räusperte sich hinter vorgehaltener Hand und geleitete ihn zur Tür. Bevor er die Wohnung verließ, wandte sich Reiser noch einmal an den Diener.

„Haben Sie schon einmal überlegt, das Geschäft Ihres Vaters zu übernehmen?"

„Das hat er mich auch schon gefragt."

„Dann wünsche ich Ihnen viel Erfolg."

31

Reiser machte sich auf den kurzen Weg zur Poststation. Der Warteraum war leer, und er fand auf Anhieb jemanden, der bereit war, ihm einige Fragen zu beantworten.

„Wann geht des Abends eine Kutsche?"

„Das kommt darauf an."

„Worauf?"

„Wohin Sie wollen."

„Ich frage anders herum. Welche Kutschen haben gestern Abend die Station verlassen, sagen wir nach acht Uhr?"

„Die reguläre nach Mannheim um halb neun, die verspätete nach Aschaffenburg kurz danach, der Express nach Mainz um viertel zehn, die Spätkutsche nach Frankfurt um dreiviertel zehn, die Nachtkutsche nach Koblenz um zehn."

„Ist in eine der Kutschen ein Herr gestiegen, elegant gekleidet, schlank, etwa einen halben Kopf größer als ich?"

„Mein Herr, denken Sie, wir haben Muße, in aller Ruhe die Passagiere zu betrachten? Wir schleppen Gepäck, versorgen Pferde, wecken Kutscher in den Kneipen, verkaufen Billetts, sortieren Post. Wir kommen nicht einmal dazu, zwischendurch einen Bissen herunterzuwürgen."

Reiser holte einen Taler aus seiner Börse und begann, ihn zwischen Daumen, Zeigefinger und Mittelfinger hin- und herzuwenden. Der Postler schaute erst ihn, dann den Taler, dann wieder ihn an.

„Aber gestern Abend kam so gegen neun ein Herr und fragte, welche Kutschen nach Norden gehen. Die nach Mainz war voll, nach Frankfurt wollte er nicht, da hat er ein Billett nach Koblenz gelöst. Er setzte sich im Wartesaal in eine dunkle

Ecke und fragte immer wieder, ob die Kutsche auch wirklich pünktlich abfahre. Kaum wurden die Pferde angespannt, stieg er ein und trieb alle Welt zur Eile an. Kurz vor der Abfahrt ist noch etwas Lustiges passiert. Eine Dame, so eine ganz Forsche, meckerte herum, sie hätte für einen Platz in einer Kutsche bezahlt und nicht in einer Parfümkiste. Sie ist mitgefahren, hat aber auf einem Platz am Fenster bestanden."

Reiser legte den Taler auf den Tresen des Schalters und verließ die Post. Seine Rechnung war aufgegangen. Ob Hemelingen in einen der Häfen oben im Norden reisen und dann weit fortsegeln würde oder die Kutsche schon in Mainz Richtung Luxemburg, Belgien, Niederlande wechselte, war ihm gleich. In Darmstadt würde er in absehbarer Zeit jedenfalls nicht erscheinen.

Reiser zog Bilanz. Er war mit dem Auftrag und festen Vorsatz nach Darmstadt gekommen, moderne Methoden kriminalistischer Arbeit vorzustellen. Tatsächlich hatte er gegen einfachste Grundsätze verstoßen. Statt dem Gericht die notwendigen Indizien für ein ordentliches Verfahren zu liefern, hatte er Beweise unterschlagen, Schuldige gedeckt, Ermittlungen fehlgeleitet. Schließlich hatte er sogar selber Richter gespielt und dafür gesorgt, dass es überhaupt kein Verfahren geben würde.

Hatte das wenigstens zu einem befriedigenden Ergebnis geführt? Der Mörder war tot. Die Todesstrafe hätte ihn auch vor Gericht erwartet. Der Anstifter war vertrieben, hatte Wohlstand und Stellung verloren. Die Strafe wog seine Verbrechen vielleicht nicht auf. Aber gerechter wäre sie mit einem Gerichtsverfahren auch nicht geworden. Die drei Musiker hatten für ihren Leichtsinn bitter büßen müssen. Ohne Zweifel hätte der Richter obendrein noch eine Strafe verhängt, und den erhofften Nachlass würde ihnen keine Macht verschaffen können, zumindest nicht in dieser Welt.

Gab es eine für alle gerechte Lösung? Gab es überhaupt absolute Gerechtigkeit? Was hätte er mehr tun können, als sein Bestes zu geben?

32

Erleichtert atmete er tief durch. Die Neuigkeiten waren aufregend genug, um die Grüneisen, nein, Teresa damit zu überraschen. Sie empfing ihn freudestrahlend, als sei es das Normalste der Welt, dass er einfach so bei ihr hereinschneite, lenkte ihn ohne weiteres zum Sofa und setzte sich neben ihn.

„Lieber Herr Reiser, wie ist es Ihnen denn so ergangen?"

„Von mir gibt es nicht viel zu erzählen. Rinler geht es besser, er wird wohl bald wieder auf sein."

„Aber das weiß ich doch, ich bin gestern Abend zu ihm. Ich möchte wissen, was passiert ist, nachdem Sie mich so plötzlich verließen, und was ist mit Herbert?"

Reiser schnaufte innerlich und erzählte ihr, wie er im Gasthaus die Spur des Gesuchten fand und gerade noch im rechten Moment in der Oper ankam, um Mayers Kopf aus der Tuba zu befreien, mit der dieser Unhold ihn umbringen wollte. Wie es dem Mayer dann weiter ergangen war, wusste er nicht zu berichten, da er den Täter verfolgte. Aber bestimmt war er bei seinen Stammtischbrüdern in besten Händen.

Ausführlich berichtete er, wie ihm der Täter, ein gewisser Gerhard Kracht, der auch hinter den Anschlägen auf Niklas und Rinler steckte, ein wahres Scheusal also, beinahe entwischt war, bis er ihn hoch oben auf einem Haus wiederentdeckt hatte. Als er ihn stellen wollte, war der Fliehende in eine Baugrube gestürzt und mit zerschmetterten Gliedern darin liegen geblieben.

„Dann wird er Herbert und Jakob jetzt in Ruhe lassen?"

Reiser wollten schon fortfahren, ihr zu erklären, dass die wahre Gefahr von jemand anderem gedroht hatte, schluckte es dann aber hinunter. Ob Rinler und Mayer jemandem etwas über ihren

Erpressungsversuch erzählen wollten, müssten sie mit sich selber ausmachen. Er beantwortete die Frage kurz und bündig.

„Ja."

Sie ließ einen erleichterten Seufzer hören und lächelte ihn mit strahlenden Augen an. Reiser holte den Umschlag mit Hemelingens Wappen aus der Tasche und legte ihn ihr in den Schoß.

„In diesem Umschlag befindet sich Geld, das ich beim Täter fand. Niemand, außer uns beiden, weiß, woher es kommt, und so soll es auch bleiben. Nehmen Sie es für die Opfer. Ich habe nicht gezählt, wie viel es ist. Aber es reicht bestimmt, für Niklas eine würdige Gedenkfeier zu veranstalten und ihm einen Grabstein zu kaufen, und wohl auch, um Rinlers Arztrechnungen zu begleichen. Vielleicht bleibt sogar genügend, um der Wiederholung des abgebrochenen Konzerts einen festlichen Rahmen zu verleihen."

Sie fiel ihm um den Hals und küsste ihn auf Wangen, Stirn und Nase.

„Aber jetzt haben wir erst einmal etwas zu feiern."

Sie zog die Haarnadel aus dem aufgesteckten Zopf und schüttelte sich ihr Haar über die Schultern.

„Nun machen wir es uns richtig nett. Warten Sie, ich lasse etwas zu trinken kommen."

Sie stand auf, holte den Korb hervor, um ihn mit ihrer Bestellung zum Fenster hinauszulassen. Reiser protestierte, er hole den Wein, sie möge inzwischen ein wenig zu essen richten, er sei gleich wieder zurück. Auf der Treppe musste er sich beherrschen, sie nicht hastig hinunterzustürzen. Den Weg zum „Ochsen" nahm er in großen Schritten, wartete ungeduldig, dass der Wirt seine langatmigen Empfehlungen zu Ende und endlich zwei Flaschen Wein aus dem Keller brachte. Er ließ sie in Papier einschlagen und eilte zurück.

Reiser öffnete die Tür, ohne die Antwort auf sein Klopfen abzuwarten, und prallte zurück. Teresa hielt einen korpulenten Mann im Arm, dessen Rücken sie tätschelte. Sie warf Reiser einen verzweifelten Blick zu und hob resigniert die Schultern.

„Herbert ist soeben gekommen, es geht ihm schlecht."

Der Mann hob schluchzend seinen Kopf. Ein weißer Turban krönte ihn. Kaum hatte er sich zu Reiser umgewendet, riss er die Augen auf, wich zurück und brachte sich hinter seiner Trösterin in Sicherheit.

„Teresa, der Mann, schick ihn weg, nein, ruf die Polizei!"

„Herbert, was ist dir?"

„Das ist er!"

„Wer?"

„Der mich umbringen wollte."

„Herbert, das ist Kommissar Reiser, ein guter Freund."

„Aber die Tuba in der Oper."

Die Grüneisen drehte sich zu ihm um, sah ihn streng an, schob ihn resolut zum Sofa und nötigte ihn zum Sitzen.

„Herbert, jetzt ist aber Ruh'! Du solltest Herrn Reiser dankbar sein, er will dir nichts Böses."

Reiser schnaubte. Seine Rückkehr hatte er sich eben noch in ganz anderen Farben ausgemalt. Ausgerechnet er selber musste diesen Blechbläser retten, nur damit der im ungelegensten aller Momente hier auftauchte.

„So, du erzählst jetzt mal schön der Reihe nach, was passiert ist, damit wir überhaupt wissen, wovon du redest. Herr Reiser hat anschließend interessante Neuigkeiten für dich. Ich richte uns derweil einen Imbiss."

Mayer begann, reichlich langatmig zu erzählen, wie er mit seinen Bekannten im Wirtshaus bei einer angeregten Unterhaltung saß, als ein Junge den Kopf durch die Tür steckte und fragte, ob jemand da wäre, der Mayer heißt und Horn spielt.

„Tuba", habe er korrigiert und gefragt, worum es gehe. Jemand warte im Theater. Auf die Frage, wer dort warte, wusste der Junge keine Antwort, nur dass er reich sein müsse, denn er habe ihm für seinen Dienst einen Kreuzer gegeben, für das bisschen. Daraufhin sei er dem Knaben zum Bühneneingang des Hofoperntheaters gefolgt.

Es war ihm schon seltsam vorgekommen, wieso jemand sich ausgerechnet diesen Ort für ein Gespräch ausgesucht hatte, aber warum nicht mal schauen. Der Junge hatte nicht gesagt, wo er den Unbekannten finden würde. Er ging durch leere Gänge und Räume und gelangte schließlich zur Bühne. Als er sich seinen Weg durch die Kulissen bahnte, packte ihn plötzlich jemand von hinten am Genick und schob ihn vor sich her. Er wollte sich losreißen, die Tuba entglitt ihm, schlidderte über die Rampe und fiel in den Zuschauerraum.

An den Rest hatte er nur noch bruchstückhafte Erinnerungen. Er fühlte den Boden nicht mehr unter den Füßen, sah die Rampe näher kommen, wurde hinuntergestoßen, fiel auf alle Viere, wollte aufstehen, eine Hand wie ein Schraubstock drückte ihm die Gurgel zu. Dann wurde ihm etwas auf den Kopf gesetzt, von dem er zuerst dachte, es sei ein enger Hut. Aber es war viel fester und härter, und der Druck war so stark, dass er glaubte, jeden Moment werde seine Hirnschale zerspringen wie eine Nuss, der man mit einem Nussknacker zu Leibe rückt. Die Luft blieb ihm weg, ihm wurde schwarz vor Augen, und er sah schon sein Ende nahen. Plötzlich war sein Kopf wieder frei, und statt ihn weiter mit dem Folterwerkzeug zu traktieren, versetzte ihm dieser Mann hier Ohrfeigen.

Reiser konnte nicht länger an sich halten und unterbrach den ausschweifenden Bericht.

„Mein lieber Herr Mayer, ich habe Ihnen Ihre Tuba nicht aufgesetzt, ich habe Sie Ihnen abgenommen, und was die Ohrfeigen anbelangt, so waren es ein paar aufmunternde Klapse. Haben Sie den, der Sie überfiel, gesehen?"

„Nein, wie denn? In der Oper war kaum Licht, und er stürzte sich von hinten auf mich, aus den Kulissen. Außerdem passierte es so überraschend und schnell. Der Erste, den ich sah, waren Sie."

Was danach weiter geschah, hatte Mayer nicht gesehen, nur gehört, weil er sich auf dem Boden ganz und gar zusammengerollt hatte und regungslos und mucksmäuschenstill liegen geblieben war. Erst entfernten sich Schritte, als liefen zwei Leute hintereinander her, dann gab es ein ziemliches Gepolter. Nach einer Weile kamen die Schritte wieder zurück, erst eine Person, dann mehrere. Der Wirt zog ihm die Hände vom Gesicht, um ihn herum standen seine Stammtischbrüder. Sie brachten ihn im Triumphzug zurück zur „Stadt Mannheim", wo alle auf seine Rettung anstießen, bis in den frühen Morgen. Schließlich musste er sich vergewissern, ob dem Tag, der fast sein letzter gewesen wäre, tatsächlich ein neuer folgte.

Wie er ins Bett gekommen war, wusste er nicht, jedenfalls war er dort am Morgen mit grässlichen Kopfschmerzen aufgewacht. Das mussten die Nachwirkungen der schrecklichen Misshandlungen in der Oper sein. Schlimmer noch als die körperlichen Schmerzen waren die Folgen für Nerven und Seele. Panikattacken packten ihn wie aus dem Nichts, sein Herz begann, von selbst zu rasen. Sobald er allein war, sah er von überall her dunkle Schatten auf sich zukommen, die ihn bedrängten und seine Brust zusammenschnürten. Vorhin hatte er befürchtet, er würde jeden Moment ersticken, wie in der Oper. In seinem Zimmer hielt er es nicht mehr aus, und deshalb war er hierher geeilt, zu dem einzigen Menschen, von dem er sich Hilfe erhoffen konnte.

„Aber Herbert, wie stellst du dir das vor?"

„Nimm mich auf, nur ein, zwei Tage. Ich kann hier auf dem Sofa schlafen."

Sie schaute Reiser verzweifelt an. Er ahnte, dass sie Mayer ihre Hilfe nicht ausschlagen konnte. Am besten, er reiste mit der nächsten Postkutsche ab. Allerdings sollte dieser Notenquäler nicht ganz ungeschoren davonkommen.

„Herr Mayer, würden Sie Ihrem verblichenen Freund Niklas einen letzten Gefallen tun?“

„Worum geht es denn?“

„Sein Instrument steht noch in der Bibliothek von Doktor Büchner und wartet darauf, abgeholt zu werden. Dort sollte es nicht bleiben, sondern an einen Ort gebracht werden, der dem Gedenken Ihres Freundes würdig erscheint.“

„Für Hellmuth soll es mir recht sein.“

„Gehen Sie doch bitte auf dem Wege dorthin bei Familie Pohl vorbei und richten dem Bruder aus, er möge die Glasharmonika, die er Rinler für das Konzert lieh, im Gasthof ‚Zur Kanne‘ abholen. Ich selber werde keine Gelegenheit mehr haben, es zu tun.“

„Lieber Herr Reiser, wie muss ich das verstehen?“

Sie schaute ihn mit hochgezogenen Augenbrauen fragend an.

„Ich muss wieder nach Berlin zurück.“

„Aber so bald?“

„Ich nehme die nächste Kutsche.“

„So bleibt gar nicht mehr viel Zeit?“

„Liebe Frau Grüneisen, ich sehe, dass hier unumgängliche Verpflichtungen auf Sie warten.“

„Werden Sie denn wieder einmal in Darmstadt weilen?“

„Das wird so bald nicht sein. Wie wäre es, wenn Sie nach Berlin kämen?“

„Ich habe immer davon geträumt, an der Königlichen Hofoper aufzutreten. Vielleicht kann ich sie ja wenigstens einmal besuchen.“

„Sie würden mich glücklich machen, Ihr Begleiter zu sein.“

„Dann wird das Wiedersehensessen zu unserem Abschiedsmahl.“

Mayer schien aus seiner Lethargie aufzuwachen. Er hielt sein Glas über den Tisch, langte nach dem Brett mit Brot und Schinken und schnitt sich von beidem reichlich ab. Reiser sah dem Musiker zu. Er war noch nicht ganz fertig mit ihm.

„Übrigens, Ihr Täter ist von der Oper zu einer Baustelle des Freiherrn von Hemelingen geflohen.“

Mayer stellte sein Glas mit einer heftigen Bewegung auf den Tisch, wobei er einigen Wein verplemperte.

„Hemelingen?“

„Ja, der Hofrat mit den vielen Häusern.“

„Was hatte er dort zu suchen?“

„Wenn Sie das wirklich interessiert, sollten Sie am besten den Hofrat selber fragen. Und noch etwas, Richter Bertram hat mir aufgetragen, Ihnen mitzuteilen, Sie wollen ihn morgen früh um acht aufsuchen.“

Reiser fixierte Mayer. Bei der Erwähnung Hemelingens hatten seine Augen nervös zu flackern begonnen. Jetzt wurde er leichenblass, stierte ihn an, seine Kinnlade fiel kraftlos herunter.

„Der Richter? Was will er denn? Hat das etwa mit Hemelingen zu tun?“

„Darüber hat er nichts gesagt.“

„Ist Rinler auch vorgeladen?“

„Davon ist mir nichts bekannt. Ausdrücklich die Rede war nur von Ihrem Instrument. Das sollen Sie mitbringen.“

„Die Tuba? Was hat die damit zu tun?“

„Das wird sich bestimmt alles klären. Auf Ihr Wohl, werter Herr Mayer, und auf ein baldiges Wiedersehen in Berlin, liebe Frau Grüneisen.“

Reiser hasste weitschweifige Verabschiedungszeremonien und rührselige Abschiedsszenen. Er trank sein Glas aus, erhob sich, die Grüneisen geleitete ihn nach draußen, drückte ihm lange die Hand und schaute ihm dabei in die Augen. Dann drehte sie sich abrupt um und schloss die Tür.

Reiser ging zur Poststation, wo er den eifrigen Bediensteten fand, der so gut Bescheid wusste, und ergatterte mit dessen Hilfe einen Platz in der Expresskutsche nach Koblenz. Am Abend würde er in Bacharach ankommen, dort Station machen und dann in aller Ruhe das romantische Rheintal hinunterfahren. Wenn das Wetter mitspielte, konnte er sogar ein Stück wandern.

33

Bis zur Abfahrt um viertel drei blieb nicht mehr viel Zeit. Er musste sich sputen, um eine letzte Besorgung zu erledigen, die ihm sehr am Herzen lag. Auf dem Wege dorthin fragte er sich, was ihn schon wieder dazu trieb, etwas zu tun, das ihm noch vor wenigen Tagen undenkbar erschienen wäre.

Im Spital fand er alles vor wie bei seinen früheren Besuchen. Der Gang auf dem ersten Stock war leer, die Tür quietschte und die Bibliothek füllte der gleiche trockene Mief. Am Arbeitstisch saß, über Akten und Notizen gebeugt, der junge Mann, als würde er diesen Platz nie verlassen.

„Guten Morgen, Herr Büchner."

„Guten Morgen, Herr Reiser. Haben Sie in der Residenz des Fürsten neue Opfer gefunden, oder suchen Sie Anregungen in den Annalen der Geschichte?"

„Ersteres gehört bedauerlicherweise zu den Aufgaben meines Berufs, letzteres beneidenswerterweise zu den Methoden des Ihren. Ich bin gekommen, mich für die Hilfe zu bedanken, die Sie und Ihr Vater mir bei der Ermittlung des Täters gewährt haben."

„Heißt das, der Gerechtigkeit ist Genüge getan?"

„Nichts weiter, als dass der Mörder nun selber tot ist."

„Welch feinsinniger Unterschied."

„Ich reise ab, heute noch."

„Es ist traurig, dass Sie uns verlassen, und erfreulich, dass Sie es nicht versäumen, sich zu verabschieden. Der Vater ist unterwegs. Ich werde ihm Gruß und Dank ausrichten."

„Ich war soeben bei Richter Bertram."

„Das ist ein Grund, eilends das Gericht zu fliehen, aber gleich das ganze Land?"

„Polizeisekretär Frölich war bei ihm.“

„Dann verstehe ich Sie.“

„Ich wollte das Gespräch der beiden nicht stören und hielt mich abseits. Dabei hat mir der Wind einiges zugetragen. Vielleicht können Sie sich einen Reim darauf machen.“

Reiser gab wieder, was er den Wortfetzen entnommen hatte: Gesellschaft der Menschenrechte, Darmstadt, geheime Zusammenkünfte, Staatsverrat, Signalement, Student der Medizin, Amtschirurg.

Büchner erbleichte, lehnte sich zurück, ließ seinen Blick über den Tisch und die darauf liegenden Papiere wandern, schaute Reiser schließlich in die Augen und erwiderte seinen Abschiedsgruß mit einem nachdenklichen Kopfnicken. Reiser meinte, ein kaum vernehmbares „Danke sehr“ zu hören, lächelte ihm zu, öffnete die Tür und eilte durch Gang und Treppenhaus des Spitals, um alsbald zum Gasthof zu gelangen.

34

Der Abschied vom Wirt war kurz. Er machte auf Reiser einen lädierten Eindruck und nahm den brüsken Aufbruch nicht weiter übel. Die Kutsche wurde auf dem Weg zum Maintor umgeleitet. In der Mainstraße waren einem Kutscher die Pferde durchgegangen, hatten den Wagen umgeworfen und ihn mit anderen Fuhrwerken zu einem unentwirrbaren Knäuel verkeilt. Auf dem Paradeplatz wurde exerziert. Der Weg zum Spohrer Tor führte daher über den Marktplatz und durch die Gassen der Altstadt. Reiser saß eingeklemmt zwischen zwei Darmstädter Kaufleuten, die sich angeregt unterhielten. Vor den Fenstern der Kutsche sah er die Straßen und Häuser vorbeiziehen. In der Obergasse drang lautes Stimmengewirr aus einem Haus, die Tür wurde aufgerissen und jemand flog im hohen Bogen auf die Gasse.

„Ei, Karl, host de den gesehe?“

„Ja wie dann, ich sitz uff der anner Seit. Wer wors dann?“

„Der Datterich.“

Nachwort

Handlungen und Personen sind frei erfunden, eventuelle Ähnlichkeiten rein zufällig. So heißt es gern im Begleittext von Erzählungen. Das gilt auch hier, mit Einschränkungen. Dieser Roman ist kein historischer, was immer man darunter verstehen mag. Er ist rein fiktiv, allerdings mit konkretem historischem Bezug. Zur leichteren Orientierung zwischen den beiden Ebenen seien einige Anmerkungen gemacht.

Die ersten Zeilen der Eingangsszene im Wirtshaus sowie die allerletzte der Schlussszene in der Postkutsche sind absolut authentisch, aber reine Dichtung. Sie stammen Wort für Wort aus dem „Datterich“, einem mundartlichen Volksstück, das im Biedermeier des Großherzogtums Hessen-Darmstadt spielt. Ernst-Elias Niebergall hat es gegen 1840 in Druck gegeben, also etwa zur Zeit des Romans geschrieben. Mit seinem handfesten und witzigen Schwank gelang es dem Dichter, Zeitgeist und Zeitgenossen seiner Heimatstadt Darmstadt bühnenreif darzustellen. Das Stück gehört noch heute zum festen Repertoire der Darmstädter Bühnen und ist beliebt wie eh und je.

Was zeigt die ganze Widersprüchlichkeit des Biedermeier oder – je nach Sicht – Vormärz besser als die Tatsache, dass dieser Possenschreiber und notorische Trunkenbold das gleiche Gymnasium der „Pensionopolis“ Darmstadt besuchte wie der Dramenautor und überzeugte Revolutionär Georg Büchner? Später war er im etwa 7000 Einwohner zählenden Gießen an der Landesuniversität sein Kommilitone und in der rund hundertköpfigen Studentenverbindung „Palatia“ sein Corpsbruder.

Im Herbst 1834 hielt sich Büchner in Darmstadt auf, im Sommer des gleichen Jahres war mit seiner Beteiligung „Der Hessische

Landbote“ geschrieben und gedruckt worden. „Friede den Hütten! Krieg den Palästen!“ lautete das Motto, und die Autoren rechneten vor, auf welche Weise die Regierung das Volk ausnimmt. Bei ihrem Gespräch in der Bibliothek trägt Büchner Reiser einige der wesentlichsten Aussagen vor. Der Plan, die Kampfschrift heimlich zu verteilen, wurde von einem Spitzel verraten. Die Beteiligten standen von da an unter Observation der Behörden.

Im Frühling des nächsten Jahres konnte Büchner gerade noch rechtzeitig vor den Häschern seines Fürsten fliehen. Ob, und wenn, von wem er gewarnt wurde, wissen die Historiker nicht. Sicher nicht von einem zufällig anwesenden Kommissar der Kriminalpolizei Berlin. Dass ein Kommissar aus Preußen in Hessen weilte, um Amtshilfe zu leisten, ist allerdings gut möglich. Die Herrscherhäuser beider Länder verbanden enge verwandtschaftliche Beziehungen, und die Polizei in Berlin hatte als erste (zumindest in den deutschen Ländern) Erfahrungen mit einer speziellen Kriminalabteilung gesammelt. Dennoch, Kommissar Reiser ist ebenso erfunden wie seine Gegenspieler Gerhard Kracht, Hofrat von Hemelingen und, nicht zu vergessen, Richter Bertram.

Der Vater des revolutionären Dichters und dichtenden Revolutionärs war der Stadtphysikus Dr. Ernst Büchner. Seine Stellung lässt sich als die eines Hospital-, Gefängnis- und Armenarztes beschreiben. Die Untersuchung von Todesursachen gehörte zu den mit dem Beruf verbundenen Aufgaben. Nebenbei betrieb er in seinem berühmt-berüchtigten „Anatomischen Theater“ private Studien zur eigenen Fortbildung und Weiterentwicklung chirurgischer Methoden. Ehrenamtlich bildete er junge Männer, denen das Geld für ein Medizinstudium fehlte, zu Wundärzten aus.

Heinrich Emanuel Merck hatte bei einigen der bekanntesten Chemiker und Pharmazeuten seiner Zeit studiert und praktiziert und übernahm im Herbst 1816 im Alter von 22 Jahren die Leitung der väterlichen Engel-Apotheke in Darmstadt. Das Geschäft florierte unter seiner Ägide, füllte ihn jedoch nicht aus. Er interessierte sich für die neue Disziplin der Phytochemie und ihre gerade erst nachgewiesenen Pflanzeninhaltsstoffe, die Alkaloide. Morphium ist eines davon. Dass es wirkte, war seit langem bekannt. Um es medizinisch korrekt in der richtigen Dosis anwenden zu können, musste es allerdings einen bestimmten garantierten Reinheitsgrad besitzen.

Merck richtete ein modernes Labor ein, mit dem er Alkaloide analysieren und synthetisieren konnte. Auch Strychnin zählte zu diesen Wirkstoffen. Wenn jemand im Jahre 1834 in Darmstadt (ja in Europa oder der ganzen Welt) dazu berufen war, festzustellen, dass es sich bei einigen wenigen, einer Glasglocke anhaftenden Partikeln um eben dieses Gift handelte, dann der Apotheker Merck.

Als Gerichtssachverständiger ging er durch den Görlitz-Prozess im Jahre 1850 in die Annalen der Justiz ein. Er bewies, dass die Gräfin Görlitz nicht das Opfer einer spontanen Selbstverbrennung war, wie es das Gericht in Erwägung zog, sondern auf zwar unnatürliche, aber keineswegs übernatürliche Weise vom Leben zum Tode kam.

Als Unternehmer machte sich Heinrich Emanuel Merck Gedanken darüber, wie er die steigende Nachfrage nach seinen Produkten bedienen konnte. Die Erkenntnis lautete „Herstellung im Großen“, womit er den Grundstein für ein noch heute florierendes Weltunternehmen legte.

Großherzog Ludwig I war Opernfan. Diese seine Leidenschaft ließ er sich viel Geld kosten (woher das kam, darüber hatte Georg Büchner dezidierte Vorstellungen, siehe oben). Sein Hoforchester wurde weit über die Grenzen des Landes hinaus bekannt. Zu Lebzeiten des alten Großherzogs ging es dessen Musikern entsprechend gut. Eine der ersten Amtshandlungen seines Sohnes war es, das Hofoperntheater aufzulösen. Musik interessierte ihn nicht. Geld hatte er keines. Im Gegenteil, das Parlament hatte ihm nicht einmal seine Schulden erlassen.

Alois Pohl stammte aus einer Familie berühmter Konstrukteure von Glasharmoniken. Sein Bruder Karl Ferdinand gehörte als Hofmusikus dem großherzoglichen Orchester an. Er galt als einer der bekanntesten Virtuosen dieses Instruments. Zur Zeit der fiktiven Geschehnisse befand er sich real in der Nervenklinik in Hofheim. Wie manch anderem/anderer, der/die sich diesem „unheimlichen" Instrument intensiv widmete, hatte ein rätselhaftes Leiden seine Nerven zerrüttet.

Die Opfer des Täters, der so brutal sein Unwesen treibt, haben allesamt nie existiert. Folglich bleiben sie in Wirklichkeit unbeschadet, was einem pfleglichen Umgang mit Leib und Leben der Menschen entgegenkommt. Ein Ziel, dem auch Autoren von Kriminalromanen verpflichtet sein sollten.

Was die Musikgeschichte anbetrifft, gilt es, die erwähnten Instrumente kurz vorzustellen. Das Cello wurde zur Zeit der unheilvollen Ereignisse schon seit langem in Orchestern gespielt. Dabei hielt es der Musiker zwischen den Beinen eingeklemmt. Um es bequem auf den Boden stellen zu können, begann man nach Beginn des 19. Jahrhunderts einen Stachel anzubringen, der sich ab 1850 allgemein durchsetzte und heutzutage an keinem der Instrumente mehr fehlt. Die im Roman beschriebene Verwendung des Stachels hat mit dem eigentlichen Zweck also gar nichts zu tun und war ursprünglich so auch nicht vorgesehen.

Blechblasinstrumente der tiefen Tonlage waren ebenfalls schon seit langem in jedem ordentlichen Orchester vertreten. Die Tuba kam nach 1830 auf den Markt und setzte sich wegen diverser Vorteile gegenüber ihren Vorläufern schnell durch. Das Instrument lässt nicht nur das Trommelfell vibrieren, sondern versetzt den größten Teil der Hohlräume des menschlichen Körpers in Schwingungen, die die Sinne rauben können. Bis heute ist jedoch kein Fall nachgewiesen, bei dem der Schalltrichter einer Tuba, wie beträchtlich sein Innenmaß auch sein mag, für einen brachialen Mordanschlag eingesetzt wurde.

Die Glasharmonika war das Kultinstrument der deutschen Romantik, das eine ganze Generation in seinen Bann schlug. Im Jahre 1834 hatte sie ihren Höhepunkt bereits hinter sich. Ihre glühendsten Verehrer trafen sich jedoch auch Mitte des 19. Jahrhunderts noch zu Konzertveranstaltungen. Heutzutage ist dieses Instrument fast in Vergessenheit geraten.

Wer eifrig den Kulturteil der Tagespresse verfolgt, wird hin und wieder auf eine Notiz stoßen, die ein Konzert für Glasharmonika ankündigt. Mit entsprechender technischer Ausrüstung (der geniale Erfinder der Glasharmonika Benjamin Franklin lässt schön grüßen!) kann man ihren Klängen auch höchst privat mit Hilfe einer CD und der dazugehörigen Abspielanlage lauschen. Eventuelle Kratzer auf der Oberfläche beeinträchtigen möglicherweise das zweigestrichene f, dürften ansonsten aber harmlos sein. Bei Kerben am Rand der Scheibe kann dagegen Vorsicht angeraten sein.

Der Interessierte findet über die Welt verstreut in einer ganzen Reihe von Museen manch hervorragend erhaltene Glasharmonika. Wem der Besuch eines Museums zu aufwändig ist, mag im Internet unter den Schlagwörtern „Glasharmonika“, „glass harmonica“, „armonica“ recherchieren oder www.armonica.de besuchen.

Danksagungen

Frau Barbara Tuczek und Dr. Rainer Maaß vom Hessischen Staatsarchiv Darmstadt sowie Dr. Friedrich Wilhelm Knieß vom Stadtarchiv Darmstadt gewährten für meine Recherchen freundliche Unterstützung.

Dr. Sabine Bernschneider-Reif und Herr Bodo von Eberstein aus der Abteilung Corporate History der Merck KGaA in Darmstadt halfen mir, in den Archiven des Unternehmens interessantes Material über Heinrich Emanuel Merck und die Pharmazeutik seiner Zeit zu sichten.

Privatdozent Dr. Karl Härter vom Max-Planck-Institut für europäische Rechtsgeschichte in Frankfurt/Main gab nützliche Hinweise zum Polizeiwesen des 18. Jahrhunderts.

Ihnen allen bin ich zu Dank verpflichtet, und nicht zuletzt meiner Frau für ihr kritisches Gegenlesen des Manuskripts.

Bitte beachten Sie auch die folgenden Seiten:

Michael Kibler
Madonnen
kinder
Ein Darmstadt-Krimi
SOCIETÄTSVERLAG
tatort rhein-main

Michael Kibler

Madonnenkinder

Ein Darmstadt-Krimi

192 Seiten, Broschur
ISBN 978-3-7973-1004-8, € 8,90
4. Auflage, Societäts-Verlag 2009

In Darmstadt gibt es ein Treffen der sogenannten „Madonnenkinder“: Kinder, die in den Jahren 1947 bis 1957 aus dem zerbombten Darmstadt zur Erholung nach Davos in die Schweiz geschickt wurden. Das Geld dafür stammte aus „Mietzahlungen“ der Stadt Basel für das berühmte Madonnenbild von Hans Holbein, dem Jüngeren. Es könnte ein fröhliches Treffen werden, doch damals ist etwas geschehen, über das man lange nicht geredet hat – und bald schon kommt es zum ersten Mord.

Der erste Roman von Michael Kibler ist klug und voll hintergründiger Spannung. Er spielt mitten im Herzen von Darmstadt: Das Heinerfest bildet die Kulisse des Geschehens – Holbeins Madonna lächelt milde dazu.

„Kiblers Roman bietet nicht nur viel Spannung und wissenswerten Hintergrund, sondern auch eine spritzige, fassbare Sprache und unaufdringlichen, doch durchgängig präsenten Humor.“

(Darmstädter Echo)

„… für das heimische Publikum ein Vergnügen!“
(Frankfurter Allgemeine Zeitung)

SOCIETÄTSVERLAG
Libor Schaffer
Tod am Galgen
Ein Odenwald-Krimi
tatort rhein-main

Libor Schaffer

Tod am Galgen

Ein Odenwald-Krimi

368 Seiten, Broschur
ISBN 978-3-7973-1121-4, € 8,90
2. Auflage, Societäts-Verlag 2008

Tobias Bloch ermittelt wieder! Zusammen mit seiner Assistentin Susanne ist der Privatdetektiv aus Heubach einem selbst ernannten Scharfrichter auf der Spur. Tatort: Der historische Galgen in Beerfelden. Die Recherchen führen das sympathische Duo quer durch den Odenwald und seine Umgebung. Dabei stoßen sie auf allerlei Verdächtige und düstere Geheimnisse – die Bloch am liebsten bei einem eiskalten Bierchen lösen möchte. Doch bald schon fordert der Galgen einen weiteren Toten...
Libor Schaffer ist wieder ein absolut lässiger Krimi gelungen. Mit viel Witz und Biss ermittelt sein Detektiv Bloch auch dieses Mal rund um den Odenwald, führt an bekannte und unbekannte Orte und gräbt tief in der Geschichte dieser Region. Sein Buch ist eine gelungene Mischung aus Spannung und kulturhistorischem Führer und beweist, dass der Odenwald keineswegs ein sicheres Pflaster ist!

„Tod am Galgen ist ein kriminalistischer Reiseführer der besonderen Art. Wenn Libor Schaffers Helden Verdächtige einkreisen, Fährten verfolgen oder mal ein wohlverdientes Päuschen machen, wird so mancher Leser amüsiert die eigene Nachbarschaft erkennen. Mit viel Liebe zum Detail zeichnet der Autor ein wirklichkeitsgetreues Bild des Odenwalds, an dem nicht nur Einheimische ihre Freude haben werden. Denn neben all den ausführlichen Ortsbeschreibungen ist das Buch vor allem eins: ein hochspannender Krimi mit dem Tom Selleck des Odenwaldes!"

(hr-online)

SOCIETÄTSVERLAG
LIBOR SCHAFFER
Tod am Limes
EIN ODENWALD-KRIMI

Libor Schaffer

Tod am Limes

Ein Odenwald-Krimi

368 Seiten, gebunden mit Schutzumschlag
ISBN 978-3-7973-1163-4, € 14,80
1. Auflage, Societäts-Verlag 2009

Libor Schaffers Odenwald-Krimis sind beste Unterhaltung mit einem kräftigen Schuss Humor, viel Spannung und natürlich jede Menge Odenwald. Tobias Bloch, Privatdetektiv aus Heubach, und seine Assistentin Susanne Kramer verfolgen die Täter zwischen Michelstadt und Felsenmeer, zwischen Limes-Relikten und Beerfelden. In „Tod am Limes" ist Bloch einem Antikenliebhaber auf der Spur, der bei seiner Gier auf römische Relikte über Leichen geht. Tatort: Der im englischen Stil gehaltene Eulbacher Park oberhalb von Michelstadt. Mit seinem knorzigen Charakter gelingt es Bloch zwar immer wieder, auf die richtige Fährte zu kommen – aber die Nerven seiner Mitmenschen strapaziert er dabei gerne bis zum Zerreißen. Nur die dreifarbige Katze Muzel hält unbeirrbar zu ihm.

Libor Schaffer ist wieder ein Krimi mit viel Witz, Biss und taktischem Kalkül gelungen, der beweist, dass der Odenwald keineswegs ein sicheres Pflaster ist!